U0520777

ELIZABETH IS MISSING

伊丽莎白不见了

EMMA HEALEY

[英] 艾玛·希莉 著

杨立超 译

献给我的祖母薇拉·希莉和外祖母南希·罗安德,她们给予我创作的灵感。

目 录

引子 / 1
  伊丽莎白，你原来种过西葫芦吗？

空白记忆 / 3
  这些空白的记忆让我不知所措。别说上周六了，昨天的事情我还记得吗？

碎裂的唱片 / 18
  她从不倾听，倒是执意把我定义为永远活在过去的老古董。

口红 / 33
  我得带好所有"装备"。假牙、助听器、眼镜，这些我一个也不能少。

远走高飞 / 50
  如果一只侦探猎犬能助我一臂之力，我们就可以沿着她的气味一路追寻了。

教堂 / 74

　　一朵花脱落了，我用手将它攥住。这动作似曾相识。花是白色的，像是从婚礼上遗落的。

空欢喜 / 89

　　这是您第四次光临警察局了。警犬、法医、飞虎队，都在全力以赴进行调查。

怀念 / 105

　　很久之前，我和妈妈一起站在树下。当时的公园像是无边的大海，妈妈是一位在探测着水深的船长。

伤心花园 / 123

　　没有人在这儿等我，摆在窗前的椅子空荡荡的。原来我们常一起眺望窗外的飞鸟。

信 / 141

　　跟在某个人身后比自己形单影只要好，你可以知道应该怎么走台阶。

心碎的人 / 154
　　谈论她如同在谈论一只动物,是那种只有在神话中才会出现的鹰头狮或独角兽。

夜巴黎 / 167
　　他像是在寻找一些机关,以便将阀门打开,还原出物品背后的故事。

《香槟咏叹调》/ 182
　　面包切好了,看起来松软可口。我却看见上方有一句警示:不准再吃吐司。

我以为我要失去你 / 199
　　两只鸽子在树梢晃着脑袋,好似我和这个女人。我浑然不知,她是我的女儿。

秘密 / 216
　　那片指甲歇息在灰尘与彩线中,宛如一块儿破碎的贝壳,发着珍珠般的光泽。

猫 / 235
  那个女人问我伊丽莎白的毛色,我一时错愕不已,但我想它应该是一只黑色的印度猫。

一瞬之光 / 261
  每一则广告就代表一线希望,哪怕结果只是让我空欢喜一场。

伊丽莎白不见了 / 283
  我没有纸条了,这让我六神无主。我像断了线的风筝在风中盘旋。

尘封旧案 / 299
  我一旦开口,便会滔滔不绝。但是这些不是真的,也不可能是真的。

尾声 / 327

引子

"莫德？我就那么让你生厌吗，宁可站在漆黑的院子里？"

映着杂乱无章的餐厅传来的暖暖灯光，一个妇人在唤着我。我的哈气蜿蜒拂至她的方向，湿湿的带着一丝诡异，但我却缄默不言。地上的雪虽然稀疏但却明亮，照亮了她因努力看东西而绷紧的面庞。我很清楚，即使在白昼，她看东西也总是模模糊糊的。

"到屋里来呀，"她说，"天寒地冻的，我保证不再提青蛙呀、蜗牛呀，还有马略尔卡陶器那些玩意儿了。"

"我没觉得那有什么，"我回答道，这时才意识到她只是开玩笑罢了，"我一会儿就进去，我在找东西。"我手上拿着一个沾满泥土的物件儿，它小得很容易让人忽视。这是一个旧化妆盒的破盖子，上边的镀银已经褪却光泽，深蓝色的瓷釉也因刮蹭而变得黯淡无光。那发了霉的小镜子宛如褪色世界里的一扇窗，又似在水下向外眺望的舷窗，这让我的记忆席卷而来。

"你丢了什么？"那妇人步履蹒跚，颤颤巍巍地走向庭院，"我能帮你吗？虽然我看不清，但那东西要是没藏好，没准儿会害我栽个跟头。"

我笑了笑，依然站在草地上。雪地里鞋印凸起的两侧又堆积了不少雪，乍一看颇像是刚刚出土的小恐龙化石。我紧攥着化妆盒盖，上面的泥土被暖干后紧紧贴在我手上。我对这小物件儿心心念念了将近七十年。现在，因融雪而变得松软泥泞的土地竟然吐出了这件遗物，并且径直奉还到了我手上。它为什么埋藏于此？我无从知晓。它被掩埋在土地里之前，又归属于哪里？

一种久远的音韵，宛如狐狸的叫声，在我耳畔嗡嗡作响。"伊丽莎白，"我问道，"你原来种过西葫芦吗？"

空白记忆

"你听说有个老妇人惨遭抢劫了吧?"卡拉边说边把她那长得像蛇一样的黑色马尾辫绕到了一侧肩上,"呃,实际上这事儿发生在韦茅斯,但说不好咱们这儿也会摊上事儿。所以说大家还是多加提防的好。有人发现那老妇人的半张脸都变得血肉模糊了。"

卡拉最后的这句话虽然说得轻声细语,但我的耳朵还算好使,每个字都听得真真切切。我真希望她没有告诉我这些,即使事后我完全想不起那些情节,但故事的阴霾如影随形,让我不寒而栗。我不禁颤动了一下身体,眺望窗外。我无法判断韦茅斯位于哪个方向。此时窗外一只鸟扑闪而过。

"我的鸡蛋够吗?"

"有很多呢,你今天就不用出去买了。"

她拿起看护用的文件夹,冲我点了点头,目不转睛看着我,直到我也点头回应。我感觉自己像是学校的学生。就在刚才,似乎有什么东西在我脑海划过,是一个故事,但现在我却弄丢了线索。很久之前,故事应该从这儿说起吧?很久之前,在一座幽深漆黑的森林里，住着一个名叫莫德的老妇人。我想不起接下来的情节，大概是那位老妇人在等着她女儿来拜访她。惭愧的是在这座漆黑的森林中我没有体面的林中小屋，我只能想象它。我的孙女可能会提着篮子过来，装着为我准备的食物。

砰，屋里某处传来一声巨响，我环视客厅，那是一只"动物"发出的声响，一只被人穿在外面的"动物"，正躺在长沙发椅的扶手上。那是卡拉的，她从不把衣服挂起来，我想她应该是怕临走时忘记拿吧。我着了魔般盯着它看，确信它会自己动起来，狂奔到一个角落，或许它会将我吞噬，占据我的位置。凯蒂肯定会对它的大眼和巨齿品头论足。

"这么多听桃罐头。"卡拉在厨房里喊了起来。卡拉是我的看护，"看护"是我们对这类人的称呼。"你必须停止再买食物了。"她又说了一遍。我听到罐头摩擦着福米卡塑料面的桌子。"你的食物够养活一支部队了。"

食物真的够吗？我从来没觉得食物有够的时候。很多吃的东西自己就不翼而飞了，甚至在我买回家后就再也没找到过。我也不晓得是谁把它们都吃光了。我的女儿也和卡拉一样。"妈妈，不要再买东西了。"她如是说，找准机会就搜刮我的碗橱。我相信她一定把吃的分给别人了。一半儿的食物在她回家后也都随之无影无踪，然后她还对我再次去采购感到大惑不解。无论如何，在我余下的时光中，口福已经不多了。

"我口福不多了。"我说，我在座位上挺直了身子，好让声音传到厨房。我椅子两边塞满了揉得乱糟糟却发着光的巧克力包装纸，随着垫子晃动不安地"蠕动"着，我只好把它们弹开。我的丈夫帕特里克在过去总劝我不要吃甜食，而我却不以为意。毕竟在自己想吃的时候来一块儿柠檬雪宝或者一点儿焦糖杯其乐无穷。在交易所工作时我就必须管住嘴巴，因为没有人愿意和满嘴食物的话务员交谈。帕特里克说吃糖坏牙，而我却怀疑他担心的其实是我的身材。薄荷糖便成了我俩最终的妥协。现在的我依然对糖爱不释手，只是没有人会在我一时兴起吃一罐太妃糖时喊停我。我甚至可以早上睁眼就开吃。现在正值早晨，我很清楚这点是因为太阳正照在鸟食架上。晨光照在鸟食架上代表早晨，余晖洒在松树上预示夜晚。在太阳落在松树上之前，我有一整天的时光可以打发。

卡拉来到客厅，半蹲着捡起我脚边的包装纸。"我没意识到你来了，亲爱的。"我说道。

"你的午饭做好了。"她麻利地摘下手套，"我把它搁在冰箱里了，上边还贴着备忘录。现在九点四十，十二点之后再吃它哦，好吧？"

她这种语气听起来像是我在她离开的瞬间便会对一切食物展开攻势。"我的鸡蛋够吗？"我问她，肚子突然有了饿意。

"有很多呢，"卡拉答道，将她的看护文件夹放在桌上，"我现在要走了，海伦一会儿就到这儿了，好吧？再见了。"

前门咔嚓一声关上了，我听见卡拉上了锁。她把我锁在屋子里了。在她嘎吱嘎吱的脚步声穿过我家小路的时候，我透过窗户望着她。她制服外的大衣有顶带毛边儿的兜帽，俨然是个"披着狼皮"的看护。

还是个小女孩儿的时候，我很乐意自己独自享用这个家，从食品柜里掏出点儿吃的,穿上最带劲儿的衣服,玩一玩儿唱机,甚至躺倒在地板上。可现在我恰恰需要陪伴。房间里的灯还亮着,当我去整理碗橱,顺便看看卡拉为我做了些什么午饭的时候,厨房看起来好似空空如也的舞台布景。我心怀些许期望,盼着某个人进来,无论是购物回来的妈妈还是抱着炸鱼薯条的爸爸,说一些紧张刺激的趣事,就像码头剧院上演的某部戏里的。爸爸会说:"你姐姐走了。"鼓声、喇叭声或什么别的声音响起,妈妈接上话茬:"不回来了。"然后为了观众着想,我们会面面相觑。我从冰箱取出一个盘子,琢磨今天我的台词会是什么。盘子上附着一张字条:莫德的午餐,十二点之后吃。我揭下了保鲜膜,是一块儿奶酪和一份番茄三明治。

吃完之后,我闲逛回客厅。这里分外安静,时钟也默不作声,只是嘀嘀嗒嗒地悄悄指示着时间。我看到自己的双手在壁炉上方缓缓地移来转去,还有好几个小时的百无聊赖,有时候,我必须打开电视看看。电视上在演一个那种沙发节目。坐在同一沙发上的两个人都朝坐在对面沙发的一个人探着身子。他们时而微笑,时而摇头,最后,独自坐在一张沙发上的那个女子开始哽咽,我搞不清楚这究竟是什么名堂。接下来是一档人们走街串巷推销商品的节目,那些其貌不扬的东西出乎意料的个个儿价值不菲。

要是在前些年,我会对自己一整天都对着电视机感到惊讶。但是我还能做什么?我偶尔也会翻翻书,但却无法把小说的情节串联起来,也总是忘记我上次读到了哪里。所以我还是煮颗鸡蛋吃吧,我至少还可以吃个鸡蛋。或者可以看看电视。至于其他的,无非就是等着卡拉、海伦还有伊丽莎白的到来吧。

伊丽莎白是我仅存的朋友，其余的人不是在家里被好生伺候便是入土为安了。她是那种沿街叫卖推销商品节目的忠实观众，对发现一笔鲜为人知的财富心存幻想，总爱从慈善商店买来各式各样奇丑无比的盘子和花瓶，希冀能交上好运。有时我也会给她买些东西，大多也都是些花里胡哨的瓷器。我们就像在玩儿一个游戏——看谁能在乐施会[1]找到最丑陋的陶器。尽管无比幼稚，但是我早就发现只有和伊丽莎白在一起，与她一同欢笑，才是我最无拘无束的时光。

一个念头冷不丁冒出来，是有关伊丽莎白的。也许她希望我给她带过去一些东西，一个煮鸡蛋，或者一些巧克力。她儿子给她的食物恐怕都不够充饥。他甚至都不给自己换一个新剃须刀，伊丽莎白说过，他刮胡子都会擦掉皮，她担心他早晚会割断自己的喉咙。有时候我真希望他会自食其果，这个小家子气的男人。如果我不给她带过去点额外的补给，伊丽莎白恐怕会一命呜呼了。我手边的备忘录告诉我今天不能外出，但我却搞不清为什么。去商店走走会出什么事儿吗？

我先列了一个购物清单，然后穿上大衣，找到帽子和钥匙，确认将钥匙装进右边口袋后，我又检查了一下前门。路上尽是些蜗牛留下的白色斑点，这些蜗牛在晚上被踩平了。雨夜之后，总会有数以百计的蜗牛尸体横陈在这条街上。但是我很好奇，究竟是什么造成了这样的斑点？蜗牛身体的哪个部位能让斑点变成那样的白色？

---

[1] 乐施会是一个具有国际影响力的发展和救援组织的联盟，1942年在英国牛津郡成立，现在由十三个独立运作的乐施会成员组成。

"振作起来，亲爱的蜗牛。"说着我俯下身子好好地看了看它们。我不知道我说的话来源于哪里，但眼前的情景触碰了我的语言开关。我得想办法记下来，回家后查一查。

商店并不远，但是当我到达那里时已经筋疲力尽了。出于某种原因，我总是在一个错的拐角处转弯，这就意味着我得绕着那房子的后面多走一圈儿。当年战争刚结束时我也犯过这种错，每次进城都会迷失方向，那些被炸成碎石的房子，视野里突然冒出的空地，以及被砖块儿、石头和破烂家具堵截的道路都让我茫然无措。

卡罗商店店面不大，里面却密密麻麻堆叠着我根本不需要的东西。我多希望他们能将这一排排的啤酒罐儿挪开，给别的有用的商品腾出空间。尽管如此，这家店从我小时候起就在这儿岿然不动，只是在几年前换了个招牌。现在的招牌上俨然打着"可口可乐"的旗号，之前的"卡罗商店"几个字则屈居其后，反倒像是后来才加上去的。我大声读了下招牌，便走了进去。站在一货架的箱子旁边，我又念起了我的购物单。箱子上写着里斯科尔和史雷迪，随它们是什么吧。

"鸡蛋，牛奶，这写的是什么？巧克力。"我把纸片转了个方向，借着光看了看。店里充盈着一种惬意的纸箱味儿，与家中的食品柜味道如出一辙。"鸡蛋、牛奶、巧克力。鸡蛋、牛奶、巧克力。"我嘴里碎碎念着，脑海里却浮现不出对应的图像。它们会不会就放在我面前的这些箱子里呢？我喃喃自语着清单上的条目，在店里慢悠悠地踱来踱去。但是这些逐渐失去了意义，变成了空洞的经文。虽然购物单上还写着"西葫芦"，但我猜测在这里应该买不着。

"用我帮忙吗，霍舍姆太太？"

雷格倚靠着柜台，他的灰毛衫鼓鼓胀胀的，还蹭到了塑料桶里那些便宜的散糖，掉了几根羊绒在糖上面。我在商店里逛悠，他就一直目不转睛地盯着我看，真像是多管闲事的乞丐。我不知道他在防什么。我的确有一次忘了结账就拿了东西出去。但那有什么大不了的吗？仅仅是一袋儿软生菜，或者只不过是一罐树莓果酱而已？我记不得了。反正最终不都物归原主了吗？海伦明明给他送回去了。再说他也不是无过的圣人——这么多年总是少找我的零钱。这家店他已经经营了几十年，也是时候退休了。不过他母亲九十岁时才从这里离开，所以他没准儿会在这儿待到入土。记得那个老太婆离开时我格外高兴，以前我一来这儿她就开我玩笑，因为我小时候曾让她替我收过一封信。那是我给一个杀人犯写的，所以不想让他把信直接寄到我家。当时我还冒用了一个电影明星的名字，但却始终没有得到音讯。雷格的母亲一厢情愿地认为我是在等一封情书，直到我结婚以后，她还总是拿这事儿消遣我。

我到这儿是做什么来了？我一圈圈儿地绕着货架，那超负荷的架子似乎在愁眉苦脸地看着我，这倒与地上破烂不堪的蓝白色油毡"交相辉映"。我意识到自己已经来这儿大半天了，可手里的篮子依然空空如也，雷格还在盯着我。我只好随便拿了点儿东西，没想到重量还不轻，我的胳膊因一时不适应这突然的负重而猛地向下一滑。这是一听桃罐头，就是它了。我又拿了几听放进篮子，将篮子的提手挎在肘弯里。在我走向收银台时，那篮子的细金属条儿磨着我的屁股。

"你确定是要这些吗?"雷格问道,"别忘了你昨天才买了一大堆桃罐头。"

我低头看了看篮子。真的吗?我昨天确实买了同样的东西吗?他咳嗽了一下,我看到他眼睛里流露出一抹狡黠。

"就是它,谢谢,"我斩钉截铁地回答,"我想买什么,自然就会买什么。"

他挑了下眉毛,开始往机器里输价钱。我扬着头,看着罐头被装到塑料袋里,一会儿我好拎着回去,但我的脸却开始发烫,我来这儿的目的是什么?我摸到了口袋里的一张蓝色字条,上面是我的字迹:鸡蛋、牛奶、巧克力。我拿起一根牛奶巧克力棒塞进篮子,这样我至少买了一点儿单子上的商品。但是现在我不能把罐头放回去,以免雷格笑话我。我付清了钱,拿着这一袋子瓶瓶罐罐,一路上咣当作响。我的步子很慢,一来因为袋子太重了,二来是我的肩膀和膝盖后面都疼痛难耐。我记得以前走过,确切说是跑过这段路程时,这些房子都宛如过眼云烟被我匆匆带过。回家后妈妈偏又爱问我看到了什么新鲜的,打听某个邻居是不是外出了,或者非让我评价一下某家新砌的花园围墙怎么样。可我从不留意,这一路景色都转瞬即逝。如今的我虽有大把时间来细细体悟一草一木,却已无人可以倾诉。

有时候,我在整理东西或者大扫除时,偶尔会发现一些年轻时候的照片,那些黑白相片着实让我心头一震。我猜我的孙女儿一定天真地认为那时候的人全都灰头土脸,只能在阴暗的天地间对着相机"搔首弄姿"。可是在我的记忆中,小时候的小镇是那样的明媚惊艳。湛蓝的天空,墨绿的松树交错其中,朱红色的砖房,脚下铺满橘黄色的松针。现在尽管我相信天空仍偶尔晴朗如昔，房屋仍屹立如昨，松针也照常掉落，可是那些色调却在慢慢剥落，现在的我，犹如置身于一张泛黄的老相片中。

到家时，我刚好听到一阵清脆的闹铃声。我偶尔有设置闹铃，好提醒自己有约会。我把袋子拎进前门便关闭了闹钟。我记不起这次闹铃是在提示我什么，也没什么人能告诉我。也许是有人要来。

"地产经纪人来了吗？"海伦喊道。话音刚落，便听见她用钥匙开前门的声音。"他说好十二点到这儿的，来了吗？"

"我不知道，"我回答道，"现在几点了？"

她没有回应。我听到她沉重的脚步声在门厅里来回响着。

"妈妈！"她说，"这些罐头从哪儿弄来的？你到底需要多少该死的桃罐头？"

我告诉她我并不知道究竟有多少罐头。我还说那些罐头肯定是卡拉买的，因为我一整天都窝在家里。说完我看了看表，盘算着如何才能搪塞过去。海伦走到客厅，呼出的气息甜蜜清爽。我仿佛回到了小时候，躲在温暖的被窝里，姐姐把她那冰凉的脸颊在我的脸上贴一会儿。她给我讲展台、舞蹈，还有那些士兵时，她冰凉的气息拂过我的脸庞。苏姬跳完舞回家时身上总是冷冷的，夏天也不例外。海伦也是这样，在别人家的花园劳作后，回来时身体也常常冷冰冰的。

海伦拿起一个塑料袋。"卡拉在门厅里放一堆桃罐头干吗？"虽然我们近在咫尺，可她却没有压低嗓门。她把地上的袋子举得高高的，说道："你不准再跑去买东西了。我说过，无论你需要什么我都会给你搞来,而且我每天都会来一趟。"

我很确定她在夸大其词,但我不想同她争执。她垂下了手臂,我看到那个塑料袋贴着她的腿左右摇摆,直至静止下来。

"那么,你能保证再也不去买东西吗?"

"你要我保证什么?我告诉过你,那些东西一定是卡拉带来的。再说了,我买点自己想要的东西又有什么不行。"我觉得这句话听起来很耳熟,但又不知道为什么。"如果我想种些西葫芦,"我拿一张购物清单对着灯光,"最好种在哪里呢?"

海伦唉声叹气地走出了客厅,我不由得也起身跟在了她后面。走到门厅时我停住了:屋里的某处传出阵阵刺耳的噪音。我想不出这是什么东西发出的,也不晓得是从哪里发出的。但一旦我走进厨房,那个声音就几乎听不到了。厨房的一切有条不紊:盘子摆在置物架上,应该不是我摆弄的。我常用的刀叉也都洗得光洁如新。我打开橱柜,只见两张小纸片飘落到了地上。其中一张是做白沙司的食谱,另一张上面则写着海伦的名字,名字下方还标注了数字。我从抽屉里拿出一卷长长的蓝色胶带,把纸条又粘了上去。或许今天我应该做点儿白沙司,不过在此之前我想先喝杯茶。

我拧开了电水壶。水壶上贴的标签一目了然,所以我很清楚该用哪个插头。我取出杯子和牛奶,又从贴着"茶"字标签的罐子里拿出一袋儿茶包。水池旁边有一张便条:咖啡有助于记忆。这是我的字迹。我拿着杯子走向客厅,却在门口犹疑了一会儿,因为我又听到了刚才轰隆隆的响声。可能是从楼上传来的,我动身往楼梯口走去,但是不得不双手扶着栏杆才能上楼,于是我又转身把茶放在门厅的搁板上。这只需花费我一分钟时间。

我的房间采光充足，宁静安逸，美中不足的就是房子里那阵不知始于何处的轰鸣声。我把门使劲儿带上，坐在靠窗的梳妆台前。我的珠宝饰物被我漫不经心地散落在小桌垫和瓷盘上，现在的我，除了结婚戒指外几乎不再佩戴任何首饰了，那枚戒指在我手上一戴就是半个世纪。帕特里克的那枚情侣戒似乎长到了肉里，他的指关节也因此而突了出来，任凭我涂多少润滑油也无济于事。而帕特里克无论如何也不想折断戒指，还信誓旦旦地说戒指长在肉里，代表的正是我们情比金坚的婚姻，而我却认为这是他疏于照顾自己的借口。帕特里克甚至还反过来劝我应该多留心自己的戒指，相比我纤细的手指，戒指显得太大了，但实际上，它的尺寸非常合适，就像是为我量身定做的一样。

海伦说我现在首饰经常不翼而飞。于是她和凯蒂自作主张拿走了我大部分像样的珠宝，美其名曰"为我保管"。但我一点儿也不在乎。至少它们没有流落到外人那里，再说那也算不上什么价值不菲的宝贝。那些首饰中最贵重的莫过于一款样式奇特的黄金吊坠，是埃及王后奈费尔提蒂的头像，那是帕特里克从埃及买回来的。

我拿起一个破旧的塑料手镯戴在手上，照照镜子。镜中的形象往往会令我错愕不已。我从未真正相信过自己会年老色衰，至少不会像现在这样憔悴不堪。皱纹意想不到地爬满了我的眼圈和鼻梁，把我变成如蜥蜴般丑陋的怪物。除了一些过去的零星片段若隐若现，我全然忘了自己原来的样子。我仿佛看见一个站在镜子前第一次摆弄卷发器的小女孩，又好像看见一个在"欢乐花园"中静静凝视碧绿河水的年轻女子，似乎还看到一个从漆黑的列车窗子前半转过身子，用力拉开自己正在打闹的孩子的母亲。那个长着圆嘟嘟小脸的女孩,那个面色苍白的女子,那位头发凌乱满脸倦容的母亲,此刻突然间都历历在目。回忆时我总习惯眉头紧锁,难怪我的眉毛会因此变了形。我的母亲直到死时皮肤依然红润白皙,尽管她比大多数人都更应该生出皱纹。这大概与她从不化妆有点关系,修女也是同样的道理,对吧?

这些天我也没有化妆,至于唇膏我则是从来都不涂的,打心眼儿里不喜欢。在交易所工作时,女孩子们都爱拿这件事儿取笑我。年轻时,我偶尔会尝试涂一些,借朋友的用用,或者用自己圣诞节时收到的礼物唇膏。但是涂上没几分钟,我就受不了了。海伦或是凯蒂曾给过我一支唇膏,我把它从抽屉翻了出来,转了转底座,拧出膏体,小心翼翼地涂着嘴唇。我害怕把唇膏涂到牙齿上,因此整个人几乎都贴到了镜子上。你一定见到过这一类老婆婆,她们满口假牙污迹斑斑,眼影黑得让人骨寒毛耸,描的假眉毛又不伦不类,一脸的胭脂水粉更是让人倍加厌烦。与其变成那样,还不如一刀杀死我算了。我抿了抿嘴唇,这次看起来涂得均匀又鲜亮,只是嘴唇有点起皮了。我顿觉口渴难耐,该沏杯茶水好好喝喝了。

我把唇膏扔回抽屉里,又拿起一长串儿珍珠项链从头顶戴到脖子上,然后起身站了起来。这当然不是真的珍珠。我一打开门,立刻又听到一阵刺耳的轰隆。我判断不出这是什么声音。我越往楼下走,声音就越嘈杂。下到最后一级台阶时,我停住脚步,但还是什么也看不见。我又朝客厅的方向望去,这时候噪音更大了。我怀疑这声音是从我自己脑袋里传来的,没准儿是什么东西松掉了。这声音翻腾着,震颤着,最后戛然停止。

"好了，吸尘工作终于大功告成。"海伦靠在厨房的门上，将吸尘器的电线一圈圈缠好。她的嘴角扬起一丝微笑，问道："你要出去吗？"

"不，"我说，"我没打算出去。"

"那你戴项链干吗？花枝招展的。"

"真的假的？"我伸手摸了下自己的锁骨。脖子上的项链，手腕上的镯子，甚至还有嘴唇上的唇膏，都千真万确。尤其这唇膏，散发着一股令人作呕的蜡味儿，紧紧地粘在我的唇上，这一切都快让我窒息而死了。于是我开始用手背擦嘴，反而帮了倒忙，唇膏弄得脸上到处都是。我干脆往毛衫的袖子上啐了些口水，拿它当毛巾用力擦着脸，好像自己既是母亲又是一个邋遢小孩儿。过了许久，我感觉擦得差不多了，才发现海伦一直在看着我。

"把你的毛衫给我，"她说，"我最好洗了它。"接着她又问我是否想喝点儿什么。

"好，"我一边说着一边缩身脱下毛衫，扔到了椅子上，"我渴得要命。"

"你不渴才怪，"海伦说着便转身离开了客厅，"门厅搁板上的茶水早都放凉了。"

我回答说我不记得茶水怎么会放在了那里，但海伦似乎没听见我说话，她已跑到厨房，而我也自顾自地低头翻寻着我的手提包。我在包里应该放了几块麦芽饼干。是昨天的事儿吗？还是我已经吃完了？我从包里拿出了梳子、钱包、揉成了团儿的纸巾，唯独不见饼干的踪影。但是，我在包里的口袋中却发现了一张便条：不许再买桃罐头。我瞒着海伦把这张便条放在了标有今天日期的便条下边。我的看护每天都会留一张这样的字条，所以我才能判断今天是周四。周四通常是我拜访伊丽莎白的日子，可是这周我俩好像没有达成默契。她没打过电话，因为如果她打过，我肯定会记在纸上。我会一笔一画记下她的话，哪怕只是其中的只言片语。我还会写下约会的时间，将一切一字不落地记录下来。

屋子里到处都是纸片，有些杂乱地叠在一起，有些无序地贴在角落。无非是些潦草的购物清单或者食谱，要不就是电话号码和约会提醒，当然还有对已发生事情的记录。这些是我的记忆清单，提醒我记住各种各样的事情。但我女儿说我连便条也常搞丢，于是我把这点也记了下来。所以，如果伊丽莎白给我打过电话，我就肯定会记下来。我不是每张便条都会弄丢，何况我还会反复地写，它们总不至于全飘到桌子底下、厨房地上或是镜子下面了吧？就在这时，我突然发现我的袖子里藏了一张字条：伊丽莎白杳无音讯。下边还附着一个以前的日期。我开始感到事情不妙，担心她会有什么三长两短。什么都有可能发生。就在昨天，新闻里还报道了一个老妇人，她身上发生了不愉快的事情。现在，伊丽莎白不见了。要是她也遭遇了抢劫，生命正岌岌可危怎么办？或是不慎摔倒，够不到电话？我想象她躺在自家客厅的地板上，动弹不得，还执着地希望某个宝贝能从地毯上跳起来。

"也许你跟她通过话，只是你想不起来了，妈妈。这很有可能，不是吗？"海伦递给我一杯茶。我都忘了她在这儿。

她弯腰吻着我的额头，透过我那几根借以遮羞的头发，我感觉到了她的嘴唇。她身上散发着阵阵草本的清香，像是迷迭香。我猜她现在大概正在种吧，或许是为了缅怀些什么。

"想想看，我们上周六出门儿的事儿你不也忘得一干二净了，对吧？"

我把杯子放在椅子扶手上，还拿一只手稳着它。海伦又走了回来，可我没有抬头。可能她是对的，我不记得上周六的事儿，甚至也不记得我已经忘了它。想到这儿，我心凉了半截儿。这些空白的记忆让我坐立难安，不知所措。我怎么会把上周六的事情忘得一干二净？我的心又漏跳了一拍，那种似曾相识的尴尬和不安卷土重来。别说上周六了，昨天的事情我还记着吗？

"所以，你可能和伊丽莎白通过话了。"

我点了点头，呷了一口茶，自知多说无益。"或许你是对的。"我不知道自己在赞同什么，但我喜欢这种让大脑放空的感觉，不用再去绞尽脑汁回想了。海伦笑了笑，她是不是觉得自己这次占了上风？

"好了，我该走了。"

海伦总是来去匆匆。我透过前窗看到她坐进车里，动身驶离。我再也记不起她曾来过。或许我应该记下来。但是这些放在我椅边桌上的纸上记忆系统远非万无一失。许多字条记载的都是陈年旧事，与现在毫不相关，所以我也不惜把它们搞乱。即便是新字条也不见得有多大参考价值。手头上的这一张笔迹仍然鲜亮：没有伊丽莎白的消息。我用手指划过这些文字，弄花了字迹。上面写的属实吗？这字条毫无疑问是我不久前刚写下的。我当然记不起来最近她是否和我联系过。我拿起电话，按下伊丽莎白的专属键——快拨键4。电话的嘟嘟声一直响着，却始终不见有人接听。于是我把这件事记在了便条上。

17

碎裂的唱片

"伊丽莎白不见了，"我说，"我告诉过你吗？"我盯着海伦，但她却没看我。

"说过了。你打算吃什么？"

我端坐着，眼睛却朝菜单上方打量着，天知道我们在什么地方。看着那些穿着黑白相间衣服的服务生，以及这里的大理石面桌子，不难判断这是一家餐馆，但是是哪家餐馆呢？我内心有些忐忑，我本应该知道的，这大概是一次宴请。但我知道今天不是我的生日，难道是帕特里克的忌日？只有海伦才会特意记下并且"纪念"这种日子。但看着外边街道上光秃秃的树木，我可以确定这不符合逻辑，帕特里克是在春天时过世的。

菜单上写着"橄榄烧烤"几个大字。菜单封面是皮质的，所以显得格外沉。尽管这个名字对我毫无意义，我还是用手指沿着这几个凹陷的大字顺次划过书脊的末端撞到了桌面，我干脆将它拉到腿上，然后大声地读着菜名："胡桃南瓜汤、番茄芝士沙拉、蒜汁蘑菇、帕尔马火腿、蜜瓜——"

"好了，妈，谢谢了，"海伦说道，"我自己认得字。"

她不喜欢我把字念出声来，不是翻翻白眼，就是唉声叹气。有时候她甚至在我背后指手画脚，我曾在镜子中瞥见过她装出要掐我脖子的架势。"你要点什么吃的？"她问我，将菜单放低，视线却未从菜单上移开。

"腊肠馅西葫芦，"我继续读着，没办法停下来，"西葫芦近来又流行了么？我已经好些年没有在菜单上看见过了。"

在我小的时候，种植西葫芦的人还是很多的，那时候甚至有评选上品西葫芦的大赛。现在这种活动恐怕寥寥无几了。我就是因西葫芦而结缘伊丽莎白的。我们初次见面的时候，她告诉我她家花园的围墙顶上镶了卵石，所以我便对她家的位置了如指掌。因为在六十多年前，正是在那座拥有卵石围墙的花园里，一些西葫芦被人连夜挖走了。尽管我不知道为什么，但却很想到那个花园一探究竟，所以我便找了个机会去伊丽莎白家作客。

"你不喜欢腊肠，"海伦说着，"喝点汤怎么样？"

"我原来常和伊丽莎白一起喝汤。"我说，大脑却因一个念头而感到惴惴不安。"当年每天结束了乐施会的工作后，我们就聚在一起喝汤啃三明治，要不就是玩儿刊载在《回声报》上的填字游戏。但那都是很久之前的事儿了。"她还是杳无音讯。这让我无比费解。伊丽莎白从不外出，她一定遭遇了什么状况。

"妈妈？你必须点餐了。"

一个服务生正站在我桌子旁边，已经拿出了便笺。在我思量着他在这儿站了多久的时候，他径直弯下身子问我们想要什么。他的脸离我近得很没必要，我便侧着身子离他远点儿。"海伦，你听到过伊丽莎白的消息吗？"我说，"如果你听到什么，一定得告诉我呀。"

"会的，妈，你打算吃什么？"

"我是说，她不可能是出去度假了。"我合上菜单，想放下它，却找不到地方。桌子上到处都是碍手的东西，还闪闪发着光。伊丽莎白也有这些亮晶晶的玩意儿。它们摆放在她的桌子上，紧挨着布兰斯顿泡菜、色拉酱和很多装着麦提莎巧克力球的袋子。她那些袋子经常敞着口，巧克力球有时便会滚到地上，宛如一颗颗小巧玲珑的暗器。我常常担心伊丽莎白会因此滑一跤。"如果她摔倒了我也没法知道，"我说，"我怀疑他儿子根本不会劳心告诉我。"

服务生直起了身子，将菜单从我手中拿走。海伦冲着他微笑，点了我们两人的餐。我不知道她要了些什么。服务生点点头，边走边记，拐过了那堵饰有黑漆条纹的墙。桌子边儿上的盘子也是黑色的；我猜这肯定很流行。这家餐厅的风格就像一卷污迹斑斑的旧报纸，那种除了广告之外字迹全已模糊，最适合在冬季用来裹苹果的报纸。

"自己找点儿蛛丝马迹实在是困难重重，这是问题所在，"我说，意外地发现自己固守了话题，内心突然升腾起一阵兴奋，"家属均被通知，朋友则在不被告知之列，尤其是我这个年龄段的朋友。"

"这儿是原来那家小吃店，还记得吗，妈妈？"海伦打断了我。

我刚说了些什么？我想不起来。但一定是些供我参考的东西，一定。

"你想起来了吗?"

我大脑一片空白。

"你过去常在这儿和爸爸碰面,记得吗?"

我扫视了一下房间,靠着黑漆条纹墙面的桌子前坐着两个老妇人,她们凝视着平摆在她们中间桌上的某种东西。"伊丽莎白不见了。"我说。

"这儿还是小吃店的时候,你们在这里吃午餐。"

"她的电话一直无人接听。"

"小吃店,想起来了吗?哎,算了吧。"

海伦又叹了口气。她近来总是唉声连连。她从不倾听,也不把我的话当回事儿,倒是执意把我定义为永远活在过去的老古董。我很清楚她内心在想什么,她认为我精神恍惚。在她看来伊丽莎白一直好端端地待在家里,我即便是刚刚拜访过她也会转眼就忘。但事实并非如此,我是健忘,可我并不是失心疯,至少现在还不是。我对别人把我当疯子对待深恶痛绝。那些家伙在我搞错东西时故意投来"同情"的微笑,然后再给我"鼓励"的一拍,这一切都让我愤懑不平。尤其是当每个人对我的话都置若罔闻,而对海伦的言辞深信不疑时,我更加怒火中烧。我的心跳加速,牙关紧咬,我有在桌下踢一脚海伦的冲动,但我却踹到了桌腿。那些装着盐和醋的亮闪闪的调味瓶因此晃晃悠悠咯吱作响,一个酒杯也摇摇欲坠,海伦见状抓住了它。

"妈妈,"她说,"小心点儿,不然会打破东西的。"

我没有回答她,依然气得咬牙切齿。我简直要失声尖叫,但打破东西似乎是个不错的借口,这也是我现在最能泄愤的事儿。

于是我拿起涂黄油的小刀，一把猛扎在桌边儿黑色的盘子上，瓷盘裂开了。我意识到海伦咒骂了些什么。一名工作人员立即飞奔过来，而我一直目不转睛盯着盘子看。盘子的中央微微裂开了，它看起来就像一张破碎的唱片，一张破碎的黑胶唱片。

我曾经在我家后花园发现过一些破碎的唱片。它们在菜地里，残破不堪，杂乱地堆叠在一起。每次我放学回家，妈妈便叫我去给爸爸打杂。爸爸会递给我一把挖红花菜豆沟的铁锹，然后消失在小棚子里。这些唱片的颜色与土壤几乎没有差别，要不是在挖土时听到咔嚓的响声，根本不会察觉到异样。没一会儿工夫，这些唱片碎片就被我的"园艺餐叉"捕了个正着。

当意识到它们是唱片的时候，我把这些碎片一一挖出来，扔在阳光照耀下的草坪上晒干。我想象不出这是谁的唱片。不过我家的房客道格拉斯倒是有一台唱机，我想到他原来似乎说过一次他的一些唱片坏掉了之类的话。无论如何，他是一个很本分的男孩儿，不像是随意丢弃垃圾的那种人。

"它们究竟是些什么玩意儿？"妈妈出来收晒干的衣服时，发现我跪在这些碎片上鼓捣，就不禁问道。

我把唱片上的土屑擦掉，开始将它们拼回原本的形状。我当然不会傻到认为这些碎片还可以放歌，只是想知道它们究竟是属于谁的。我用沾着泥土的手指拨弄着下垂的头发，脸上留下了点点污渍，妈妈一边用手将这些土渍拭去，一边说这肯定是邻居隔着篱笆墙扔进来的。

"隔壁每周都会迎来一个新房客。天知道现在那里住的又是什么鬼狐精怪,"妈妈说道,"我在园子里发现垃圾也不是一次两次了。"她低头看了看这些劣质的黑胶唱片,"毁掉这些真是大快人心,一文不值的东西。莫德,把它们扔在红花菜豆沟里,好冲走它们。"

"好吧,"我说,"我只是想先把它们拼好。"

"为什么,你要为草坪设计踏脚石吗?"

"我可以吗?"

"别犯傻了。"

她笑着,腰后挎着收衣服的篮子,迈着优雅的步伐绕开这些碎片走进了厨房。我看着她走进去,她那红色的头发与房子的亮红瓷砖相比显得呆滞无光。

没一会儿我就拼好了这些碎片,在冬日和煦的阳光下,听着鸽子们彼此互动的"咕咕"声,这个工作很是让人惬意,仿佛是在拼一块儿七巧板,只不过拼完之后发现还缺东少西。但现在我能辨认出唱片的名字了:《弗吉尼亚》、《我们仨》以及《无人爱我》。

我跌坐在地上。这些唱片都是姐姐的最爱,她总是央求道格拉斯放给她听。如今,它们七零八落,与大黄和洋葱的碎渣沦为一伙。我搞不明白是谁又是出于什么原因会这么做。我将拼好的碎片再次搅乱,撒到了红花菜豆沟里。当我走回房子的时候,我看到道格拉斯在窗前伫立着,我猜他刚才一直在盯着我看,但刹那间一群鸟从树篱的暗处俯冲下来,我转过头去,正好瞥见一个女人的身影匆匆跑开。

"我必须在半小时内接到凯蒂。"海伦边说边披上了外套,尽管此时的我还没吃完手上的冰激凌。

冰激凌的口感冰冰凉凉，味道绝佳，但我却判断不出这是什么口味。不过从颜色来看，我想应该是草莓的。在走之前，我还需要去下厕所。我不知道女洗手间在什么位置，也不清楚自己原来是不是在这里用过餐。但这里的确勾起了我对一家小吃店的回忆，那时候我和帕特里克正在热恋，总是相约在小吃店见面。那家小吃店物美价廉，没有异域风情的餐点，也没有白色整洁的桌布，但菜却烹饪得色味俱佳，小店的装潢也是别具匠心。我常常在结束了交易所的工作后，在午餐时间奔赴这里，坐在一张靠窗的桌子前等待帕特里克。他的公司位于码头，是从事战后重建工作的，他常在码头那里搭电车来小吃店赴约。见我时他总会大步慢跑，面颊通红，头发甩来甩去，但他只要看见我就会咧嘴微笑。现在没有人像他那样冲我微笑了。

"你需要去洗手间吗，妈妈？"海伦已经把我的大衣递过来了。

"不，我觉得不用去了。"

"那么好吧，咱们直接出发。"

海伦今天对我颇有成见。显而易见，我是出了些状况，但那有伤大雅吗？我和服务生说了什么不该说的话？我不想问海伦，以免自讨无趣。有一次，我对一个女士说她的牙齿让她看起来像一匹马，我记得海伦告诉我我说了这话，但我却不记得我说过。

"我们回家吗？"我换了个问题。

"是的，妈妈。"

在我们吃饭的时候太阳就已经下山了，现在的天空颜色犹如墨水一般，但我还是能够透过车的挡风玻璃看到路标，我不知不觉地将那些字念了出来："快车先行、平交路口、减速。"海伦的双手在方向盘上显得很苍白，她对我置之不理。我在座位上摇晃着，突然意识到自己的膀胱就快要憋炸了。

"我们是在回家的路上吗？"

海伦叹了口气，这就意味着我刚才曾问过这个问题。当我们开上我家门前的街道时，我意识到自己已经刻不容缓。"把我放在这儿。"我对海伦说，一只手已经抓上了门把手。

"着什么急，我们就要到了。"

我还是执意打开了车门，海伦猛地将车刹住。

"你知不知道你在拿生命开玩笑？"海伦说道。

我从车里钻出来，径直走到了路上。

"妈妈？"海伦叫着，但我顾不得回头了。

我快步走到门前，身体前倾，每隔几秒钟就得紧绷下肌肉。不知怎的，离家越近，膀胱就憋得越难受。刚才走路的时候我就解开了外套的扣子，急切地寻找着钥匙。在门前，我不断换着脚转移重心，发疯地将钥匙在锁孔里乱拧一气，可是门却迟迟打不开。

"天啊，不。"我喘着粗气。

最后，钥匙终于拧动了。我跌跌撞撞走进房里，将门砰的一声带上，手提包也被我重重摔在地上。我抓着扶手冲上楼梯，外套也被我抖掉了。但还是来不及了。解腰带的时候，我就憋不住了。我扯下裤子，却无暇顾及其他，穿着短裤就一屁股蹲坐到了马桶上。有那么一会儿，我让自己身体前倾，把头靠在手上，胳膊肘贴着膝盖，被尿浸湿的裤子就这样紧裹着我的脚踝。接下来，我用缓慢又笨拙的方式把鞋子蹬掉，把湿透的裤子从脚上拽了下来，一把扔到浴缸里。

房间里一片漆黑，但我现在又不能过去开灯，于是，我在黑暗中坐着，哭了起来。

凡事都得有理有据，得把所有的事情都记下来。伊丽莎白不见了，我不能袖手旁观，一定要让事情水落石出。但我现在依旧糊里糊涂，我甚至记不清上次见她是什么时候，也不知道迄今为止我都掌握了什么线索。我给她打过电话但却没有接通，我想我应该再没见过她了。她没来过我这儿，我也没去过她那儿。接下来怎么办？我想我应该去她家转转，万一有什么蛛丝马迹呢？无论发现什么，我都要记在便条上，我现在得把笔放在包里。凡事都得有理有据，我把这点也记了下来。

离开门阶之前，我检查了三遍房门钥匙。我沿着路面慢吞吞地走着，阳光也无精打采地斜照在草坪上。唯独松树的清新味道让我感觉振奋，我大概好几天都没出门了，最近发生的事情让海伦忙得不可开交，但我的大脑现在一片空白，回忆过往只会让我头晕目眩。

我用麂皮粗呢大衣把自己裹得严严实实，大衣里边套着件针织套衫，里边还夹着一层羊毛裙，但我还是感到些许寒意。途经卡罗商店的时候，我在窗户前瞥见了自己弯腰驼背的样子，像极了温可太太，只是没有穿细高跟鞋而已。我边走边检查笔是否在包里，纸是不是装进了口袋。走了几步之后，我又不厌其烦地检查了一遍。毕竟最重要的事得靠它们来记录。正当我因不知道该记下什么而纠结的时候，沿途的道路给了我思路。首先得走完最后这座组装房屋，它被房主涂上了黄绿相间的油漆，很是令人作呕（伊丽莎白嘲笑过这房子的丑陋，她说如果她能发现一个陶瓷臻品的话，肯定得价值连城）。接下来要走过一家酒店的后方，那里的街道永远充斥着浑浊的脏水（伊丽莎白说那是人们早餐后倒掉的茶叶渣）。最后来到了美丽的金合欢树下，它的枝叶从满是蜗牛的前花园伸展开来（伊丽莎白每年都尝试插枝，但却总以失败告终）。

伊丽莎白的房子刷着白漆，窗户是双层玻璃的，窗帘则是网眼帘，这无疑在向外界宣布这是一户领养老金吃饭的人家。我当然不敢妄加评论，因为我家也同样安装着网眼帘。这栋房子是在战后建造的，这条街上几乎都是战后的新房子，但花园围墙却是老样子。房屋原来的主人将围墙顶上贴满了卵石，自此就再没有人改动过。伊丽莎白现在即便做梦也不会想到要将卵石挖除。在我还是小女孩儿的时候，我就特别好奇这一带的新房屋，尤其对这间有着卵石围墙的屋子念念不忘。

我按响了门铃。"铃声在空荡荡的房子里回响。"我没来由地自言自语出这句话，但是无论房子是不是空的，铃声总是会在里面回荡不是吗？我等了片刻，将一只手探进门阶前一个满是泥土的桶里，这些桶里经常花草簇拥，但现在就连破土而出的嫩芽也不见半个。伊丽莎白今年肯定忘记种植球茎了，我把手迅速拿出来。我搞不清楚我的手在桶里干什么，难道我只是想摸一下球茎吗？或许我是在找别的东西？

我面朝着门，不知道自己已经等了多久。五分钟？十分钟？我看了下手表，但依然无济于事，时间总让我捉摸不定。我又按响了门铃,这次我特意在纸上记下了时间,然后看着秒针来来回回地画着圆圈。五分钟后,我记下来:伊丽莎白不见踪影。之后就离开了。或许正如别人所说,伊丽莎白去度假了。或许她现在和儿子住在一起,但我应该把这记下来的,我很确定,我有过类似的记录。那些记下的只字片语通常是我同别人展开话题的素材,也是给我自己的参考。譬如我可能会这样问海伦:"你知道吗,伊丽莎白去了法国南部。"或者干脆这样告诉卡拉:"伊丽莎白搬到她儿子那里了。"这种"新闻"对我而言价值不菲,因为海伦通常会知趣地多逗留半分钟和我聊聊。

所以我知道这次我也不会忘了记下来。伊丽莎白一定是不见了。但是目前我所掌握和证明的信息至多只能说明伊丽莎白现在不在家。

走到大门的时候,一个念头突然涌上来,不如我折回去从她家前窗望个究竟。我把鼻子贴在冷冰冰的窗玻璃上,将两只手拢在头顶,借着网眼帘的缝隙望了进去。网眼帘令漆黑的房间更加朦胧,但我却看见了空空的椅子和囊鼓鼓的靠垫。她的书在架子上堆得平平整整,那些马略尔卡陶器、花瓶还有汤碗则在灶台上排成了一条直线。我总是对伊丽莎白的"宝贝"大加嘲讽,因为那假树叶的纹理丑态毕露,那假鱼的鱼鳞更是令人不屑。但伊丽莎白却不以为然:"你不会想到的,这些物件中没准儿哪一个就是无价之宝。"她的视力不足以让她将那些"宝贝"看得真切,但她却能凭借触摸来感知,尤其是那些动物和昆虫的浮雕图案。她常用手勾勒出陶器上凸起部分的轮廓,那里的瓷釉犹如青蛙或者鳗鱼的皮肤一般光滑。她一生都在期待着发现点儿稀世珍宝。要不是寄希望于那点儿玩意没准儿真能带来金钱的利益，她的儿子早就不声不响地把它们扔进垃圾桶了。

我拿出一支笨重的钢笔，展开一张亮黄色的方形纸条，记下了这微不足道的发现：整洁的房间，伊丽莎白不在，没有开灯。我后退了几步，却不慎踏空在花坛中，一只脚陷在了土坑里。幸好我没有计划什么为非作歹的事儿。我小心翼翼地沿着花坛边缘走到房子侧面，想看看通过厨房的窗户能有什么发现。厨房这儿没有网眼帘，我很清楚地看到木质流理台上空无一物，水池也熠熠发亮。我立刻写道：厨房内没有外置的食物，没有面包，没有苹果，也没有碗碟。这些信息虽然不多，但多少得参考一下。

我穿过公园回家，大概是因为下过雨的缘故，空气清新怡人。地上的草有点结霜了，我喜欢听草被踩在脚下发出的嘎吱嘎吱声。距离室外演奏台不远的某个地方是一片下沉地带，那里宛如一个陨石坑，花草成群，还有可供休憩的长凳。说起来，海伦可没少出力，在那里参与种花种草的活动是她最早干过的大事之一，光是土她就来回搬运了几吨之多。那里可是避风向阳的绝佳去处，就连热带的花草也都呈现欣欣向荣的景象。海伦很擅长让各种植物成活，她也一定知道什么地方最适合种植西葫芦，下次见她的时候我得记着专门问问。

七十多年来，我常常经过这个室外演奏台，因为这是我和姐姐去城里看电影的必经之路。战争期间，这里总是播放音乐，以激发人们的斗志。这儿总是不乏躺椅和身穿军装的男人，那种卡其色在明亮的草绿色映衬下非常醒目。姐姐苏姬经过这里时往往会放慢脚步，听听乐队的演奏，冲着士兵们微笑。她曾在圣廷苑舞厅跳过舞,所以也认识乐队的人。这时候我总会在她和大门之间急得跳脚,迫不及待想进城,想象着这次上映的是什么影片。真希望现在的我还能像原来那样欢呼雀跃,可我显然气血不足了。

下台阶离开公园时,我停下脚步回头望了望:天色已黑,一个人跪倒在草坪上,从演奏台那里还传来一个男孩呼喊的声音。他的喊声让我头皮发麻,不禁想加快脚步赶紧走到街上。在迈下第三个台阶的时候,一块儿亮晶晶的小石子把我绊倒了。我连忙去摸扶手,却抓了个空。我的指甲蹭在了砖墙上,手提包猛烈摇晃着,拖着我摔了下来。我的身体一侧重重砸了下去,胳膊的剧烈疼痛让我不由得咬紧牙关。鲜血从我的体内直喷出来,仿佛外界才是它们的归属。我发现自己目光呆滞,眼皮不由自主地张开,眼睛干涩难耐。

渐渐地,尽管仍心有余悸,但我又可以眨动眼睛了。因为体力不支,我爬不起来,于是索性翻了个身,休息了一分钟。这时我注意到生锈的扶手下方,一些看起来像沙土材质的漆面打着狐狸形状的烙印。我的掌缝间有些泥土,但我却想不起来是怎么弄上的。台阶的外沿划疼了我的后背。至少我终于摔跟头了,这些台阶一直是我的顾虑。还好没碰到脑袋,虽然我的半个身子和胳膊肘都未能幸免,明天就该瘀青了。我感觉这些瘀青在迅速蔓延,变成黑莓果汁的颜色。我还记得孩提时代自己身上总是青一块儿紫一块儿的,可那时候我居然能兴致勃勃地研究那些云一般的瘀青。我的屁股因为总撞上家具而伤痕累累,指甲也因缠进了轧布机而青得发紫。有一次,我的朋友奥德丽在东悬崖边上闲逛时摔倒了,为了拉住她,我的胸口重重撞到了围栏上,留下了一道黑色的印痕。还有一次，那个疯女人在我回家的路上狂追了我一路，也给我身上留下了点点印记。

那回是我被派去买东西，那个疯女人站在店内的柜台边上。当我开口告诉店主我要桃罐头和妈妈该分配到的食用油时[1]，只见她像在和杂货店主嘟囔着什么。于是在店主称重并包装我买的东西时，我尽量躲她远一点儿，眼睛看着店里一处高高的角落。这里充斥着一种奇怪的八角味，我一度怀疑是这疯女人身上传来的，尽管窗台上那一桶桶的甘草也有可能释放这样的气味。我付完账，将货物揽到胸前，在路口等待电车通过，这时，突然感到自己肩上被重重一击。我吓得呼吸紧促，心怦怦直跳，几乎提到了嗓子眼。

是那个疯女人，她尾随我走出来，并用她的雨伞猛击我。她总是拿着一把墨黑色的破伞，伞面半开，犹如一只受伤的小鸟。她常站在路中央挥动那把破伞拦截行驶中的公交车，甚至还撩起她的裙子露出里边的短裤。别人都说她的疯癫和她死去的女儿有关，她的女儿早在战前就被公交车撞死了。人们谈起这事儿总是小声议论，或者开些彼此会意的玩笑，但如果你真想询问个一二时，他们总告诉你要保持安静，不要刺探，离她远点儿就是了，好像那个疯女人有巫术一样。

电车尾部终于慢慢驶离了路口，我又挨了一下猛击。我撒腿就穿过了路口，但她却不罢休。在我跑到我家那条街的时候，她依然穷追不舍，慌乱中我买的那些桃罐头全掉在了地上，那疯女人还在喊着一些我听不明白的话。我跑到我家厨房门前，大声喊着妈妈。

---

[1] 当时买食用油得用定额配给本。

她匆匆赶出来，那疯女人见状离开了，并拿走了那些桃罐头。

"我说过多少次了，不要看她，不要跟她说话，保持距离，"进屋时妈妈又嘱咐了一番。

我告诉妈妈，我什么都没做，但她还是狂追我。

"这样啊，我从没见她在杂货店里出现过。或者我们该叫来警察管管，但那疯女人的确让人可怜。我想她只是不喜欢看到这一带的年轻女孩儿吧，"妈妈说罢，就从窗户往外看去，生怕那疯女人还在附近。"因为她的女儿被公交车撞死了。"

我是年轻女孩儿就得遭这份罪？但我不禁猜想，她或许只是饥肠辘辘，想从我这儿拿点儿吃的而已。肩上的瘀青好几周都没下去，在我苍白的皮肤上黑得异常显眼，和那疯女人的雨伞一个颜色，就像那把伞把一块碎片掉到了我的肩上，宛如从受伤翅膀上掉下的一根羽毛。

口红

我给医生打了电话。尽管卡拉竭力阻止我,但我的胳膊实在酸痛难耐。我怀疑这是不是什么更加严重的疾病的征兆,卡拉却告诉我老年人早晨起床都会有这样的不适。当然,她没有用"老年人"这个词儿,但我很清楚她话里的意思。当意识到我最终还是给医生打了电话时,卡拉只好通过电话联系上了海伦,好让海伦来数落我一番。

"天啊,妈,快让这个无辜的医生回去吧。"海伦坐在窗前的座位上说着,还不忘望向窗外那个男医生。

"海伦,我生病了,"我回答道,"我感觉自己病了。"

"你上次也是这么说的,你的身体明明好端端的。你只是不再年轻了,医生又不能让你返老还童。哎,他马上进来了。"她跳下座位,走过去打开了前门。

他们在门厅里谈着什么,但我却听得一头雾水。

"你好,霍舍姆太太,"他边说边走进屋,将耳机的线一圈圈缠到了"随身听"上,反正就是诸如此类的东西,"我一上午忙得焦头烂额，您这次为什么让我过来？"

他这么年轻就做了医生，长得又那么端正，黑色的发帘垂在他的前额。我冲他微笑着，但他却面无表情。"没什么，"我回答道，"不要总是大惊小怪的。"

他从鼻孔发出了一种像动物觅食一样的声音，听上去极不耐烦。

"你给诊所打了电话，霍舍姆太太，你说你急需大夫上门看诊。"他看了看海伦，坐下来，抓住我的手腕按压着，然后看了看他的手表说道，"你难道不记得这是怎么回事了吗？你近来频繁给诊所打电话，你知道那些'没什么'的人是不会无缘无故让医生上门看病的。"

海伦在他背后向我点了点头。

"我没有频繁地打电话。"我边说边看着海伦。

"才怪。"他答道，在他的本子上匆匆记下了点儿什么，"事实上，两周里你已经打过十二次电话了。"

十二次？他肯定是记错人了，除非是电话串线，要不就是接线员弄错了对象。

"我不是说你在故意捣乱。真的不是。不过我怀疑你是否真的没什么，"他拿出了一把小手电，"你的问题恐怕不是医生能解决的。"

"真对不起，"说着，我扭开脸，手电照在脸上就像是苍蝇在上边乱串，"但是我不相信我居然打了十二次那么多。我的身体向来很好。"

"我当然知道。"他边说边用一只手稳住我的前额，这样我的脑袋就动弹不得了。他把手电的光束对准了我的一只眼,接着说道:"所以我才感到无奈,每次被你叫出来,不知耽误了多少真正需要就医的病人。"

我突然间乱了思绪,被手电这样照来照去让我很难集中注意力,他还不忘告诉我说要睁大眼睛。"我就是想不明白,"我开口道,"我又不是伊丽莎白,她几乎不能出屋,既看不清又走不稳,而我却——"

"而你身体却很硬朗,当然是就你的年龄而言,我知道。"

他把手电拿开了,我冲他皱了皱眉。一时竟想不起来这医生为什么在我家里。"但是我想告诉你,"我说,"我的朋友伊丽莎白,她不见了。"

"天啊,妈妈,不要再开始这个话题了。"海伦插嘴说,"不好意思,我妈妈最近对伊丽莎白特别偏执。我已经告诉她我会去查明事情的原委。"

"我这不是偏执,我甚至不知道她已经离开了我多久。"

"我相信你的朋友一定能联系上的。你现在只需要静下心来,她的家人会照看好她的。关键是要放松心情。好啦,我必须得去瞧瞧其他的病人了。"他拿起他的包,回头向海伦说道:"我了解到她这个星期还验了血。"他瞥了我一下,接着说道:"你可能需要做一个专家评估,从某个角度而言。"

他这时已经把耳机塞到了耳朵里,就像是连着线的贝壳。他和海伦谈话的时候,我猜想着他在听什么。我把双手拢在耳边,听着体内血液循环往复发出的声响,宛如大海之歌。但是手掌的效果终究抵不过贝壳,因为血液的声音好像缺少了回旋或者共鸣。

海伦把医生送走之后便坐在了沙发的扶手上。

"你根本不必捂住耳朵,妈妈。"海伦说道,"那医生又没有吼你,但是你能保证以后不要再无端地给诊所打电话吗?也不要再胡言乱语,我是指伊丽莎白,你懂吧?"

我不懂。

"妈妈?"她抓住我的胳膊,我本能地喊出声来。"你怎么了?"她边问边卷起了我的袖子。我的胳膊上尽是瘀青,斑斑点点,沿着胳膊肘周围散开,就像翅膀一样。"天啊,为什么你刚才没让医生看下胳膊,我这就打电话让他过来。"

"不必了,"我说,"我可受不了光束像苍蝇一样在脸上闪来闪去,可别让他过来。"

"对不起。"海伦将身体滑了下去,蹲坐在我前面,握起我的手,说道,"我很抱歉没有把你的话当一回事儿,也没有让医生好好为你检查一番。你身上的瘀青是怎么弄的,妈妈?"

"是被一把伞打的。"我回答,但却想不明白起因经过。

她坐下来,久久抚摸着我的手。我顺势用手攥住了她的手指,感觉到她指甲旁边的皮肤因为总是擦拭泥土而变得又红又肿。我们好长时间都没有这么近距离待在一起了。

"我母亲临死时,我就像这样坐着,握着她的手。"我说道,尽管我的潜意识告诉我不应该说出这件事儿。

"你不会死的。"

"我知道,触景生情罢了。你外婆临死之时也没有瞑目,我不想重演她的悲剧。"

海伦微微坐了起来。"什么没有瞑目,妈妈?"

"关于我姐姐苏姬。"我握住了她的指尖,"这就是我要找伊丽莎白的原因。"

海伦叹了口气,放下了我的手,说道:"我必须马上走了,你还有什么需要买的吗?"

我告诉她我不需要什么了,但马上又变了卦:"我想要一件新套衫。"

在伊丽莎白的视力没有变得太恶劣时,她还能出去逛个街什么的,她给我买了一个丝绸眼镜盒。我每次打开手袋都能看到它。白色的丝绸熠熠发光,每次在包里取钱或公交卡时,我总是能触摸到它冰冰凉凉的材质。我把我的备用眼镜放在了里边,实际上我只有在阅读的时候才需要戴上眼镜。但是一旦你过了某个岁数,人们就希望你时刻戴着它,就好比是着装的一部分一样,要不然别人怎么能判断出你是一个已经上了年纪的人?人们巴不得你带好所有"装备"来表明自己已经过了体面的年纪。你已经是超过七十岁的老怪物了。假牙、助听器、眼镜,这些我一个也不能少。

我出门时,海伦常提醒我带好所有"装备"。不过她很少检查我有没有戴假牙,倒是特别留心我有没有拿好眼镜。我想她是担心我忘记拿上眼镜可能会撞到什么东西,所以我的脖子上常用链子缠着一副眼镜,以备不时之需,这对于阅读来说倒是方便不少。但现在这种场合眼镜根本派不上多大用场,我只是找一件套衫而已。一件颜色很好辨认,不那么厚的针织套衫。我们原来常穿这一款。如果我能回忆起它具体的样子就好了,还好我不至于全然忘记。只是到现在还没找到它,我得俯下身子看看了。

我在一个满是袜子的方形箱子里上下翻寻，身子垂在箱子边上，胳膊被衣物埋住了，脑海中突然闪现出一个稍纵即逝的画面：妈妈把一摞衣服摔在手提箱的边沿上。"真搞不明白现在买件普通的套衫这么困难。"

海伦和凯蒂叹了口气。我不知道我们已经在商场里东挑西选逛了多久了，我开始后悔出来这一遭了。真是悲哀，当年的我最喜欢购物了。但话说回来，现在的商场真不比原来，到处都堆满杂七杂八的商品，颜色又花里胡哨，谁会穿那种橙黄色的衣服？看起来岂不像是挖路的工人？显然，现在的年轻人穿衣服真是百无禁忌。

姑且看看凯蒂，她早早就打了耳洞。大概在她的同龄人眼里，那是一种个性的展现吧。如果时光倒流，或许我也会像她这么做。她倚在架着碎花裙的栏杆上，和我姿势一样；海伦却在铺着亚麻地毡的过道中间直直地站着，其他的顾客得侧过身才能从她旁边通过。

"妈妈，我都让你看了足足一百件套衫了，"她说，"你总是嫌这嫌那，东西都被你选了一个遍了。"

"肯定没到一百件。"我对海伦的夸大其词有点生气了，"那边还没转过吧？我们连看都还没看一眼。"我指着女装区域的另一侧说道。

"外婆，我们刚从那边出来。"

真的假的？我完全懵了。

凯蒂从碎花裙栏杆那边挪了下脚步，就近给我从架子上钩下来一件奶油色的套衫。"瞧，这件就不错，颜色也很搭。"

"这件有螺纹,不行。"我摇了摇头,"真想不通,我就是想买一件圆领的套衫,不要高领的,不要V领的,不太厚但保暖的那种。"

凯蒂冲她妈妈咧嘴笑了笑,接着把头转向我。"还有呢,它不可以太长,也不可以太短——"

"你说对了,这里一半的套衫连肚脐都盖不住,别以为我不知道你是在拿我说笑,"我说道,尽管我在开口时才意识到凯蒂是在消遣我。"该清楚的都清楚了吧?就是一件普通的套衫。"

"还必须得是普通的颜色,像是黑色呀、深蓝色呀、米黄色呀,或者——"

"谢谢你凯蒂,你大可以开口大笑,但你并不真的希望外婆穿上那些颜色古里古怪的衣服吧,譬如说紫褐色、洋红色和青绿色什么的。"我忍不住笑出来,被人开开玩笑感觉很是不错。伊丽莎白原来就老损我,但这反倒让我感觉自己是作为一个人而存在的。至少有人还愿意和我说说笑笑。

我的外孙女笑了起来,但海伦却伸长手臂去翻寻那一排连着一排的衣服。"妈妈,挑长度、挑厚度、挑颜色、挑领形,天知道你还挑不挑别的,你有没有发现买件你穿的套衫比登天还难?"

"真搞不懂,我年轻时,我中意的套衫遍地都是。那个年代的选择反而更多。"

"什么?在那个定额配给时期?我不相信。"

"千真万确,你总能找到人为你量身定做心仪的衣服,苏姬总给我送来漂亮衣服。"

我的姐姐穿衣向来很时尚，尤其是在婚后。她擅长修改一些旧衣服，使之焕然一新。但即便如此，妈妈也常好奇苏姬究竟是从哪里搞来的钱，因为她对配给券漠不关心。爸爸也常扼腕叹息，担心苏姬与黑市非法交易扯上关系。我曾从姐姐那里得到一件天鹅绒的开襟短上衣，无论何时有事没事都会穿上，但每次穿过后都暗自发誓下次只有在隆重的场合才能穿。在和苏姬最后一次见面时，我穿的便是这件短上衣。

我切面包时苏姬走进了厨房。那时我早脱下了学校的校服，换上了这件短上衣，但是与姐姐鸭蛋青色的套装和她那拉娜特纳[1]风格的卷发相比，我实在自愧不如。苏姬长我七岁，却比我有风韵得多。

"好啊，莫德，"她向我打着招呼，亲了下我的前额，"妈妈呢？"

"她又套了件毛衣。爸爸去弄炸鱼薯条了。"

苏姬点点头，坐在了桌子边。我把茶壶放在从窗外射进来的一束光下方，这样茶就不会那么快凉掉了。厨房在太阳落下前变得漆黑一片，外面被密密麻麻的荆棘树篱遮掩。为了赶上那抹最后的光亮，我们不得不算好吃饭的时间。

"道格拉斯在吗？"苏姬身体前倾，朝走廊尽头的楼梯望了望，"他今晚睡在这里吗？"

"当然了，要不他睡哪儿？"我笑着说，"他可是我们的房客，他交房租不就是为了睡这里吗？"我把杯子摆好，抬头看了看她。苏姬并没有被我逗乐，只见她脸色惨白，有些惊慌失措。她拨弄

---

[1] 美国早期著名女影星，1938年入行，代表作为《邮差总按两次铃》。

着手指上的戒指,花了许久才把她的外衣套在了椅子后背上。

"我今晚可能得在这儿过夜了,"她终于开口了。可能注意到我在观察她,她突然笑了下。"这很奇怪吗?很过分吗?"她的表情看起来像是急切地想知道答案。

"不过分。"我说,"你大可以住我的房间,你的床还在。"

妈妈走下楼梯来到厨房,和苏姬打着招呼,亲了一下她。"你爸爸马上就把鱼买回来了,"她说,"喝杯茶吧,莫德,你给苏姬倒一杯去。"

"谢谢你了,波莉[1]。"她说,一如她原来的回答方式。

"我现在要给你铺床吗?"

"先不要了,毛普斯[2]。"她回答道,声音很低沉,"我得先想想。"

我倒了杯茶,隐隐感觉有些不妙。此时爸爸回来了,我们把热气腾腾的鱼和薯条放在了盘子里,刺鼻的醋味弥漫在空气中。苏姬看起来镇静多了,但当妈妈问到她丈夫弗兰克时,她竟然把茶匙弄掉了。

"还行,"苏姬回答道,"他今晚得把货送到伦敦,他们正往货车上装货呢,所以他今晚来不了这儿,一大堆人等着他搬家呢。"

弗兰克继承了他父母的事业,从事搬运家具的行当。他在战争期间帮助很多人从他们被炸烂的房子搬到暂住处。现在战争结束了,他又得帮那些人搬回原来的家。

"弗兰克不在的这段时间,你可以在这儿吃饭。"爸爸说,"常

---

[1] 莫德的昵称。
[2] 莫德的昵称。

常见到你让我们很高兴。"

"好，我会的。一个人在偌大的房子里吃饭感觉怪怪的，是不是？"

"当然啦，"道格拉斯边喊边走进厨房。他总是从电影中搜集各种美国俚语并将其活学活用。这让我浑身起鸡皮疙瘩，但妈妈和苏姬告诉我不要和他计较，因为道格拉斯的母亲在一次夜间轰炸中丧生了。"你最近怎么样，苏姬？"他把盘子摆在桌上准备吃饭。

"我还好，谢谢你，道格。"

我们吃得很快，生怕薯条变凉了。爸爸说起他在送信路上的见闻，告诉我们又有一个工人从军队回家了。爸爸还不忘比较了下他送信的路径和道格拉斯送牛奶的路径。妈妈则抱怨着肉店前排的长队让人发狂。我听了个模棱两可，因为注意力总是被苏姬和道格拉斯打断。我不禁想象着道格拉斯又会在什么时候插上一句美国俚语。只不过他的美国俚语配上汉普郡的口音，实在有点不伦不类。

"我刚在想着要去浴盆街看场电影。"吃完饭后他说道。道格拉斯看着苏姬，窗外射进来的余晖照在他脸上须茬断开的地方。他脸上和下巴上各有一处C形的斑块，都是粉红色，看上去滑滑的。

"那再见了。"苏姬说。她打开化妆盒，往脸上扑了些粉。

她娴熟地在前额拍着，这让我想起她曾答应教我学化妆的事儿。道格拉斯看了苏姬好一会儿才去门厅拿外套。我不禁想到，如果他也需要一款化妆品，那一定是针对他那断胡而特别设计的粉。

妈妈起身收拾碗盘时，爸爸走到门外的垃圾箱那儿扔油腻的报纸,趁这空当,我向苏姬靠过去。"你今晚还在这儿住吗?"我问她。整顿饭的时间我都在思考这个问题,甚至罗列了种种的答案。"你和弗兰克之间发生了什么吗?"

她摇了摇头。"我告诉过你了,毛普斯,我得想想。其实,我最好还是先回去。再见了,妈,爸。"

她几乎走到了门前我才想起那件事。

"我给你买了件礼物,姐姐。"

她冲我会心一笑,第一次让我觉得一切是那么自然。

"你的头发会用到它的。"我说,心想我可真有点沉不住气。我在伍尔沃斯商店买了一对装扮用的小梳子,我要一个,另外一个送给姐姐。梳子是用假玳瑁壳做的,上边镶着劣质的小鸟模型。但每次我将它们举在光下时,小鸟的翅膀好像真的在微微挥舞。

"很漂亮,谢谢你,小甜心,"她说道,撕下了包装纸,将小梳子从她耳朵上方的一绺头发里滑过。

她出门前又亲了下我,直到道格拉斯看电影回来时,我的前额还留着苏姬的吻痕。他笑着用拇指将吻痕擦去。回忆这件事总让我心生欢喜。道格拉斯在戏谑我时还提到姐姐口红的颜色:胜利红。

"我能帮你什么吗?"

化妆品柜台的那个女孩儿在明亮的玻璃前显得死气沉沉。她身着白色的衣服,一脸米黄色的斑点。她周围全是透明的金色化妆盒,像蛤蜊一样敞开着口。我想找的盒子底部是那种银蓝相间的颜色,但在这儿肯定找不到。"我想买支口红。"我对那个女孩儿说。

她点点头，有气无力地指向一个塑料盒。

"胜利红。"我说道。

"不好意思？"

"我要的是胜利红。"空气中弥漫着潮湿却又香气扑鼻的味道，仿佛我此刻正在蜜罐中呼吸一样。海伦和凯蒂在几英尺远的柜台旁试着香水，不时咳嗽一下，互做鬼脸。她们在为卡拉挑选礼物，原因是卡拉"做了什么"或"没做什么"，或者是因为我太让人伤脑筋了。

女孩儿看向自己的柜台，拿出几支口红换了又换，动作很是粗鲁。口红碰在塑料盒子上噼啪直响。"我们好像没有那一款，"她说，"这款怎么样？"她拿起一个闪闪发亮，近乎方形的柱体。上边的标签写着"诱惑红"，听起来前途无量的样子。我从她手中接过口红，用它在手上画了一条线，颜色很快渗入我皮肤的褶皱里。

"这支不错，"我说着把它递了回去，"但我还是更喜欢胜利红，你这里有吗？"

"不好意思，我们这里没有您要的那款。"她笑了笑，无精打采地靠在柜台上。空气中香水的味道里还夹杂着一股酸味，这不禁让我想到了商店制服全是尼龙制成的。

"没骗我？买支口红这么麻烦，怎么会这样？"

"胜利红已经有些过时了，您要不就要这支吧。"

我想听听凯蒂的意见，但哪儿也看不见她，海伦也没了踪影。我走过几家闪闪发光的柜台，依然找不到她们。灯光投在身上，我已走到另一个货品区。商场的这个区域满眼都是锃光瓦亮的皮包和价格低廉的珠宝。货架堆满了货物，足有两个我这么高，店里耀眼的灯光被反射到我的眼里。商场里的音乐喧嚣吵闹，歌词跌跌撞撞从歌手嘴里蹦出来，我感觉自己要昏厥了。

不知怎的，我被两条长长的珠子项链缠住了，一条绕在我外套的扣子上，一条挂在我的眼镜链上。我的手抖来抖去，怎么也解不开外套的扣子，我越是用力拉，项链缠得就越紧。我想我要在这里困住了，后背冒出了冷汗。一个小女孩儿向我走来，但却不是凯蒂。惊慌失措中我一把将大衣的扣子扯了下来，索性也将眼镜跟与它缠在一起的项链一齐摘掉，放在货架上，只见这些链子顺着架子黯然地晃着。我折回到扶梯口，紧抓着电梯扶手，摇摇晃晃迈了上去。我手上留有的那道口红印记像是要吞噬我的皮肤，我用另一只手不断揉它，极力压制着内心的惶恐不安。我向来讨厌被口红弄花皮肤的感觉。

接着我来到卖炊具和玻璃制品的区域，这里的音乐声大得让我难以想象，音符在墙壁间横冲直撞。我的眼镜链没了，于是伸手去包里找那个白色的丝绸眼镜盒。这副备用眼镜在我脸上显得很是滑稽，我穿梭在摆放着陶器的货架间时，还得一直调整它。我不知道我来这儿干吗，内心思绪全无，那些雕花玻璃花瓶和放意式宽面的粗陶碟子也没有给我任何思路。我站在那里，读出一个铁锅上贴的"清洁须知"：仅用海绵刷或尼龙垫清洗残渣，不要使用金属刷及任何表面粗糙的清洁用具。

一个发色橘黄发质发毛的女人从我身边走过，向我投来一抹异样的眼光。我在这里多久了？我也记不清时间。我恐怕在这个货架前站了几个小时。哪怕只找到这里的一个工作人员……我听见一个店员招呼顾客的声音,但我抬眼环望,却看不到一个人影,也无法判断那声音究竟是从哪儿传来的。

"这款商品只剩这一件了,我们经理很可能会给你折扣,因为这是样品。"

我朝一个方向快步走去,发现没人后又匆匆扭身向反方向折回,在一个小角落拐弯时,我的包好像绊住了货架上的什么东西,之后只听见"砰"的一声。我顿时呆住了,我读了读标签上的名称:沃特福德水晶。又过了几秒钟,不见有人来,我准备抽身离开。

"天啊!"一个身穿深蓝色商店制服的女人边吼边向我快步走来,"你把这个花瓶打碎了,你看,摔了个粉碎。"她接着说,"你得赔偿,一百二十英镑。"

我不禁颤抖。一百二十英镑,这可是天文数字,我感觉眼泪开始在我的眼眶里打转。

"我得去通知经理,你在这儿等会儿。"

我点点头,拿出自己的钱包,里面有两张五英镑的纸票,还有一张二十英镑的,剩下的都是些零钱。我算不清钱包里究竟装着多少钱,但很明显这些钱不够赔那个花瓶。

"怎么办?记下她的住址吗?"那个女人说着,走了过来。她朝货架另一端某个我看不见的人使着眼色,之后便开始询问我的地址。

我想不起来自己住哪儿,她认为我在骗她,但我真的没有撒谎。我记不得自己的住址,一点也想不起来。"好像是这条路,"我说,"要不就是那条街。"

那个女人看着我,满脸的不信任。"今天谁陪你来的?"她问道,"告诉我是谁?我们可以广播找人。"

我张了下嘴,但我也回答不上来。

"算了,跟我来。"她命令着。

她抓着我胳膊的背面,带我穿过商场。我不知道我们要去哪里。我们穿过一个满是沙发床的区域,那种坐上去弹力极好很是舒坦的沙发床,那种我梦寐以求的沙发床。最后,我们来到一张大桌子前。

"你现在能想起是谁陪你来的吗?"她大吼着,好像我是个聋子。

我告诉她不能,我也憋着一肚子气。

"你必须给我个名字好让我广播找人。"

她还在大吼大叫,这让我更加回忆不起来。一个推着一车奇形怪状洋娃娃的男人停了下来,他身着工装,问道:"今天见鬼了呀,格蕾丝,你在喊什么?"

"玻璃品区域的花瓶被这老太太打碎了,她又迷了路,我连广播找人都不知道找谁,"她喊着,声音并没压低多少。

我们身边不远的地方放置着一排排的电视机,那些闪烁的屏幕宛如成百上千的小鸟同时拍打着翅膀,让我一阵头晕目眩。这一切让我想起了苏姬将那把梳子滑进头发里时的景象,想起了毗邻我家房子的树篱,也想起了那个躲在树丛中因和道格拉斯对视而跑开的女人。

"直接在广播里播报这位太太的名字,让来这儿领人。"他转过来问我,"这位太太,您叫什么名字?"

猛然间,我担心自己记不住自己的名字了,但没一会儿,我便想了起来，之后便听到一个女人在喇叭里广播我的名字。不知等了多久，那个女人走开和别人攀谈了起来。我看到了远处那些沙发床，心想我去那里休息一会儿应该没人介意吧。

首先映入眼帘的是一张宽大的普瑞玛休德利沙发，搭配着蘑菇状的绳绒织物，既雅观又舒服。我坐了下去，感到全身舒畅，好像一不小心就会睡着似的。

一阵突如其来的促销声惊醒了我，大概是浴室防滑垫在搞打折优惠的活动。我从沙发上起身，差不多站了一分钟。

"妈妈，你原来在这儿啊。"海伦从一部电梯里出来，向我说道，"害得我们四处找你。"

她挽起我的手臂，带我进了电梯。电梯里四面都是镜子，虽说挽着我，但海伦的目光总是拒绝与我交汇。里面茶色的玻璃让她的眉头显得更加紧皱，她肯定生我的气了。你走丢了，这让我提心吊胆，她说。这句话反而打开了我记忆的闸门，当海伦还是小孩子时，她总是跑来跑去不见踪影。那时我总是最先找到她的书包。她那备用的套衫、碰烂的苹果和她心爱的贝壳填满了包里一半的空间。如果看不到书包，我就得穿过荒地四处喊她。但当帕特里克从中东回来后，我就把找海伦的重任全权交给他了，我也懒得再去翻海伦的书包，更不会追着她到处跑。海伦也很清楚我对她长期的叛逆行径睁一只眼闭一只眼。然而，海伦还是个少女时，我就因此付出了代价。说来奇怪，现在陪在我身边的竟是海伦，而我那从来对家都恋恋不舍的儿子汤姆却定居在了海外。

电梯门打开的时候我看到了凯蒂，店里的一个保安正盯着她用不同颜色的指甲油涂着指甲，那是柜台上放置的试用装。我走过去时保安看了看我,似乎欲言又止。记忆碎片猛然向我袭来,但我却没能好好拼凑。

"我可能打破了什么东西,"我们穿过商店门走到街上时我突然说道。

"没有啊,妈妈,是你的胳膊碰伤了,忘了么?"

远走高飞

"我去过伊丽莎白家了,你知道吗?"我说,高举着我记下的便条给卡拉看。但她连头都没抬。我把这沓纸条摔在小桌子上,差点打翻我的上午茶。

"然后呢?她不在家。"

"不在,而且一点儿她的气息也没有。"

卡拉翻了几页她护理用的文件夹,今天她身上喷的香水带着某种花香味。"还有别人在吗?"她往文件夹上写了点儿东西后问道。她的眼睛睁得大大的,我知道她又要开始讲述一些骇人听闻的故事了。"我听说了好多这样的案子,一些瘾君子搬来同老人同住,"她说,"在博斯库姆,一群瘾君子把一个老人锁在房间里,然后招呼他们的狐朋狗友来一起为非作歹——"她停顿了一下,用手撩了撩头发,"开始纵欲狂欢。"

我看了看我的笔记。"但她家的房子窗明几净。"我说。

卡拉放下她的文件夹。"我还听说有个老太太被困在了地下室里。盗贼把她家洗劫一空后,便开始百般折磨她,最后还把她锁在了里面。很多很多天之后,人们才找到这个老太太。"

我看着卡拉说话时眉飞色舞的神情,注意到她的鼻子下方已经变成了粉红色。我很纳闷她为什么总是醉心于讲述老年人被关被劫之类的故事。她说的这两个故事虽然都有点离谱,但我还是记了下来。

"或者我还是再去她家看一看吧。"我说。

"不行,"她喝止道,语调也变得尖锐,"你不准出去,把这一点记下来。"

卡拉走后,我独自坐了一会儿,目光呆滞,然后心不在焉地翻弄起我的笔记,有些字条得加上点儿什么备注,譬如我得把凯蒂正在学校学习的科目前方补上她的名字。我看到了我儿子汤姆寄来的信以及他家的全家福照片,照片背后笔迹工整地写着:丈夫汤姆,妻子布丽塔,女儿安娜,儿子弗雷德,一家四口拍摄于梅克伦堡湖区。这不是汤姆的字迹,安娜和弗雷德的长相都随母亲,头发乌黑,皮肤是古铜色。两人的微笑几乎占据了整张面孔。而汤姆脸上斑痕累累,但他的笑容却格外灿烂,还带着文人气息。这个地方看起来风光宜人,但我确信自己从没一饱眼福过。汤姆很多年前就停止邀请我搬过去同他一起住了。信里提到安娜已经开始在体育馆锻炼了,体育馆三个字后面还附着一个括号,里边写着"中学"两个字。我把这条信息连同凯蒂学习的科目一并记了下来,重读了一遍后才注意到下一张纸条的内容:瘾君子破门而入,伊丽莎白被锁屋内,被困地下室求死无门。我对着自己的字迹直皱眉头,我一定是老糊涂了。如果是瘾君子,那一定得通知警察。但我转念一想,何不自己出去一趟探个究竟。

我把自己裹得暖暖和和，经过那棵金合欢树后，我敲响了伊丽莎白家的门，万一这次有人应门呢。久久没有回应后，我拿出笔记下：伊丽莎白仍旧不在家。我退了回去，大脑像被抽空一般，胃部下垂，脖子发僵。我想不明白自己正在做什么，手里的纸条被我攥得嘎吱直响。一些纸条掉到了地上：瘾君子，我读着。瘾君子。伊丽莎白被锁房中。困在地下室。这些字条真是我写的吗？这太荒谬了。因为伊丽莎白家根本没有地下室。我透过信箱的投递口往里望去，尽管我压根不知道自己在找什么。我甚至不清楚瘾君子是什么模样，即便我看到了又怎能判断出来？一股烹饪的香味扑鼻而至，是那种咸香可口的炒熏肉的味道。这香味像是从屋内飘来的，让我不禁怀疑里面是不是有人在做饭。

"你在干什么？"一个女人从隔壁人家的屋门走出来，穿着那种人们在下雨时才会披上的大衣，闪闪发光。她伸出一只手扶在我们之间的篱笆墙上，她的大衣不时发出声响，宛如一个任性的小孩儿。她另一只手牵着一条狗，它活蹦乱跳地挠着篱笆，还不断地嗅着什么，一定是熏肉的香味让它如此欢呼雀跃。

"我想找伊丽莎白。"我说。

"哦，那你一定是她的朋友吧？不用紧张，你转眼就会把我忘得精光的。"她咯咯地笑着，而我却觉得异常尴尬，脸上一阵发烫，"来拜访她？想必你会大吃一惊。"

"为什么这么说？发生了什么吗？伊丽莎白她还好吧？"

"说实话，我近来也没见过她，但通过她家的变化，可以判断她家最近搞了次大清扫。前阵子还见她儿子一箱箱地往车里搬东西。"她把狗从篱笆前拽回去，笑了起来。

我盯着她问道:"彼得往车里搬东西?"

"是时候整顿了,你说呢?伊丽莎白天天在那样的环境里生活,遍地垃圾。"她伸出一只手拨弄了一下金黄色的短发。她的大衣依然咯吱吱像在窃窃私语着什么,但我远不能心领神会。"我和彼得说过好几次了,那一大堆垃圾简直就是健康隐患。"

我绷住劲儿不再转动眼珠,但她这话未免太夸大其词了。伊丽莎白的住所是有点杂乱无章,但也仅此而已,那些所谓的垃圾只是些被她寄予厚望的瓷器罢了。爱干净的人总是对那些不拘小节的人说三道四。我在乐施会工作时,佩吉就是那类人。如果什么人把价签弄乱了,她一准儿会唠叨个没完没了。

"好在彼得最后还是抽空做了点儿正事,真让人欣慰。清理了那么多垃圾,说都说不完。"

"他都搬走什么了?"我问道,"那可是伊丽莎白的命根子。"

"这就不得而知了。"她牵起她的狗向街上走去。

我沿着我这侧的篱笆墙跟着她的脚步,这侧是伊丽莎白的地盘。"你没看到伊丽莎白?"我问,声调高了上去,"彼得清理东西的时候,你没看见她?"

那只狗挣着锁链,将鼻子对准对面房子的方向。我也扭了下头,没错,熏肉味儿是从那间房子传来的,不是从伊丽莎白的家里。

那女人打开车门,发出嘘的一声,狗便跳上了车。"没看见,彼得清垃圾的那次我没看见她,之后也没再见过,除非彼得把她带出来。坦白讲,原来我并不清楚彼得的为人,但现在看起来他把伊丽莎白照顾得体贴入微,应该是个孝子。"

我把头扭到别处，我可不认为彼得懂得反哺。"伊丽莎白并不在房子里，我也好一段时间都没她的消息了。"

"那肯定是和彼得在一起呢。"

我咬了咬唇，对这一切半信半疑。

"我有他电话，你要吗？"那女人说道，费了半天劲儿才让狗坐在车里，"如果彼得知道你这么牵肠挂肚，肯定不会介意你跟他通个电话的。"

"给我吧。"

她把车门重重关上，走回房子，车里的狗被这一响吓得哼哼唧唧。我隔着车窗看它，狗狗眼睛上方蓬乱的毛发让它的表情看起来颇有点大惑不解的味道，仿佛在思考：你在车外，为什么我要被关在车里？此刻我有一种把狗放出来带回家的冲动。我可以在那女人赶来之前放它出来吗？显然不能，因为那女人已经走过来了，手里还拿了张纸条。

"代我向彼得问好，"她把纸条隔着篱笆墙递了过来，"如果您记得的话。"

我感到一阵面红耳赤，她把车开走好久之后，我依然愣愣地站在那儿，心里不断暗示自己，我肯定有用武之地，我不是无可救药的老女人。看着纸条在我手里翩翩起舞，我意识到自己有点想念那只会思考的狗了。如果有一只侦探猎犬能助我一臂之力的话，我们就可以沿着伊丽莎白的气味一路追寻了。不过我得写张纸条塞进她的门缝里，万一她回家的话，就会第一时间知道我来找过她。爸爸也曾往苏姬的门里塞过纸条。

自那次和苏姬一起吃过炸鱼薯条后，我们就再也没见过她。其实离那次吃饭结束还不到两星期的时候，我们就隐约意识到事情有点不对劲。

苏姬平时一周至少要来我家吃一次饭，有时弗兰克也会跟着来。他总会带些多余的食物，或者妈妈平时很难搞到的东西，像是肥皂和火柴之类的。好多人都受过弗兰克的恩惠，他常能捞点儿额外的好处，比如军人的"专供"，那种一小罐一小罐的黄油、奶酪和果酱。为了不让爸爸看到这些罐子，妈妈总是悄悄地将这些食物先吃掉。她也不想做违法乱纪的事儿，但就是无法拒绝食物的诱惑，尤其在那个食物短缺的年代。"这样的话，你爸爸也用不着良心难安，"妈妈常说，"毕竟不是他在商店外头排两个钟头，然后想方设法把一片火腿和半个番茄变成一日三餐。"所以对这事儿我守口如瓶。妈妈面对这些东西时总是笑逐颜开，然后一一小心藏好。对这一切道格拉斯眯着眼睛看在心里，却从来只字不提。

爸爸下班路过苏姬家门口时，房里空无一人，下周再去时还是没见人影。妈妈也趁清早去了几次，她几乎跑遍了城里所有的商店，但都无功而返。我们想不通，前一秒还一片祥和，下一秒她就消失了，弗兰克也不知去向。弗兰克没在房子里出现过，妈妈说他一定是逗留伦敦了。爸爸问过好多医院，担心他们是不是发生了意外，但医院里根本没有任何关于弗兰克和苏姬的记录。我盯着我买的那把梳子，我送苏姬的那把和这个本是一对儿。我相信一定可以找到姐姐。于是，在爸爸下一次去苏姬家探寻时，我央求跟着他一起。

爸爸爽快地答应了，这有些出乎意料，爸爸总是习惯一个人孤军奋战。但我很快就后悔同爸爸一起去了。要去苏姬家得穿过十条街道，这漫长的一路爸爸都默不作声。天空湛蓝，微风荡漾，篝火的味道沿着曲曲折折的小路四散开来。记得当时山顶上有个男人将他的帽子走一路扔一路，直到它掉在我们脚下。我停下脚步将帽子捡起还给他，不料他纳闷地看了我一眼后再次将帽子高高抛起追了起来。爸爸说那男人精神可能有点问题，警告我不要再盯着他看了。这是爸爸那一路对我说过的唯一一句话。

我们途经了道格拉斯的旧房子，房屋的一半儿在两年前被炸弹摧毁了，但内墙却安然无恙，你可以瞥见二层的一个房间悬在一堆碎石上。屋内的壁炉架上放着一个时钟，旁边是一尊骏马的铜像。仿佛是为了证明这并非出于厄运，镜子也还完好无损。墙纸大多都脱落了，但有些依然固执地粘在墙上。绿白相映的花衬着粉红色的背景，似乎饱经了太多日晒雨淋和路人异样的目光。自道格拉斯搬到我家后，我曾多次跑到这里伫立观望，试图想象道格拉斯和他母亲在这里一起生活的画面。

我们站在苏姬家的门阶前，爸爸透过前面房间的窗户向里望去。周遭没有一人半影，远处一只狗的狂吠声让这个地方看起来更加冷清。餐厅里一如既往地堆满了别人的家具。很多书架、台灯和空花盆靠着玻璃内侧摞在一起，仿佛极力想挣脱屋内的厄运。弗兰克家大部分的区域都用来堆放家具了，可谓是寸土寸金。很显然，他的母亲在从事家族事业时这里每个房间都进行了改造，通过拆墙和堵门的方式腾出更多的空间放置别人的东西。弗兰克告诉过我，他在父母过世前只能睡在用墙隔开的楼梯间，他的母亲绝不会"割让"土地给他作卧室之用。

地下室通向外界的窗户大都用砖砌上了，只剩下面一部分的格子窗用来通风。我透过格子窗向里望去，里边漆黑一片，几乎什么都看不到。于是我绕到了后边的院子，这里常停放着弗兰克的货车。在院子里，狗的狂吠声异常刺耳，声音顺着风的方向飘浮着，像是环绕着整栋房子。此刻只有一辆货车停在院里染霜的圆石路上，看上去像是尘封已久，杰拉德搬运的标志在灰尘掩埋下变成了拉德搬。我舔了下手指，想把字母 g 从土灰的覆盖下还原出来，却突然听到从我上方的某个地方传来一声尖叫，我抬头看了眼老马厩的窗户。

我下意识地认为紧贴在窗户上的是手指之类的东西，皮肤按压在玻璃上，苍白得吓人。这时尖叫声消失在了格子窗的下部。我壮着胆子靠过去，只见一盏落地灯下桃子形状的流苏摇摇晃晃地倚靠在窗边，像极了手指。原来马厩里也堆满了旧家具，那些叫声很可能是老鼠发出的，我想这里已经有老鼠搭窝筑巢了。即便如此，我还是从外边的楼梯走上去想一探究竟。顶上的门推不开，大概是上了锁，要不就是内侧有重物顶着。我只好从小窗前侧着脑袋向里看去，只见屋内满是灰尘，一团漆黑。

接着，我看到一张脸在房间的最深处向我望过来，我的一只手开始拍打玻璃，还大惊失色地叫起来。但没过一会儿我就明白是怎么回事了。那只不过是梳妆台上的镜子照出的我的影像。梳妆台的一侧紧贴着一张四柱床。听到我的叫声，爸爸急忙跑了过来，发现一切安好后又立即走开了。我很高兴他没有爬上楼梯。

透过布满灰尘的玻璃板，我还看到了打着"英国军队"烙印的用来装配给物资的盒子。

下楼梯的途中我又听到了那只狗嘶哑的叫声，在一片沉寂中如影随形地缠着我。我越过篱笆墙看了看附近的花园，想试着确定那狗的方位。当我绕回房子前面时，只见爸爸双手插进口袋里，眼睛盯着脚下。他甚至懒得说一句像"没有发现弗兰克和苏姬线索"之类的话。说来也是情有可原，爸爸曾一个人来这里敲门、驻足、徘徊、环视、搜寻，最后又一个人悻悻而归。过了一会儿，爸爸拿出一支笔在信封的背面写下了点儿什么，他总是习惯随身携带一沓用橡皮筋捆好的信封。但我还没看清他写了些什么，爸爸就把信封塞进了信箱里。

"你好？"这是一个男人的声音，低沉又含糊。我正坐在客厅里的长沙发椅上。电话铃刚停下，电话贴在我的耳朵上。

"你好，你是哪位？"我说。

"彼得·马卡姆。你是哪位？"他的吐字清晰了点儿，不过声音显得有些暴躁。

彼得·马卡姆，我听过这个名字。"你是伊丽莎白的儿子吗？"我问。

"我母亲正是伊丽莎白，你有什么事？"

"哦，是我给你拨的电话？"我说。

"当然是你。"他低声说了句"见鬼"还是什么的，"你到底想干什么？"

"伊丽莎白也许想让我跟你通个电话。"我说。

"让你？为什么？"他说，"你从哪儿打来的？"

"我不知道为什么，"我说，"但其中一定有什么重要的事儿。"

我把听筒从耳朵的位置移开，电话被我攥得嘎吱作响。我什么时候见到伊丽莎白了？她又拜托我做什么了呢？我的大脑陷入一片空白。我干脆把听筒放到了椅子扶手上，用手一张张捻着放在大腿上的那些便条，可是这些便条写下的不是一些号码，就是制作醋栗碎的配方。远处汽车的轰隆像极了苍蝇的嗡嗡声，让我的思绪左右摇摆。我拿起电话，就着灯光去看下一张便条的内容：伊丽莎白在哪里？我的胃一沉，脱口而出："她不见了。"

电话那头的彼得对着话筒喘着粗气，我听到了一串儿噼里啪啦的响声。"你是什么人？"他的声音锐利。

"我的名字叫莫德，我是伊丽莎白的，呃，一个朋友，"我说，"我手上只有你的号码，我很担心你的母亲。"

"现在可是大半夜，真是他妈见鬼了。"

我看了看壁炉架上的时钟，三点，都后半夜了。"真是抱歉，"我说，"我总昼夜颠倒，实在对不起了。你快点休息吧，只要伊丽莎白没事就行。"

那端的声音变得含糊不清，听起来有些中气不足："我和你女儿已经交代过了，我母亲一切安好，我要挂电话了。"

嗒的一声，之后出现了"嘟嘟"的声音，显然他已经挂掉了电话。我赶忙找到笔写下：她儿子说伊丽莎白安然无恙，接着又写道，却在电话里恶语相向。我也搞不明白我补充这点究竟意义何在。

我把电话小心放稳后，突然想起了温纳斯太太。已经好几年没有她的音讯了。她可是我们那条街上第一个装电话的人。她家的电话既华丽又稳固，木制的底座一尘不染，这都让温纳斯太太引以为傲。她打电话时总爱站在窗口吸引你的注意，尤其是在你经过窗口时，她还不忘向你招招手再指指她的电话。不过温纳斯太太很热心肠，芝麻绿豆大的事儿都可以让她邀请你进屋去用她的宝贝。我常常诧异拥有电话的她仿佛无所不知，不仅对她那远在托基和唐卡斯特的兄弟姐妹的近况了如指掌，就连城里的新闻、战争的状况也同样洞若观火。好像通过一部小小的电话，你就能对一切明察秋毫。我也很好奇温纳斯太太的电话到底都打给了什么人，她又是怎么做到把那么多的事儿都一一记在心里。在苏姬失踪的那段日子里，温纳斯太太为我家的事儿没少打电话刺探消息，还常常鼓励妈妈振作起来。有时候我放学回家，会看见她和妈妈待在厨房里，一边喝着茶一边传递点点希望。这时我就会静静坐下来听，在妈妈需要的时候给她们续满茶水。

  我把便条放在一旁，去沏了一杯茶。我不经常沏茶，这步骤对我来说过于烦琐。但这次我却记着要温温茶壶，鉴于只有我自己，我就往里面放了三勺茶叶。我把茶端到客厅，放在咖啡桌上。我的手缩在袖子里，捧着茶壶暖着手。蒸汽从壶口冒出来，喷在我的下巴上。这种感觉很是特别，仿若似曾相识一般，但我又想不出什么所以然。我保持静止，希望自己没准儿会迸发出一些灵感，但我能想到的只是爸爸往垃圾桶扔东西而已。

  我把伊丽莎白送我的茶壶保温罩也拿到了客厅，但我从未用过它，总感觉这个保温罩不仅"其貌不扬"，而且上边那些羊绒没准儿会掉到茶里。这样的话与其说喝茶，不如说是喝"布浆"。伊丽莎白也有个类似的保温罩，但她似乎已掌握不让羊绒脱落的秘诀。"我早把那些能脱落的羊绒都喝到肚子里了，"她曾跟我说，"没准儿那些羊绒会在我的五脏六腑生根发芽呢。"每次我拜访她时都会为她沏满一壶茶，而在我忘记操作步骤时她总会提醒我下一步该怎么做。她曾说过喝杯茶对她来说已是很奢侈的享受了，因为她的手现在已经端不起来茶壶，而且她那些看护们虽然偶尔会为她沏茶，但往往她刚喝上几口就已经离开了，她自己之后也无法再续杯。当然了，她的儿子彼得更是什么也指望不上，他每次进屋后只会扔掉伊丽莎白买的"宝贝"，然后就一刻不停扬长而去了。

伊丽莎白还说彼得对她从来都是"金口难开"，而且总蜷缩在家里的厨房或者花房消磨时间。这未免太残酷了，伊丽莎白终日一个人困在房子里，她最需要的莫过于陪伴。伊丽莎白还提到彼得最近开始学会对她撒谎，家里很多东西不翼而飞，彼得却说这一切与他毫不相干。我真希望我能回忆出更多的细节。我拿起了便条：她儿子说伊丽莎白一切安好。但我远不能感到宽慰。我拿来保温罩套在茶壶上，抹得平平展展，几乎没有一点褶皱。这次我不在乎它会不会掉毛，现在已经是早晨四点钟了，再说我也全然没有心思喝掉它。

苏姬失踪后的几个星期，家里人不吃不喝，甚至连话也不说了。爸妈很少在我面前谈及什么，但我总趁他们不注意时偷听到只言片语，他们谈论最多的就是"警察"二字。

一个周日的中午，没有午饭没有闲谈，我们一家默默地围坐在厨房的桌子旁，直到外边的光开始暗淡下去，爸爸才站起来。

"出发吧，"他说，"我们向附近的邻居打听打听。"

爸爸披上他的外衣，开着厨房门等我。我记得当时我看了看妈妈，她一动不动地坐在桌前，甚至都没转一下头目送我们离开。她已经问过了苏姬的一个邻居，那家与我们在一个蔬菜水果店买东西。但那个邻居只轻描淡写地说，现在这个世道，很多年轻人都不按常理出牌。

"得去打听打听，没准儿有人知道些什么。"爸爸在我们走向通往苏姬家的那条路时说道。

洗衣房的门敞开着，里边散发出强烈的肥皂味儿，闻起来不错。但这大概是我的错觉，这种味道仿佛让苏姬的去向显得更加虚无缥缈。我们从紧挨着弗兰克家院子的那户人家着手。爸爸敲响了他家的大门，门很快便打开了，仿佛那户主人就站在门后似的，他探出头来："嗯？"

他的头发乱蓬蓬的，从他家走廊还飘来一股怪味儿，简直玷污了那好闻的肥皂味。

爸爸清了清嗓子："希望您能帮个忙——我想打听一下——"他停顿了一下，吸了一口气。这家门框附近的砖块儿长满了青苔，我弯下手指去摸了摸，又软又湿。

"我想打听一下苏珊·帕尔默，不对，"爸爸摇了摇头，"现在是苏珊·杰拉德了。她住在23号，您见过她吗？"

"没见过。"那人摇了摇脑袋，头发看似很久没洗过了，"什么？你是说她失踪了？"

爸爸点点头。

"她是你什么人？"

"她是我女儿。"爸爸回答道。

"这样啊，对了，弗兰克也住在23号，我想她和弗兰克一起就不会出事的。"

"关键是弗兰克也不见了。"

"你应该这么想，估计弗兰克把她带到什么地方去了。"那人笑了笑，他牙齿间的缝隙足够让我看到里边的舌头。

爸爸又清了清嗓子。"我女儿应该会事先告诉我的，他们都结婚了，"他说，"如果她和弗兰克去了某个地方，她一定会先和我打招呼的。"

"啊？他们结婚了？"他听起来好像很失落的样子，"那我恐怕就不晓得这是怎么回事儿了。"

我们去下一家继续询问。爸爸敲门的时候，我看到这家把台阶扶手换成了细绳，我便倚在绳子上，台阶下堆满了垃圾。这家的老先生也没见过苏姬，但他也知道弗兰克这个人。

"好多女人都远走高飞了，"他说，"看看报纸上登载的新闻，她们的丈夫回到家里却得不到她们待见，于是她们纷纷去了伦敦或者别的鬼地方。弗兰克那小伙子不错，你女儿跟着他应该幸福才是。他曾帮我妹妹把东西从考文垂运过来，还分文不要。弗兰克说他可以趁工作之便把我妹妹的东西装在车里，举手之劳的事。当然，我妹妹可不是那种会抛弃丈夫的人，前提是她得有个丈夫。我能说的都说完了。"

爸爸继续沿着路上走，我则停下脚步看着他走到了路的尽头。天空灰灰的，房子的红砖也显得黯淡无光，但天气并不寒冷。

63

"似乎没有人知道什么,"爸爸说着向我走过来,"或者即使他们耳闻目睹也不肯透露半字,唯恐祸从口出,仿佛战争还在继续,我们回家吗?"

我想到了那件苏姬才开始着手为我制作的衣服,我可以想象它在我卧室的地板上铺展开来。我忍不住想到苏姬随时都可能拿着裁缝剪刀走进来。自从它剪出袖子后我就再没碰过那块布料,受不了再看它一眼的想法。

"让我敲门试试看,"我说着一脚迈上前去,这户人家门上的漆格外的厚。可以看出刷漆的时候漆大多顺着门一滴滴流了下来,干掉后好像雨水的痕迹。在等人开门的时候,我用手勾勒着门上漆面的疙瘩。"我想打听我的姐姐苏姬,"门一打开,我就脱口而出,"她就在这一带生活,我不知道她遇到了什么,她也没告诉我她搬家了,总之现在哪里也找不到她,她家里总锁着门。你看见过她吗?她也有一把这样的梳子。"

我几乎要哭出来了,感觉又尴尬又幼稚,甚至后悔敲开了这家的门。这个女主人戴着发套,刚好站在门框内侧,她迅速扫视了一眼街道。

"你们打听了几户人家了?"她问道。

"我不知道,大概有十家了吧,没有人看见过她。"我急促地呼吸着,唯恐眼泪夺眶而出。

这个女人瞥了一眼苏姬家的位置:"你姐姐住几号?"

"23号。"

她点了点头。"没有,我想他们没说过什么搬家的事儿。我也不知道他们去了什么地方,我甚至都不知道他们已经离开这里了。

老实说，他们好像遇到了什么麻烦，我也就了解这么多。那个房子总是进进出出各色人等，一天夜里，你姐姐突然大吼大叫地跑到街上。"她停顿了一下，让我稍稍喘口气，"但是隔天一切又好像风平浪静了，我又在街上见到了她，这可是千真万确的，所以我想——"

"那是什么时候的事儿？"爸爸问道，站在了我的身后。

这个女人越过我的肩膀看着爸爸。"几星期前吧？我也记不清了。自那之后就看见弗兰克拿着个手提箱出来了，我想苏姬也跟着他吧，但我不敢确定。要不是你们问我，我还压根不知道他们已经离开这里了。"

门关上后，爸爸沉默了一会儿，然后把头转向我。"好吧，"他说，"鉴于刚才那个女人愿意向你多透露些东西，那么接下来你就负责敲门打听吧。"

他把我带到了街道拐角处的一户人家。

"嗯？"一个男人打开了房门，他敞着怀，身上衬衫褶缝处的线条很是显眼，散发着一种衣服刚熨好时暖暖的味道。

"我想问下我姐姐的事儿，"我说，"她就住在那间房子。"我用手指指着方位，肩膀不由得颤抖着，"但是她现在不见了，我想她是不是留下了一个新地址或是别的什么？"

这个男人一脚跨过门槛，身体前探着，看了看弗兰克家的前门，仿佛他压根不知道那里还杵着一座房子。

"她是你姐姐？黑色的头发？哦不，我不知道她去了哪里。虽然我和他们过去发生过一点儿争执，你看，我也就能记住这种事。无论怎么说，你一定很想念她吧？我想她一定会回来的。

如果现在让我回想的话,我最后一次见到弗兰克已经是几星期前了。"

"你认识弗兰克?"

"有天晚上我和他一起喝了点儿酒,弗兰克帮过我几次忙。"

这样看来,目前有两个人受过弗兰克的恩惠。我又敲响了苏姬邻居家对面房子的大门。这家大门上安装着磨砂玻璃,后边还挂着网眼帘。一个穿着家居服的女人走到门前,她的家居服看上去材质很硬。我问她有没有见过苏姬。

"我想不起来,"她说,摆弄着她下巴下方的花边领子。她说话声音很低沉,粗声粗气中还带着一丝干硬,这一切更让我心烦意乱。"我可不会管别人家的闲事儿。"

"但是别人看到苏姬跑到街上大声哭喊。"我答道。

"别人?谁?真的吗?"她用那种非难人的眼光扫视着街上的每栋房子,像是要把那个泄露谜底的人给揪出来。然后她坚定地摇了摇头,"我从来没听到过什么,一点儿也不知道,人们根本不会在这条街上大呼小叫。"

"这就奇怪了,你看我们都听别人那么说了,苏姬确实跑到了街上——"我盯着这个女人的脸,她的皱纹已经在脸上根深蒂固了。我叹了口气。

"别人说?嗯?我敢保证那些人不过是故弄玄虚罢了。正如我所说,我什么都没听到。但我知道你姐姐也不是什么省油的灯。我知道。如果我的话刺痛了你,那我深感抱歉,不过你姐姐身边可是围着很多男人。"

"很多男人?"

"对,至少一个,年龄还不大,总是在这一片晃悠。跟我说他是什么苏姬娘家房客的鬼话,但我才不会相信……"

"你是指道格拉斯?"

"好像是这么个名字。"

"但这是事实啊,他就是我们的房客。"

"他现在还是吗?你确定?好吧,那就是吧。"我感觉她似乎欲言又止,但她只是不住点头,直到我们走到了街上。

我们又走到下一家。这次给我们开门的是一对夫妇。他们曾和苏姬接触过,三番五次邀请苏姬来他们家做客,可苏姬却一次也没回请过他们,不过看上去这对夫妻对此并不怎么介怀。

"弗兰克在我家儿子唐退伍后给他安排了个差事,"那位太太说,"他人很好,帮助我家支撑了下来,真的。"

"有人看见弗兰克拿着手提箱离开这儿了。"我说。

"是吗?自从我家唐谋到新差事后,我们和弗兰克联系得就少了,尽管如此,我们一直对他的帮助怀有感恩之心。"

我谢过他们之后便走到爸爸跟前。算起来弗兰克至少做了三件好事儿。

"嘿,小小姐?"从那个身穿硬材质家居服的太太家里走出来一个女人,长长的雨衣包裹着她修长的身体。我停下脚步盯了她一会儿。

"我听到了她的叫声,"这个女人说道,"刚才实在不好意思,我姑那个人是有点傲慢无礼。但我想告诉你,事实跟你们想的不一样,不可能是弗兰克导致你姐姐张皇失措地跑到街上的。"

"那会是谁?"

"我也不知道,不过弗兰克是后来才回的家,所以不可能是他。"

我抬头看了看她,不寒而栗。难道那天晚上苏姬的房里有别人?

"我也看见他们提着手提箱离开了。"

"他们两个?"

"呃,至少我看到了弗兰克。毕竟都过去好几个星期了。我知道苏姬不喜欢那样的生活状态,所以——"

"你说的是什么意思?"我问道。

"孩子,可以看出,你家都是本本分分的老实人。"她说这话的时候还看了眼爸爸。他捡起了别人丢掉的一只手套,将它隔着栏杆扔到了路的尽头。"但是弗兰克——他却不是遵纪守法的人。苏姬不喜欢他的'经商方式'。"她说"经商方式"时还挑了下眉毛以示强调,"你们不知道罢了,或者他们是瞒着你们去某个地方洗心革面重新开始了。"

"但是她已经好几个星期都没和我们联系了,她绝对不会这样做的,她但凡有机会一定会告诉我们的。我爸爸怀疑她是被绑架或者是被杀害了。他只是嘴上不说,但他心里是这样想的。"

"这就奇怪了,她是那么一个贴心的孩子。她还经常提及你。"她冲我苦笑了一下,"不知道该说些什么了,你们去问过医院了么?"

"他们在苏姬大叫的当晚就拿着行李离开了吗?"

这个女人皱了皱眉,用手拧着雨衣。"好像不是,我不敢确定,时间上有一点错乱了。我是说,按我的记忆,弗兰克拿着箱子离开后又在当晚回了家,可是这好像又不合逻辑,是吧?"

"你自此就再也没见过他们,对吗?"

"这一点我敢肯定。上周有两三个男人在外边闲逛,但是没有弗兰克。也许得去问警察,或许能得到点线索。"

我点了点头,看向那座房子。我感觉现在事情有点眉目了。这个女人捏了下我的肩膀就把手滑开了。我愣愣地站着,心想苏姬什么时候向这个女人提及了我呢?

"怎么样?"我走近时爸爸问我。

我耸了耸肩。"苏姬确实跑到街上尖叫过。那女人建议我们去医院打听打听。"

他点了点头,其实我心里清楚,爸爸早已经在医院打探过了。我们开始向前走。

"你认为苏姬是被绑架了还是遭遇了别的不测?"

"更让我担心的是'别的不测',傻孩子,苏姬不应该嫁给他,这是个彻头彻尾的错误。"

我不知道该说点儿什么,接下来的几分钟,我们一言不发默默地走着。我努力让自己回忆别的有用的线索。"那个和我说话的女人最后还提到弗兰克的'经商方式'。"我试着模仿那女人在强调这几个字时所做出的挑眉动作,却发现爸爸的表情变得很不自然。我想他是快要哭了,我真不该忽视语言的力量。但当我们走到街道的尽头时,我竟然看见爸爸笑了起来。

"噢,莫德,你这样做是想表达什么呢?"他也学着我的样子挑着眉毛问道。

"我不知道,"我回答,露出了笑脸,"我以为你懂呢。"

"你刚说了伊丽莎白儿子的事儿。"海伦说道。我们在她家的餐厅,海伦正蹲着找餐具垫。一会儿有人来和我们一起吃午饭,但我记不清是谁,也记不清为什么。凯蒂倚在门柱上,傻笑着,手上拨弄着一个那种小手机。

"我说了?"

"是的。彼得是他的名字。"海伦把头探进碗柜,于是她的声音变得有些模糊不清。

"我好像和他通过话。"我说,在我的纸条里翻找着。

"是的,我也和他通过话。这证明了伊丽莎白没有失踪,对吧?"

我还在一张张翻着纸条。

"这可是你说过的话,妈妈。"海伦将头从碗柜里伸出来,看着我。

"我说过,他说伊丽莎白一切安好。"

"好消息,不是吗?"海伦起身把一摞餐具垫放在桌子上。

我皱着眉盯着我的字迹。"我不知道,"我说,"她儿子对我出言不逊。"

海伦砰的一声把碗柜门关上,放在桌上的盘子被震得响个不停。这令人烦躁的声音一时激起了我的怒火,海伦赶紧伸过一只手按住盘子,接着又扭身去铺桌布。她做这些事情的时候总是毛毛躁躁,桌布怎么也铺不平整。"过来帮忙呀。"她冲凯蒂说。

我的外孙女点点头,从门旁伸出一只脚,但却一步也没迈出去,依然目不转睛地盯着手机屏幕。

"彼得当时暴跳如雷，"我说，"海伦，设身处地想想，如果我的一个朋友给你打电话说很担心我，你会说些什么呢？"

"我会说：'我母亲神经兮兮的，你可得当心点'。"

"海伦。"

"好啦，好啦。"她把桌布的边缘放下去，"我会说，谢谢你对我母亲的挂念，但没有什么可担心的，那些穿白大褂的人知道怎么办。"

我叹了口气。

"好啦，我不会说最后那句话的。"她又把桌布拽起来，重新铺平。

"但至少你不会勃然大怒吧。"

"不会。"她走到桌子另外一边去摆弄桌布，对着凯蒂叹了口气。

"这才是人之常情啊，所以海伦，我不放心他。"

"哎，妈妈。"

"只有良心不安的人才——"

"你可是在大半夜给他打的电话，他又一贯暴躁，生气也无可厚非呀。这又不能说明他向你撒了谎，或者证明他杀害了自己的母亲。"

"我知道，但我总觉得他隐瞒了什么。"

"好了，凯蒂，你干脆一边儿玩去吧。"海伦打开了一个抽屉，用手在里面翻腾着。"妈妈，你能帮我把这些摆好吗？"

她递给我一捆刀叉，我把这堆东西放在餐厅的桌子中央后又跟着她来到厨房。厨房里充满了迷迭香和薄荷的味道，我很希望一会儿有羔羊肉吃，但我女儿偏偏这也忌口那也嫌弃。

"妈妈。"她转身跟我碰个正着，"你不是在餐厅摆刀叉吗？"

"哎呀。"我走回餐厅，愣愣地站了足有一分钟。大脑一片空白，竟想不起我该做些什么，但我却听见了隔壁房间的说话声。

"凯蒂，我都告诉她一百次了。"一个声音说道，"我不能把她带过去，彼得倔得跟头牛似的，我只希望她尽快把这事儿忘了。"

接下来一个声音悄悄地回答道："真是可笑得令人发指。"

我循着声音走去。海伦在厨房里。

"又过来了？"她说，"我刚才让你帮我点忙，你带纸了吗？"

她伸手接过我递给她的一张蓝色方纸，然后从抽屉翻出一支笔，写上"摆好餐具"，最后又把纸条递到我手里。

"把其他的纸条给我，"她说，"我先替你好好保管。"

回到餐厅，我开始摆弄桌上的东西。餐具垫摆匀称了，勺子也放在了上面。我拿起一对儿刀叉看着，愣头愣脑地站了得有一分钟。我不记得具体该怎么摆放了，叉子是放右边还是左边？我按照自己的直觉摆放好了它们，但不一会儿我又改变了主意。我拿起了另外一对儿刀叉，努力还原着我从前切食物时的动作。我这次摆放的位置对了吗？我用不用再调个个儿？我最终还是调换了一下刀和叉的位置，但也没察觉出来有什么不同。

海伦进屋的时候，我还在审视着自己的手，我的指关节上已经起了不少皱纹，那像纸一样纤薄的皮肤上长着灰褐色的斑点。

"你摆好桌子了，妈妈？"海伦问着，"你在做什么呢？"

我没有抬头。摆放餐具是件再简单不过的事情，可对我来说简直像个智力测验，而我最终还是失败了。我的神智一定在一点点沦陷。

"摆得很不错嘛。"她说,声音过度明快。她绕着桌子转了一圈,我从眼角盯着她。我注意到她也在看我。我看到她犹豫了一下,然后迅速地把刀叉的位置调换了一遍。她什么都没说,对我犯的错误一字不提。

"我再也不想摆餐具了。"我说。

教堂

外边还是漆黑一片,但天空低处却有一抹暗光。一会儿天就该亮了,我必须得一鼓作气弄完它。雾气飘落在我的头发、胳膊和大腿上,尽管冻得瑟瑟发抖,但我还是很庆幸这蒙蒙细雨没有惊动到这一片土壤。我不得不弯下身子刨土,深吸了一口气,刨开的土壤中散发出微湿的土腥味。我挪了下膝盖,依偎在这被雨水浸湿的土地上。我的裤子正在一点一点地把潮气吸附到腿上。土在我手上结成了块儿状,指甲缝里的土更是扎得我生疼。我相信在某处一定会找到那小化妆盒的另一半儿。我刚挖开的洞呈现在面前,正好处在这绿草地毯的中间部位。蓦地,我竟忘了自己在这里乱挖一气的目的是什么,也不知道我究竟要找什么。内心的惶恐不安甚至让我一度蜷缩在原地一动也不敢动,对于下一步该干什么脑中更是空白一片。也许我会把园子里的花草连根拔起,或者把树砍得七零八落,再把树叶塞在嘴里,或者干脆把自己埋了,再等着海伦把我挖出来?

我的恐惧感从内心不断迸发出来,肩胛骨在不由自主地颤抖，关节处感到一阵寒凉，还夹杂着痛意。我把手上沾的泥土慢慢搓掉后，又把双手在绿地毯上擦了擦，花园的地毯上长的不是青苔，是别的什么东西。我稳稳起身，尽管内心还有强烈的冲动继续挖下去，找寻里面可能藏匿的东西，但是我在自己的花园里又能找到什么呢？除非是一些自己种过的植物。我种过什么吗？没印象了？

我摇摇晃晃地走着，这灰色的园子没有影子，但我身边却隐隐闪着微光。不一会儿，我看到远处树木的上方投来了微弱的金光，心想快要到破晓的时间了。我把脚抬到一个土墩儿前，硬生生踩了个洞出来，随后我又在刚掉落的土上踩了几脚。都黎明时分了，我还待在园子里。这一切是多么惬意啊，不仅能呼吸到清新的空气，还能观赏初升的太阳。在回房间的路上，我的身体还在抖着，但这次大可不必担心。我只是出来迎接黎明呼吸呼吸新鲜空气锻炼下身体罢了，没什么值得大惊小怪的。而现在我迫不及待地要进房做一件久违的事情。

我要泡个澡。

我打开水龙头，往池子里加了些黏糊糊却散发着花香味的乳液，这肯定是苏姬买来给我用的。我从膝盖扯下裤子，一大清早和湿土亲密接触后，皮肤都变得脏兮兮的了。我又脱掉了上身的睡衣。我从来不穿睡衣睡觉，这肯定是我醒后特意披上的。我揉搓着睡衣，真希望弄明白我今天为什么会穿上它。浴缸里发出了闷闷的冒泡声，咕嘟咕嘟。

不，我想，也许这是给自己的优待。在这样一个心旷神怡的早晨最适合穿这种丝质睡衣，不是吗？我把它扔在地板上，小心翼翼地爬进了浴缸,我喜欢被水包围的感觉。通常是不建议老年人在浴缸里泡澡的,我们"只配"坐在一个小板凳上使用淋浴。但是当水流在你脑门四溅,你只顾在一小块儿防滑垫上保持平衡时,你就无法思考。而我现在需要思考。

我伸手拿"蛋糕"时手一阵发颤,那是块儿滑滑的能用来洗澡的"蛋糕",但是现在我很纳闷为什么一定要用它。我在浴池里能自得其乐,这就够了。再说,只要泥垢被冲洗下来不就万事大吉了吗?我感到嘴里有种陈腐而污浊的味道,这让我回忆起童年时卧病在床的日子。我拿起这块儿"清洁蛋糕"擦了擦嘴,"劳作"之后将身上洗刷干净也不失为人生的一大乐事。我真希望自己能记起来刚才我"劳作"了什么。

把身体擦洗干净后,我就走向衣柜翻寻帕特里克的旧衬衫。海伦总是琢磨着把所有的旧衬衫都拿走,当成她平日下园子的工作服,但我还是保留了一部分。有些衣服做工相当精致,那可是帕特里克在科威特时专门请人量身定做的。尽管面料厚实,但衣服的手感却软绵绵的。我喜欢随意披上一件旧衬衫,这往往会给我带来一分遐想,一丝慰藉。我甚至可以说服自己衣服上依旧留有他的味道,尽管事实上,这些衣服自他离世到现在已经被洗涤了无数次。手边的这件白衬衫有紫灰色的条纹,纯棉的布料乍一摸凉凉的。尺寸太大,但我要的就是这点。我把衬衫下摆掖在裤子里,外边披上毛衣扣好扣子,然后就下楼了。卡拉已经到了,正在为我沏茶。

"谢谢你,波莉。"我说,但她似乎没注意到我。

"浴缸的水都浑了,"她边说边走到厨房,"草坪上的土也被挖得一块儿一块儿的,你究竟做了些什么?"

我被她问蒙了。为什么那些花园、土壤和露珠的情景依旧历历在目,我却搞不清这些事情的缘由?我把毛衣袖子向下拽了拽,盖过了我的手指。我想起天空微微发黄,树叶黯淡无光,只有光打在上面才会显露一点色彩。这幅画面在我脑海里完好如初,但我却不记得这是什么时候的事儿了。是我们等待苏姬回家时的某一个夜晚吗?总之是过去的某一时刻。因为现在我在黎明之前根本睁不开眼睛。

"虽说儿子更有可能做这种事儿。"卡拉说着。

我错过了她之前说的内容,现在完全跟不上卡拉的思路。

"还好你生的是女儿。听别人说男孩儿总是惦记着他们老母亲的那点家底儿。新闻上报道这事儿了。"

"但是我也有个儿子。"我说。

"每年被自己亲生儿子骗走的钱财加起来足有数百万英镑。"

"我可没那么多钱。"我说。

"还包括那些古董,也被他们一锅端了,像是乔治王朝时代的呀,维多利亚时期的呀。"

"我也没有什么古董可偷。"这种话题太无趣了。总是围绕着人们有什么没什么的问题喋喋不休。我不再听她讲话,也拒绝与她互动。眼前突然浮现出那些在窗前堆叠着的书架、电灯和花盆。那些有着纵深木纹的坚固家具、考究的银饰、上着黑釉的花瓶,以及那些图案栩栩如生的盘子,那一切恰恰正是伊丽莎白梦寐以求的东西。在我还是个孩子的时候,人们根本不用大费周章寻找它们,甚至还会分文不赚地将其抛售。那时候也没有现在这些光线昏暗的奢华古玩店，更没有那种疯狂炒作的电视购物。我唯一见过古董的地方就是弗兰克家。

他房内有数以百计的杂物乱糟糟地堆在一起，而且它们常被搬来搬去。当你才适应要躲开一个抽屉柜而习惯性转身时，那柜子就已经不见了，取而代之的是另外一张可以将你绊倒的折叠桌。总而言之，这房子就像是个陷阱，遍地都是暗器和机关。苏姬也不喜欢这里，有些东西甚至让她害怕，尽管她只提过一次。

我被他家的旋转书架绊倒过，还有一次在我去客厅的途中被那看上去怪里怪气的大摆钟划伤了背。当时苏姬蜷缩在一张高背的长沙发椅上，正在慢条斯理地将针线穿过某种青色的布料，她的头发一缕缕贴在椅背上，像极了沿墙攀爬的爬山虎。妈妈派我过来给苏姬送些布块儿和羊毛补丁，她总担心苏姬一个人应付不来这么多的家务活，但苏姬看上去却做得得心应手。于是我便坐在壁炉旁，烤着一侧的脸颊，直到它变得滚烫。

弗兰克的那些搬运工人们正在院子里从货车上往下卸着货物，他们经过客厅往地下室走，扛着大大小小的箱子、细长的桌子和沉重的餐椅。他们空手走出地下室时，总会大口呼气，好像是要把在地下室吸入肺里的潮湿空气逼出来。这时候苏姬总会朝他们点点头。

"那条街上的太太去世了，"她说，"所以弗兰克又买了些新垃圾，这对我们可真是益处多多，虽然我想它们只有在烧柴的时候才会派上用场。"

苏姬说最后一句话的时候声音有点大，一个脸上肉乎乎、满身大汗的搬运工停了下来,他正抬着一个尖腿桌子准备往地下室送。"如果你打算那么处理的话,我现在就可以为你劈开它们,还省得我往那地坑里走一遭。"他说着把桌子放下来倚了上去。苏姬笑了笑,继续忙她的针线活儿,有时还小心地提一提肩来保持针线的流畅。那个男人见状又搬起了桌子,自顾自地笑了笑。当那男人过去后,苏姬看着我。

"哎,毛普斯,"她说,"你往壁炉架上瞧一眼,看看弗兰克都搬了些什么回来。看着这些直让人头皮发麻。"

苏姬经常埋怨弗兰克带回家的"杂物",不是全用棕色的船舶油画就是爬满蚊虫的丑陋盘子。这一次他又拿回来一个圆形的玻璃鸟笼,足有煤斗那么大,里边都是鸟的标本。我起身用手摸了摸那一半儿被壁炉烤热的脸,朝着鸟笼望了望。那些鸟色彩夺目,有绿色的、黄色的和蓝色的。有些展着翅膀,有些正在用喙啄花,还有些直勾勾地盯着我。那些像玻璃一般的眼珠与眼眶不太成比例,它们的羽毛颜色显得那么粗劣,一看就知道是用涂料染上去的,但我就是无法把目光移开。

"很恐怖,对吧?不知道是什么癖好,弗兰克就是喜欢这些东西,所以从现在起,这玩意儿就得与我朝夕相处了。但是毛普斯你知道吗?无论我告诉自己多少次它们仅仅是标本而已,不用大惊小怪,但我还是会忍不住想象这些东西会向我扑过来。"她正了正手中的针线活儿,"我很傻吧?"

我看了看她,郑重其事地点点头,这倒把她逗乐了。

"还有,我仿佛还能听见声音,毛普斯,玻璃罩炸开了,那些小恶魔们拍着翅膀扑过来要啄掉我的眼睛。"

"哎哟喂,你太太的心思真让人猜不透,"一个搬运工人边说边和弗兰克一起走进屋。他们俩抬着一张旧的长沙发椅,"你可不愿意看到她对你的怨念加深吧。"

"我倒觉得这是值得庆幸的,阿尔夫,"弗兰克答道,"她早知道自己已经把我吃得死死的了,我可是一句牢骚也不敢发啊。"

苏姬看着他们把沙发椅搬进地下室,直到他们消失在视线中,她才把头转向我。"去拿我的披巾来把这些鸟遮住,好吗?"她说,"开玩笑是一码事儿,但是我真的无法忍受一直被这样盯着。"

她看起来绝望极了,我便出去找披巾,我想披巾应该放在厨房的椅子上,或者搁在门厅的衣帽架上,要不就是塞到了卧房的衣橱里,如果都没有的话,那肯定就是在洗手间的毛巾架上了。我小心翼翼地穿过厨房,唯恐划伤了皮肤或者撞到胳膊肘。当两个搬运工人从院子往屋里搬家具时,我还得帮他们一直开着门。他们搬的这件家具被一块儿布盖着,但是从形状上来看我猜测是张梳妆桌,因为顶上还固定着一面镜子。这件家具移动的时候,布的边缘随着搬运工的动作勾勒出一道道弧线,仿佛在搬运工的手间随波荡漾。其中的一个男人让我给他们打开下一扇门,他的脸上全是竖直的面纹。我跑过去,但忘记了这门是向外开的,反而向里猛推,将门撞在了门框上,里边紧贴门的碗柜上放着的盘子被撞得叮当作响,像是警报器一样。那两个男人笑了起来。

"可和你姐姐差得远呀,笨手笨脚的,对吧?"那个满脸竖纹的男人说道。

他们把家具搬进客厅后,我开始沿着楼梯往上走,但上到一半儿就停了下来。我静静地呼吸着,听着房里的动静。嘎吱嘎吱的声音从底下传来，像是人类的嘶吼，仿佛这栋房子在别人家杂物的压迫下已经不堪重负了。在楼下某处搁放的两个钟此刻发出了不同步的声响，盖住了刚才的嘎吱嘎吱声。每当听到搬运工人因撞到东西或者被某些家具绊倒而咒骂时，我都希望是那个满脸竖纹的男人中招。我向窗外看去。

院子里现在一个人也没有，但是我却能听到外边传来微弱的沙沙声，像是乌鸦在树篱下找寻虫子时弄出的声响，树叶躁动的嘶嘶声一阵接一阵。我什么也看不到，除了挨着巷子的绿丛叶子晃动了起来。没来由的，这种景象让我头皮发麻。这一天没有风，一切都静止不动。但我原来也见过鸟在树篱里舒展翅膀，为什么这次却无端害怕起来？

我走到楼梯平台，因一个象脚伞架而险些跌倒。我挤过一个满是旧唱机的区域，那些小喇叭像是西葫芦花一样。这些唱机都不能再用了，但弗兰克却不肯丢弃。因为他认为只要你拆开唱机，里边的各种小玩意就都归你所有了。苏姬曾在某个晚上和我们吃饭的时候说过这事儿，当时爸爸也小声嘟囔着这些东西来路不明，他指的当然是弗兰克给过我们的恩惠：火腿、尼龙、果酱、干果、黄油和鸡蛋。不过这些倒是让妈妈心花怒放，尽管她总是加一万个小心地不让爸爸发现。

苏姬的披巾在毛巾架上，我一把将它扯了下来，我在浴室镜子里瞥到了自己。我被自己的样子惊住了。原来我的脸一点儿都不会装模作样，那么没有防备，那么容易被人一眼望穿，那么容易被误解。我的眼睛一睡眠不足就会出现黑眼圈，我的嘴唇红得好像我气得咬过它们一样。苏姬在几个月前曾答应教我扑粉的，于是我回客厅时提起了这件事。

"我不确定,毛普斯,"她说,"或许你太年轻了,或许我压根就不该承诺些什么,爸爸知道了肯定会火冒三丈的。"

我刚准备反驳,脚踝就被一个低矮的茶桌碰了一下,我叫了一声,抬起了我的脚,这时那个满脸竖纹的男人正好进来,又嘲笑了我一番。

"呆头呆脑的那个小妞,哈?"

我又羞又气,将披巾扔给了苏姬,想着她应该能接住,但她却没有把手从针线活上移开,于是披巾飘到了她的头上,像个盖头一样遮住了她的头。她的手被针扎了,不由得尖叫了一声。

"这是用来遮那些鸟的,"她说,将手中的针线放下,把她的头发向脑后拨了拨,"而不是遮我。"

"对不起。"我说着便一脚迈过花盆想跑到屋子外面去。

"毛普斯?"苏姬在背后喊我,"毛普斯?"

我已经到了院子里,干净的小道和冰爽的空气让我好受多了。我走到房子一侧的空地停下来舒展筋骨,但又听到了树篱的沙沙声,那种乌鸦的声音,那种莫名的恐惧又一次来袭。苏姬拉开了一扇窗,在她探出头的时候,我已闪到了一边。

"走开,走开,你怎么总在这儿?真让人受不了。"

我开始还以为她在说我,所以顺口就回了一句嘴。但之后我却看到苏姬盯着树篱,于是把目光也转到那里。一个女人的身影杵在那儿,她的一只胳膊被树丛遮住了,另一只则弯着,以便她的手能够到自己的嘴巴,或者伸进自己的嘴里。我看到她的下颌在动。那个篱笆是由小山楂树组成的,那个女人似乎攥了一把树叶，嘴里还不停咀嚼着。苏姬看她的时候，她依然若无其事地嚼着，一点也不慌张。苏姬又看了一眼，眼神充满了不安。我知道她是谁了，那个众所周知的疯女人。

"快叫道格来。"她说。

"道格？你是指弗兰克。"我说着便去找来了他。

弗兰克挑着眉毛边吼边吓唬地赶了出来，我走进房里看着苏姬。她对刚才的失态一笑置之，还说那个女人一定是个美食家。"我是说，我并不怪她，"她说，"山楂太诱人了，是不是，毛普斯？还记得当时我们一致认为山楂的美味不亚于面包奶酪吧？"

我点点头，但我不喜欢此刻她声音中那种尖锐的语调。

"与妈妈的三明治相比，我们更爱吃山楂，记得吗？甚至比肉酱还好，比肉汁中的萝卜也不赖。"她停顿了一下，一只手放在臀部，但仅仅片刻之后，她就垂头丧气地靠在了壁炉架上，"但是，毛普斯，公园里有数不尽的山楂，她为什么偏偏到这里来？为什么？"

她在挂在壁炉上方的镜子前照了照，眼睛却刻意避开了那已经被披巾罩上的玻璃鸟笼，之后她抬起一只手捂住嘴，让我想起了疯女人刚出现的惊魂一瞬。

卡拉建议我去教堂做做礼拜，她是天主教徒，觉得这样可能对我多少有点好处。我无奈之下只好妥协了，让她在去给另外一个小老太太做护理的路上捎了我一截儿。虽然不信神，但我执意要去英国圣公会。对此我根本没有抱任何期待。妈妈自苏姬失踪后就再也不参加圣餐礼，我之后也没有重拾那个习惯。帕特里克也不信奉神灵，海伦更是一个彻头彻尾的无神论者。但是很多老年人都会定期去教堂，比如说伊丽莎白。

她去的教堂是一座古旧的石头建筑，彩色玻璃里有着面容安详的烈士。每个参加礼拜的人都盛装打扮，至少看上去是花了心思的，他们脖子上缠着丝巾，头发上别着亮晶晶的东西。头几分钟，我感觉自己像是个异类，不禁面红耳赤。但之后我又想到自己不过是个老年人，没有人会观察我。

我拿着我的圣歌集坐了下来。《古今圣诗》。我读道。有两三个人扭头看了看我。这儿顶多只有十二个人。处处散发着木头和抛光剂的味道，不禁让人回忆起校园。亮堂堂的铜管乐器和雅致的插花让人觉得很是舒服。我开始理解为什么老年人都爱往教堂跑了。

在每个靠椅后面都有很多鲜花，我伸出一只手朝离我最近的插花摸去。一朵花脱落了，我用手将它攥住。这动作似曾相识，我重复了一次，将手张开，然后又紧紧攥住。但是我死活想不起来这意味着什么，再说了，根本不是这种花，印象中应该是那种黄色的西葫芦花。而这些花是白色的，像是从婚礼上遗落的。也许昨天有人结婚了吧？我听说年轻人现在依旧在教堂举办婚礼。我握紧拳头，这时牧师清了清嗓子，其他人也都低下头开始祈祷。花瓣软软的，被我揉得粉碎，我喜欢这种感觉，被我蹂躏的花瓣反而给我真实的感觉，不像那些直挺挺的插花。这束花像极了保存在维多利亚时期玻璃鸟笼里的花，很脆弱，很单调，让人微微心神不宁。

我们一会儿站着，一会儿坐下，一会儿唱圣歌，一会儿又要祈福。我几乎忘记了做一次礼拜是多么让人精疲力竭。我明显跟不上趟,甚至忘记进行到什么环节了,只是机械地跟着大家做做样子。以致当牧师在布道台上开始演说时,我的嘴唇依然在动,牧师流露出疑惑的目光。最后到了喝茶的时候,我看到教堂后方的手推车上放着一个很大的金属茶壶以及很多绿色的杯子。与这里的人数相比,杯子显然太多了。

一个女人端着一盒饼干向我走来,她穿着一件有衬垫的棉外套,颜色和杯子的颜色几乎一样。"我们原来没见过你。"她说道。

"对。"我回答,之后便陷入了茫然状态。我不知道自己现在在哪里,也不知道这是为什么。我在石板上摇摇摆摆地踱着步子,呼吸变得急促。我从盒子里拿出两块儿饼干,将它们平稳地放在了茶托上。

"你是本地的吗?还是访客?"她问道。

"我不知道,"我回答道,感觉自己可笑至极,但内心又忐忑不安,"我是说,我们具体是在什么地方呢?"

她笑了笑,虽说是在笑,但笑容中却写满了尴尬:"这里是圣安德鲁斯教堂。"

名字对我来讲根本毫无意义,我也没有兴致问别的问题了。

"或者你平时去的是小教堂?"她提示道,"走两条街就有一个小教堂。"

我摇了摇头,我还没老到忘记自己的信仰,我绝不是一个卫斯理公会教徒,也不是什么浸信会教友,我甚至都说不上是一个基督徒。

"不好意思,"我说,"我记性没那么好了。"

那个女人看起来仿佛是觉得自己刚才没有一语中的,但她还是点了点头,抿了一口茶,然后把我介绍给了这里的牧师。庆幸的是,我的脑袋里一直默念着自己的名字,还不至于忘记。

"你好吗?"那个牧师握着我的手问道。他的手格外柔软,大概是太多次礼节性的握手使他的手掌愈发平滑,"我希望你能享受这次的仪式。"

我没想到这种东西居然可以用"享受"二字,所以这问题让我甚是惊诧。"哦。"我回答道。

他和那个穿棉外套的女人因为我的缄默而知趣地走开了。我看了看自己的茶和饼干,竟不知道该怎么搭配着吃。这时我看到一个男人从他的茶碟里拿起两个糖块儿放到茶水里,然后开始搅拌。我松了一口气,学着他把饼干放到茶水里,并一遍又一遍地搅动着已经变成纸浆状的茶水。我抬起头,发现这里为数不多的几个人都在盯着我,除了刚才那个穿棉大衣的女人。她的眼睛此刻正在看着天花板。

她用胳膊肘推了一下她身旁的男人,那男人咳了两声。"是的。她一点也不好,"他说,"是罗德发现的,他过去负责接送她,对吧,罗德?"

一个谢顶的小个子男人点了点头。"是的,这话没错,"他说,"之后,她的儿子便给我打了一通电话,我告诉他我们都会为他母亲祈祷……"

"当然了,当然了。"

"事实上,我原来还特意去了她家好几次,之后他儿子才给我打了电话。真让人生气,我就在门口干巴巴站着,半天也没人应门。"

"伊丽莎白。"我突然说出了口，完全出乎我的意料。

那个穿棉外套的女人终于也把目光转向我。

"伊丽莎白，"我又说了一遍，"她不见了。"

"是的，没错，亲爱的。她缺席了我们的圣会，别多想了。"她又转向其他人。

我恼羞成怒地咬了咬嘴唇，但是在我遗忘之前，我必须给自己争取一次机会。"不，"我说，"我去找过她，她根本不在家。"

"是不在你家吧？"那女人一字一顿地说着。她真让人生气。我强压着怒火，以免大吼大叫起来。

"不，不，她是我的一个朋友，她不见了。"

那个秃顶男人皱了皱眉，用手捋了捋头发。他脑袋两侧稀疏的长发就像是种到了头顶上一样。"她没有不见——"

"那她在哪里？"我问道，"我去她家找过了。"

"好了，亲爱的，"那女人说道，看了看大家，"也许你去的根本不是她住的地方。"

她的声音很轻，好像是刻意不想让别人听到她的见解，但她的吐字又相当清晰，别人听得可是真真切切。牧师咳了两下，抬了抬脚，另外那个小男人又捋了捋头发。听那女人说话的语气像是要终结这个话题，但我一定得把握住最后的机会。因为不一会儿就会有人开始谈论天气了。我满脸涨红，他们居然这样置我的问题于不顾，这些人本来应该关心伊丽莎白的。他们怎么敢这样？

"我没有走错地方，"我安静地说道，语气不急不缓，这样的断言多少会让人觉得我像是个小孩儿。"我不是白痴，伊丽莎白不见了。"在一片沉寂中,我的呼吸愈发急促。"你们为什么这么漠不关心?你们之中连一个愿意付诸行动的都没有吗?"我觉得自己已经开始失控,但我管不了那么多了。"谁能说准她会遭遇什么事儿?谁敢打包票说她安然无恙?你们为什么都无动于衷,都不愿向她施以援手?"

挫败感让我的呼吸更加急促,我使劲捏着手中的茶杯,将它摔在了地上。杯子在教堂的石板地面上毫无悬念地摔了个粉碎,碎裂的声音响彻整个房子。杯子里的糖浆和混合着饼干屑的茶渗到了砖块儿间的灰浆里面。那个穿着棉外套的女人放下了她的杯子,俯身去收拾地上的杯子碎片。

"或者我还是把你送回家好一些。"她说。

她和颜悦色地把我从牧师那里引开,一直把我领到她的车上。我记错了我的住址,害她走了弯路。我们绕着一条马路走了两遍,但她脸上丝毫没有愠色。行驶中,我记了一张便条:伊丽莎白不在教堂。那女人见状便伸出胳膊拍了拍我的手。

"如果我是你的话,我不会这么担心,亲爱的,"她边说边把我送出车外,"上帝会眷顾他的子民,你应该好好照顾自己才是。"

她主动提出下周日来接我去教堂,但我回答我并不是多感兴趣。她点了点头表示理解,我看出她的微笑中带着一抹如释重负。

空欢喜

警察局依旧位于当初的建筑里，石砖门脸。门上方雕刻着"1887"四个数字，门厅里悬挂着两个醒目的大玻璃灯笼，这一切让我感到了些许宽慰。但大门里边的地板看起来湿漉漉的，我不确定是否该踩上去。我在门口站了一会儿，想知道那些酒鬼和疯癫的人在湿滑的路面上是怎么走的。进去的时候，我一边走一边用一只手扶着墙，一路上始终没有松开过。

走了几步之后，我发现自己正倚在一张布告牌前。我停下脚步，看着墙中央的宣传栏，将其内容念了出来："二十四小时提防犯罪分子利用提款机犯案。"我不禁纳闷什么是提款机犯罪，那些罪犯怎么能二十四小时昼夜不休地作案呢？这种想法让我备感疲劳。旁边有个木质的东西可供休憩，但我绝不能坐上去，我必须打起精神来，毕竟我是抱着目的来的。蓦地，我又想不起来自己为什么来这儿了，大脑又短路了。我的胳膊开始抖动，心脏在体内怦怦直跳。我深吸了一口气，把手伸到毛衣的口袋里寻找便条。我一定记下了些什么东西，它们一定能给我点儿提示。

我掏出了一大摞各种颜色的方块纸，纸条的边缘在我拇指和食指间卷了起来。我的一只手依然扶着墙，不愿也不敢松开去鼓捣那些纸条，毕竟我对自己的平衡感深表怀疑。我看到一张粉红色的纸条记录的是今天的日期，姑且相信是今天的日期吧，我也不敢确定。黄色的方格纸上记录的是我女儿的电话号码，作为应急之用。还有一张记的是制作蔬菜汤的菜谱，不过已经残缺不全了，因为配方单上只写下了洋葱二字。

"你好，霍舍姆太太。"一个声音传来。

我抬头看了看，屋子的另一端摆着一张桌子，上边挂着一个写着"警察局接待处"的牌子。我不由得念了出来。一个男人坐在桌子后面，我只能隔着玻璃挡板隐约看到他。我把便条塞回口袋，走过一条陈旧的木质长凳。警察局新抓来的人是不是都要放到这张长凳上？这种地方是否遍地都是醉鬼、妓女和街头惯偷？好像可能性不大。现在，一天的正午，这里鸦雀无声，在我走向那张桌子时，我甚至可以听到自己脚步的回音。

当我靠近的时候，我看到了那男人白衬衫上翅膀一样的徽章。他从电脑屏幕前抬头冲我笑了笑，我竟发现自己也向他笑了回去，我常常对弗兰克这样笑，我唇边的肌肉不由自主地迎合着他。我不晓得这个男人怎么会知道我的名字。

"还是为了那档子事儿？"他说，声音通过话筒传来，如同金属一般。

"什么？"我说。

"伊丽莎白，没错吧？"他点了点头，仿佛在期待着我用一句老套的台词应对。

"伊丽莎白，是的。"我说着，吃了一惊。没错，这就是我此行的目的。我就是为了伊丽莎白来的。"你知道伊丽莎白？"我问他，顿时松了一口气。也许他们已经介入调查，已经有人确认她失踪并开始侦查她的下落了。我花了多长时间才让人关注这件事？

"是的，我知道有关伊丽莎白的一切。"他说。

宽慰的泪水盈满了眼眶，我含泪微笑着。

"她不见了，对吧？"

我点了点头。

"也许是她那不孝的儿子干的，你觉得呢？"

我耸动着肩膀，激动得说不出话来。

"但是没有其他人认为她不见了，是吧？"

"千真万确，警官。"我回答道，紧紧地抓着桌子。

"倒不排除这种可能。"他冲我咧嘴笑了几秒钟。我的心猛地一沉。"这是……让我看看……"他点了几下鼠标，"您第四次光临警察局了。"

第四次？"那么，"我说，"已经有人开始追查伊丽莎白的下落了吧？"我的话刚一出口，就明白了这只是空欢喜一场。

他笑了笑。"是的，我们警察局全部出动。警犬、法医、飞虎队，都在全力以赴进行调查——"他停了一会儿，用手在空中比画着，"寻找你的朋友伊丽莎白。"

他的话让我浑身发烫，我的腋窝刺痛起来。我明白了在他眼里我的话是多么无足轻重，我感到一阵恶心。终于，我的眼泪涌了出来，我扭过头去不让他看到。

"我跟警队说了，忘掉那些毒贩、强奸犯和杀人犯吧，"那个警官还在继续说着，"这个老莉齐[1]的儿子……"

我没再多听那警官的话，因为我匆匆跑出了这栋楼来到了街上。冰冷的空气扑在了我流着泪的脸上。我用毛衣的袖子捂着嘴，在公交站等着车来。这是我最后的希望。如果警察都把我的话当成儿戏，那我怎么还会有机会再次见到伊丽莎白？

我不记得自己为了姐姐失踪的事儿跑过警察局。当时爸爸独自一人去警察局报了案，在我们询问过苏姬的邻居后，他又往警察局跑了一趟。之后爸妈就成了那里的常客，因为他们一心想知道事情的进展以及有没有发现新的线索，但他们从来不会带上我。不过我记得，有一次放学回来后，在家里看到一个警察过来调查苏姬的事情。

"我这次到访有点唐突了。"他一边说着，一边坐到我家厨房的桌子前，他面前是满满一盘子的蛋糕片。这男人棕色的头发闪闪发亮，眼睛下方有些黑影，并没有穿制服。"据附近邻居说，苏姬在街上尖叫是好几星期前的事情了，恐怕与她后来的失踪关系不大。而且我也找警员调查过了。其实在警察局里这些事情早已屡见不鲜，现今的人总是爱玩失踪。那些从战场上回来的士兵已经不习惯平民生活，他们的妻子也嫌回家的丈夫碍手碍脚，于是他们便纷纷逃离。只是可怜了那些被抛弃的家人，常会来局子里哭诉。"

"但是弗兰克通常是很顾家的。"妈妈说道，她放下茶壶，静静坐到了我旁边的椅子上。

---

[1] 伊丽莎白的昵称。

"嗯？他们夫妻很和睦？"警察从蛋糕盘子上方看了过来，一粒蛋糕渣从他的嘴角掉了下去。

"他们还经营着一家公司——杰拉德搬运，"爸爸回答道，看着掉到桌子上的蛋糕渣，"家族传统，无论怎么说，弗兰克也不见了。"

警察慢慢点了点头。"呃，对，没错。杰拉德搬运，我知道的。弗兰克在我姑姑家被炸毁后还帮她搬运了一些东西，实际上，那次的轰炸是把目标定在了学校，你还记得吗？的确，他帮了我们不少忙，但是，"他清了清嗓子，用手指把几颗葡萄干捏在了一起，"我确信他这次跑路是担心会被带到局子里问话。"

"问话？"爸爸目瞪口呆。

警察用捏着葡萄干的手指比画着。"配给券诈骗，"他回答道，将果干塞进了嘴里，"事态很严重，他助长了黑市交易的嚣张气焰，因为他的囤积居奇，让配给券的分配严重失衡。"

妈妈多切了几片儿蛋糕，又将茶水续满。

"黑市？弗兰克应该心知肚明才对。那么你找到他了吗？"爸爸问道。

"没有，这让事情更难办了，所以务必要抓到他。"他出声地喝了一口茶，"我觉得他们很可能是商量好一起潜逃的，你不是也说过他们走时还拿着手提箱吗。"

爸爸从桌子旁挪开身体，双手插在口袋里。"我不相信苏姬愿意和一个罪犯一起潜逃。"他说。

我眼睛耷拉着不敢抬头，手则一直摆弄着杯柄，想到了苏姬的皮毛衣领以及崭新的蛇皮包，还有那老马厩里标着"英国军队"

的配给品盒子。我还想起弗兰克每每来我家时，手里总会拎着供我们享用的多余食物。

"当然不信，这种事根本用不上潜逃，"警察说道，伸手又拿了一片蛋糕，"单单配给券诈骗大可不必提心吊胆，但是如果我猜对了的话，这事儿可就不简单了。"

"你是说弗兰克对苏姬做了什么，然后自己逃之夭夭了对不对？"爸爸问道。

"弗兰克不会那么做。"妈妈不禁插了一句，跳起来把茶匙扔进水池。

爸爸抬起头看向她，但同时他也一定瞥见了门厅里的道格拉斯，因为他叫了一声他的名字："道格拉斯，这是尼达姆警官，来调查苏姬的事情。警官先生，这是我的房客。"

道格拉斯迈进了厨房，笨拙地倚着门旁的架子。他先冲警官点点头，接着又摇头拒绝了妈妈给他端过来的茶水。

"我刚才听到的是关于弗兰克的事情吗？"他问，把脑袋侧向一边，扯着自己套衫的衣边。

"是的，"警察回答道，"但帕尔默夫人却否认弗兰克与自己女儿的失踪有什么联系。"

"她不承认？"道格拉斯反问了一句，向妈妈站着的方向看了一眼，只见她依然面朝着水池，"但我却确信无疑，弗兰克是个嫉妒成性的家伙，脾气也相当暴戾。"

"嫉妒？"警察问道，"为什么这么说？你们俩有什么过节吗？"

"没有，"道格拉斯答道，简单的两个字，他说得缓慢又谨慎，"但是苏姬和我说过他心怀妒意。"道格拉斯一本正经地盯着那个警察。他的脸像面具一样僵硬，我甚至怀疑他说话的时候都不必动嘴唇。"她说她看错了人。"

爸爸把手从口袋里抽出来揉着自己的脸，妈妈扭过头靠在了水池上，手还紧紧握着水池边儿。我不禁纳闷苏姬为什么全都告诉了道格拉斯，而对我却一字不提。同时我也怀疑这话的真实性。"苏姬什么时候说的那些话？"我不由自主地问。爸爸立刻让我上楼回房。

"这儿没你的事儿。"他说。

我从桌子前离开，徘徊在楼梯顶上。从这里望去，厨房既明亮又安逸，头顶上的灯与外边射进来的光交相辉映，我甚至怀疑这就是一次普通的家庭小聚。温热的茶壶、摆开的杯子，让人觉得温馨自在。只是与以往不同，一个警察占据了妈妈平日歇息的位置，还把蛋糕吃得精光，同时还在一个小本上记录着什么。

"呃，她什么时候跟你说的？"他问道格拉斯，翻了一页记录本。

"好多回，数不胜数了，警官，"他回答说，"整个夏天都在说……"从这个位置我只能看到他胸膛以下的部分，他的胳膊动了一下，我猜他一定是耸了耸肩。

"什么，是她来这里吃饭的时候吗？"妈妈问道，我能看到她的双腿贴着水池下方的碗柜，"我怎么不知道。"

在道格拉斯往前探身的时候，他粉红的下巴从门框下边探了出来，我猜他一定想说点儿什么，但那个警察只顾大口喝完了茶水，之后将椅子推了回去，发出咔咔的声响。

"我该走了。"他说。他把杯子放在一边，又在记录本上写了两笔，站了起来。"帕尔默夫人，谢谢你的招待。事情一旦有进展我会立刻通知你，别太着急。当今这年头人们总是搬来搬去，一刻也不得闲。他们很可能只是去其他城镇待几天，等他们体会到什么地方都一样不好混的时候，说不定就搬回来了。但不管怎样，不久后我们定能把弗兰克缉拿归案。"

他原地停留了几秒钟，眼睛盯着道格拉斯，接着就跟爸爸一起走到了前门。我赶快跑去客厅，正好听到妈妈在向道格拉斯抱怨家里一块儿蛋糕也没有了。

"这是弗兰克给我带来的果干，也所剩无几了。"她说，我几乎可以想象在听到弗兰克这个名字时道格拉斯脸上的表情。"你看的电影怎么样？"在他开始大谈特谈苏姬的婚姻问题之前，妈妈迅速转换了话题。道格接下来的声音模模糊糊无法辨别。

"什么？"妈妈说道，"我还以为那部电影应该很有趣才是，你认真看了没有啊？"

与此同时，爸爸在门口和尼达姆警官说着客套的告别语。"没问题，一旦发现杰拉德和他提着的手提箱就立即告诉你。"

他们在门口逗留了一会儿，回头朝走廊那头看了看。趁这个空当，那个警察将粘在裤子上的蛋糕屑掸了下去。"那个叫道格的男孩让我想起了一个人，"我听见他边走边说，"就是记不清到底是谁了。"

我把有关伊丽莎白的便条全都丢在了垃圾桶里，它们看起来就像是一桶五彩纸屑。这样放弃让我心生不甘，但我还能做什么？所有的努力都是徒劳的，而且根本没人在乎。我都跑了四次警察局了，我敢确信，因为每次去警察局我都在便条上记录了下来。四次了，警察还是无动于衷，他们只不过把我的坚持当成无理取闹。或许他们才是对的，我找出一张纸，拿红笔在上边写道：伊丽莎白没有不见。一会儿我还要把它贴在墙上。尽管我现在感觉难以置信，但过上几个小时没准儿就信以为真了，或许都用不了。我不想再去费尽心力打听线索了，一切都是无用功。没有人肯相信我，我再固执己见，连自己都会崩溃，反正我该忘的都忘得差不多了，或许我压根就错了。也许伊丽莎白就在家里，我只是庸人自扰罢了。

卡拉走过来看到我写的便条，满意地点了点头。"这样才对，"她说，"你应该把注意力多放在保护自己的安全上，对吧？"她又像往常一样打开了话匣子，开始夸夸其谈一些行凶抢劫呀、持械抢劫呀云云。我本来是想听的，但总觉得这些与我根本八竿子打不着。"老年人现在防范意识差极了，"她说，"他们根本都不看锁有没有上好，窗户有没有关紧。这大概要归咎于你们生活的时代，我想那时候每个人你都认识吧，嗯？"

"别犯傻了，"我回答道，"在我小的时候，城镇里的人三教九流都有。"那时退伍的军人常常在酒馆里喝得酩酊大醉，美国兵和加拿大兵都回不了家，遣散后只能混迹在伦敦和伯明翰一带，那些疗养中的军人更是吵着闹着要去海边静养。在我想理清思路的同时，发现卡拉已经上楼去整理我的房间了，于是我晃到了厨房，发现自己的三明治还没有做出来，便把面包放到了面包加热器上，要不就是面包烘焙机上，然后取出黄油。

"你吃了多少吐司了？"卡拉说，突然出现在我面前，"一天得吃一整条吧？"

"呃，没有蛋糕可吃了，都被那个警察吃光了。"我回答道。

"就算没有蛋糕，也是被你自己吃光的。"她说着拧开了水龙头，搅拌着洗碗液，泡沫变得像小山一样高。

我不喜欢她说话的口吻，便绕开她去把前门锁好，然后坐下来休息。卡拉来到客厅，递了一些药丸给我，我不知道这些药丸是针对什么病症的。

"好了，当然了，还有钥匙箱[1]，"她站在咖啡桌旁说道，同时在护理手册上写着东西，"你必须得用钥匙箱，这样我们做看护的才方便进来，但钥匙箱也不是万无一失的。百密总有一疏，密码一旦泄露，那罪犯们不费吹灰之力就能进屋子了。"她先是把双手放到头上，又将其举在空中。

"没那么危险，"我说，"不然就不会让每个人都用了，就连伊丽莎白都在用。"这时我的大脑急速运转，仿佛隐隐明白了什么。伊丽莎白家安了钥匙箱，钥匙箱意味着很容易进入一座房子。我把这点记了下来，将伊丽莎白的名字标注在旁边。"伊丽莎白家安了钥匙箱，"我又说了一遍，"如果有人闯了进去……"

"你又来了，"卡拉说，"我以为你已经死心了。"她指了指贴在墙上的纸条。

"哦，是啊。"我说，然后放下了笔。内心像是遗失了珍爱的宝贝一样惆怅不安。

"那就好，拜拜。"她走到前门，接着我听到她因试图开门而将门拽得噼啪直响，像是卡住了一样。"天啊！"她吼着，"你怎

---

1 指安在门外用于存放钥匙的密码箱。输入密码即可打开，取出钥匙开门。

么把门上了锁，钥匙在哪里？"

我起身冲她指了指暖气片上的一个小罐，钥匙就放在那里边。"你说过让我上好门的。"我说，向卡拉比画着我记下的笔记。

她盯着我看了看。"但是我在的时候你就不必锁门了。"

她又把我一个人锁在屋里了，我径直去找我的三明治。餐具柜上放着一个吐司，我便放下手中的一沓便条去冰箱拿黄油，但翻腾半天也没找到。我看见炉具上方有一张醒目的纸条，"不能自己做饭"，但是我很想煮一颗鸡蛋配着土司吃。煮一个鸡蛋应该可以吧，这根本算不上做饭。

我打开煤气，将炖锅注满了水。在我等着水开的时候，我拿起那沓便条看了看：钥匙箱意味着很容易进入一座房子。伊丽莎白的名字标在一旁。我一遍又一遍地读着，隐约感觉这其中大有文章，但就是揣度不出。纸条上还写着：百密总有一疏。这是一条普遍真理，一个人即便再小心翼翼从不外出，也得让某些人进他的家门。

提议让道格拉斯做我家房客的正是苏姬。当时她在海陆空餐厅工作，那家餐厅位于悬崖顶上的一家酒店里。道格拉斯在没到参军年龄时一直从事送奶工作，餐厅正好是他的经营对象，可以看出苏姬很喜欢他。她说在餐厅营业前，他们总会谈论一些电影的话题。

我在苏姬的餐厅碰到过他一次。那时我的学校被夜间空袭已经有一星期了，男子学校的教学设施还没配备到位，而且妈妈也不愿我整天在家晃来晃去，所以苏姬就把我带去了餐厅。我们那天起了个大早，到达餐厅后我依然睡眼惺忪。苏姬让我在厨房先坐下，她自己则去称咖啡和茶叶，然后把它们放进白布包里。她还跑前跑后地检查着热水壶。在我看来，身穿蓝色工作服头戴小帽的苏姬看起来十分滑稽，但她却不以为意。厨房传来了烹饪的香味，她给了我豆子吐司和香肠享用。

"真不敢相信，"她又递给了我一个盘子，说道，"我们的客人大都是美国佬。"

她们当时服务的对象主要是美国士兵，于是我在吃东西的时候格外留心有没有美国口音。吃完的时候，我听到了一句美式腔调。

"毫无疑问的啦，"一个声音传来，"一切都不错啦。"

我扭头看到苏姬和一个男孩儿进来了。男孩儿抱着一箱牛奶瓶，把它们摆到了我面前的柜台上。我满脸诧异地看着这个美国送奶工，目不转睛地盯着他。

"毛普斯，这是道格。"苏姬说着，还把一只手放在了他的肩膀上，"问声好吧。"

"你好，道格。"我朝他看过去，此时苏姬拿起几个牛奶瓶走出了厨房。

"你好……毛普斯。"他说出我的名字，若有所思地皱着眉头，眼睛则一直盯着苏姬的方向。

我扑哧一笑。"这可不是我的真名，傻瓜。"我说。

大概因为我的调侃，他变得有些恼火。"为什么苏姬叫你的假名？"他问。他不再拿腔拿调了，我不禁好奇苏姬知不知道这个家伙一直在伪装。

我把最后一口香肠放到嘴里。"这只是个昵称而已。"我嚼着香肠说道。

"听起来有点好笑。"他说，眉头依然皱着。

我耸了耸肩，把叉子放在盘边。"我猜道格也不是你的真名吧？"

"当然是真名。"他说，他的目光早移到了已经进屋的苏姬身上，她这时又往天平上放了一袋儿茶叶。

"道格是道格拉斯的简称对吧？"

他收敛了笑容，低头看了看牛奶瓶，粗暴地将它们从箱子里拽出来。

"是不是啊？"

"是的。"

"这么说道格也算是个昵称了？"

他停下了手中的工作，看着我说："好吧，我服了你。"他的脸变得通红，却还不忘瞄苏姬一眼。我让他难堪了，这让我心里有些愧疚。

"道格是个好名字，"我说，努力想缓和一点儿尴尬，"我喜欢这名字。"

他笑了笑，这倒让我更愧疚了。他长得很中看，有着软软的椭圆脸蛋，还长着棕色的头发和顺直的眉毛。他身材很魁梧，只是略有点驼背，不过他说话的时候总是习惯低着脑袋，还总爱斜眼看人，所以人们很容易忽视他的高个子。

"我希望你对道格友好些哦。"苏姬说着走过来把空牛奶瓶摆在了桌子上。

我点点头，想找点儿话说。"呃。我们在外面见到了那个疯女人。"我说，虽然事实上我们只看到了一眼。

"闭嘴，莫德，"苏姬说，"不许那样称呼她，你根本不知道她是什么身份。换位思考一下，如果是妈妈做了什么滑稽的事儿，别人也叫她疯女人呢？你都没留心我说的话，道格要成为我们的新房客了。"她用拨弄我头发的方式抚弄着道格的头发。道格的脸又涨得通红。"你想吃点儿什么吗？"苏姬问他。

"不了，我还得去忙。"他回答说，迅速将空瓶装进箱子里，抬到了外面。在苏姬说再见的时候，他笨拙地挥了挥手。

"妈妈做过滑稽的事情吗？"道格一离开我便向苏姬问道。

"当然没有，小傻瓜，"她一边回答一边把牛奶瓶收起来。"说话别总那么武断，记住这点。你喜欢道格吗？在莱西小姐投奔她的侄女后，妈妈就一直寻思着找一个新房客。我是认真的。友善点吧。他母亲刚过世不久，他家的房子被炸掉了。"

我更加懊悔刚才就昵称问题与道格斤斤计较了，不过我保证以后会善待他，说到做到。可我之后又想到苏姬拨弄他头发的样子，她甚至主动邀请道格吃点儿东西，用照顾我的方式来关怀这个男人。我不禁怀疑我现在看苏姬的目光是不是和刚刚道格看她时一样。

从某处传来一股奇怪的味道，我环视了一下客厅，拿起一个坐垫，坐在了靠窗的座位。我什么也没看见，更无法判断这味道是从哪儿飘过来的。我正在聚精会神地把一大堆便条从废纸篓里掏出来，纳闷它们怎么会被扔在里面。我还把一个有着斑斑划痕的小化妆盒盖从篓里挖了出来，算起来这个蓝银相间的小物件儿已经被我挖出来两次了。我刚要腾出工夫去看看是什么导致的这种怪味儿，海伦就走了进来。

"妈妈，你的煤气一直开着！"她吼道，"我跟你说过不准用灶具的，这该死的房子早晚被你炸掉！哎，在这里也能闻到煤气味儿。"

她站在我前面，探身打开窗户，用窗帘扇着风。她底下看上去软软的，是那么不堪一击。"昵称的事我很抱歉。"我说。

她的下巴合上了，低头看着我："什么？"

"没什么，我忘了。"我答道。不知她会不会立刻给我泡一杯茶，因为家里没有牛奶可喝了，我把那个叫道格的送奶工给得罪了。哎，脑子都混乱了。窗外吹来一阵风，正好吹着我的下半截后背，我冷得直打战。

"你闻不到吗？"海伦问我。

"我想我是闻到了点什么味道，对，"我说，将一块什么布料裹紧了膝盖，让自己暖和些，"香肠、豆子，还有什么来着——你刚才说那是什么？"

"煤气。"

"啊，煤气泄漏了？"我膝盖上的布料怎么都铺不平整。我试图把它摊平裹上自己，但它总是动来动去。我抬头看看海伦，她还在摇着窗帘扇风。我不由得跟着眨起眼睛。

"没有，妈妈，"她回答说，"你忘记关火了，所以你清楚为什么你自己不能做饭了吧。"

"我通常不会去做饭啊，海伦，"我说，"厨房里有纸条写着——"

"我知道，那纸条是我写的。"她放下窗帘，把手指插在头发里面。

"但我总能煮颗鸡蛋吧？"我说。

"不，不行，你不能。妈妈，我怎么说你就怎么听。"她的手掌握成了拳头，撕扯着自己的头发。我不明白她为什么会这么恼怒。"听见了没有？你什么饭都不能做，什么都不行，不行！"

"好吧，我不做就是了，"我回答道，看着她在房间里踱步，"饿的话我吃点儿奶酪什么的就好。"

"你保证？"她问道，"你能把它记在纸上吗？"

我点点头，从包里取出一支笔。旁边桌子上堆着各种颜色的便条。我拿起一张，便条开头记着这些字：化妆盒，蔬菜西葫芦。

"在厨房墙上的便条上也记上，"海伦说，"我跟你一块儿。"

她伸出一只手拉我站了起来。但不知怎的，我的裤子却把窗帘卷住了，海伦不得不俯身帮我解开。在去厨房的路上，她紧紧跟着我，在我摸扶手时，她的手甚至就抚在我的手上。当我们走到厨房，我才意识到笔落在客厅了。海伦又跑去取。

"还有鸡蛋，"她边跑过来边说，"在纸上记下'还有鸡蛋'。"

我按照她的要求做了，记完便放下了笔。"那是什么意思？"我问道，"'还有鸡蛋'？我这是记的什么？"

怀念

老歌手埃里克·科茨的旋律传入了我的耳朵，这是一档广播节目：《边工作边听歌》。乐曲一遍遍回荡，旋律愈发奔放，活力四射，动感十足，当然也少不了一些时代印记。我不禁想到自己脸上一定露出了疯狂的笑容，我的胳膊像是被线牵引一样随着节奏上下晃动。在我还是小女孩儿的时候，我可一点也不安分。那时每个人都号召你为战争出钱出力，但又不告诉你具体应该做些什么。我打开电视机，却无法静下心观看，于是索性在房子里踱着步，顺便整理整理、打扫打扫、摆摆桌子擦擦灰尘什么的。我把沙发椅的垫子拍松，把书细致地堆好，又往咖啡桌上喷了些抛光剂，之后就拿一块儿布擦拭着桌面。我刚要把污渍擦掉时，卡拉就进来了。

"真是闲不住啊，"她说，脱下了外套，"你在打扫房子？那我可得记在我的护理手册上。"她冲我点点头，握着她的笔，翻了几页文件夹，之后又转过身来，闹出了一点动静。"不过你是怎么想的？"她接着说，"想烧它们吗？居然把书都放在壁炉上了？"

"你瞎说些什么？"我回答道，把抹布放下。这些书被我摆得整整齐齐，刚好放进电视旁边的小壁龛里，看上去很不错。

"还有，"她说，"你用什么擦的桌子？"

"一块儿布。"我说道，向她皱了皱眉。她今天总是问些小儿科的问题。

"不。我可不觉得那是块儿布。"

她把那团布放在手上，准备展开来看。当她抖开的时候，我终于看清了这是什么。它是苏姬的一条裙子，深棕色的毛线裙。裙子上边满是抛光剂和食物碎屑，乱糟糟的。这肯定是我在原来房间的衣橱里翻腾出来的。衣橱里还有很多苏姬的遗物。她的衣服一部分被我裁剪后重新加以利用，一部分舍不得扔只好保存在柜子里。而现在，我毁掉了其中的一件。

卡拉咧嘴一笑。"裙子的旧物利用真是别出心裁呀。"她说道。接着，她看了看我，把头歪到一侧。"不过放心吧，我会把它丢进洗衣机的，它会洁净如初。"

卡拉走后，我发现自己根本没有心思再闲坐在家里了。一个挥之不去的念头蠢蠢欲动，我应该去某个地方看看。我披上外套走了出去。我不知道自己要去哪里，但这无关紧要。姑且跟随自己内心的指引，最终总会到的。

我走到公路上时，一辆公交车呼啸而过。我想自己应该没打算坐公交车，就算我想，现在也为时已晚。我用一只手扶着别人家的花园围墙，回头向街上望去。我的手指上沾着青苔，湿漉漉的，于是我将它们从手上擦了下来，陶醉于将其连根拔起的感觉。沿道散落着许多亮晶晶的彩色纸片。这些一定是我的便条，我的纸上记忆。我的口袋里常会塞满各种清单和备忘录。突然间，我竟然不愿原路返回将其一一捡起，只是弯下腰将脚边的纸条捡了起来。我的关节咯吱直响，内心深知我若不将它们捡回来，一些重要的事情就会随之石沉大海。离我最近的蓝色方块纸上写道：今天下午两点，乐施会。我还在那里帮忙。

今天下午两点。真的是今天下午两点吗？我隐隐感觉不是，但我最见不得别人失望。一想到那些骨瘦如柴腹部浮肿的孩子们，一想到那些围在他们嘴旁令人作呕的苍蝇，光是这些画面就足以让我难过得夜不能寐。如果今天是周二的话，伊丽莎白恰巧会在那里值班。在到公交车站的途中，我边走边捡起自己脚下的便条，心想我小的时候地球肯定不会出现像现在这样饿殍满道的情形。等车的时候，我在大衣口袋里发现了半块儿巧克力，上车后我便吃掉了它。

乐施会的商店位于拱街，这个店面最初是卖奢侈珠宝的地方，我姐姐的订婚戒指就是在这儿购的。这条街上还有一家停业已久的美发店，我原来可是那家店的常客。现在从布满灰尘的窗户望进去，只见一些过时淘汰的吹风机弃置一旁，就像沙地上蔓生的一排风信子一样。旁边的商店则卖一些浴盐呀、护肤油和洗澡泡沫之类的东西，当然也出售玻璃皂盒和一些被染得五颜六色的贝壳。我们曾在这里讨要了很多东西交给乐施会。年轻的时候我喜欢贝壳，也收藏了许多，现在仍然有一些在我家的"箱子"里保存着。那"箱子"实际上是我用胶水把一个个火柴盒粘在一起制成的。我也喜欢去海滩捡贝壳，尽管我父母总是呵斥我不要靠近海边的铁丝网。我更喜欢把贝壳放在耳边，聆听海浪来袭的声音。

107

我收集的贝壳大多是粉红色，也有一些有着灰色的斑点。在鉴别贝壳的时候我只是看看颜色，浅尝辄止，从不刨根问底。特雷弗叔叔发现我喜欢贝壳后还给过我一本书，但我对了解贝壳的类别丝毫提不起兴趣。反而在翻看的时候，那些画着"鼻涕虫"的画面让我备感恶心。我不愿把珍珠一般完美无瑕的贝壳和那又黏又滑丑陋无比的软体相提并论。单是"软体动物"这个词就让我恨得咬牙切齿，最后我干脆把书扔掉了。

我刚走进乐施会商店，一股发霉的气味就扑鼻而来。虽然这些捐来的衣物都用蒸汽清洁过，但这味道始终阴魂不散。空气中弥漫着酸酸的腐臭味儿，这是我在这里工作唯一不喜欢的地方。另外就是我不大喜欢佩吉。在我走进来的时候，她从柜台后面抬头看了看。她那灰白、僵直的头发反射着光线。她才六十八岁，比我小了足足一轮，所以身体状况好得多。

"莫德？"她说，"你来这儿做——"

"我迟到了吗？"我边说边用力推开一个上边满是衣服的行李架，它碍手碍脚地挡着路。

"不，莫德，我们不需要你了……我是指，"她把手放在柜台上，用她那尖利的嗓音连哄带骗地对我说。我女儿在说服我扔掉自己的大半儿物品时，或是出于"为了我好"而让我放弃做饭时，也常常使用佩吉现在这种口气。"我们不是商量好你不用再来了吗？你还记得吗？"

我低下头，假装查看面前桌上桶里的东西。我的手触碰到一个污渍斑斑的皮书签和一个塑料制成的餐巾环，心头蓦地升起对佩吉的怨气。我确定记得。她和梅维斯断言我胜任不了这份工作。

没错，我一直处于劣势地位。别人在年轻时都有过店铺工作的经验。佩吉在比尔斯打过工，梅维斯在卡尔顿鞋厂做过管理，伊丽莎白更是自小就在她爸爸经营的面包房里打杂。而我刚毕业爸爸就把我安排进了交易所做话务员。因此在乐施会商店里我总是面对着现金抽屉犯难，甚至分不清不同的钱币面值，还多找过顾客零钱，而且越是紧张就越是出岔子。记得有一天我愣愣地盯着一枚一英镑的硬币，却怎么也认不出面值。那个站在柜台前的男人不住地叹气。"你数学学得可真不怎么样。"他说。

我不知道最后我到底找了那个男人多少钱，反正佩吉气得暴跳如雷。

她正用手指敲着柜台，指甲上还涂得亮晶晶的，显然在等我回话。我继续在桶里翻来翻去，手指碰到了一个小相框的背面。"很有趣，"我边说边把它掏了出来，"伊丽莎白也有一个这样的相框，里面放着一张我俩刚认识时拍摄的合影。这有点巧了，对吧？"我用拇指轻抚着相框一角，相框是用奶油色的瓷制成的，两侧装饰着精致的花朵。相框上方探着一个小天使的脑袋，看向照片的位置。"我没想到会有两件一样的，"我说，"伊丽莎白也是从这儿买的，那时她只在店里工作了几个月。"

"老天，没错，她总会买点儿瓷器什么的。对某些事儿你倒是记得挺清楚，莫德。"

"我敢说这一定是伊丽莎白的相框。可是她没理由丢掉它的。"我抬头看了看佩吉，"里边的相片还在吗？"

"可能在，但是你知道，夹着相片的话，相框就很难卖出去。无论如何，我也怀疑这是伊丽莎白的东西。"

此时店门打开了，佩吉看着进来的顾客笑了一下。"两英镑拿走吧，如果你想要的话。在这里，买东西是最直接的帮助方式了。"

我知道她在下逐客令，但我还不想离开。"我给你冲杯茶吧？"我说，把相框小心地放回桶里，"我还记得电水壶在哪儿，你正好在这儿好好招呼顾客……"我朝后屋走去。佩吉的眉头似乎舒展开了。

"好吧，"她说，"那麻烦你了，我要杯速溶咖啡。"

我把电水壶注满水，打开了开关。关于佩吉，有一点我记得真真切切，她从不舍得丢掉照片。这让我不由得想到她还是有点人情味儿的。工作桌上堆满了捐来的衣服，下面有个抽屉就是佩吉存放照片的地方了。在我拉开的时候，木头抽屉嘎吱了一声，我朝门的方向瞥了一眼，幸好电水壶的声响足够大。我坐了下来，一张张筛选着照片。

它们大多是有关宠物的照片，还有两三张家庭合影，也有一些照片粘在年代久远的厚卡纸上——一个身穿军装的男人准备奔赴一战战场，一个穿着灯笼袖衣服的女子站在一棵叶兰旁。我把它们放在一旁，继续在这堆照片中翻寻，终于，我发现了一张清晰的彩色照片，上边是两个穿着碎花裤子容貌普通的女子——没错——正是我和伊丽莎白。我们站在拱街外面，涂着漆的铁门在我们背后美丽地盘绕着。伊丽莎白的灰发紧贴着她的头，我的则飘向空中。我们对着相机微笑，脸上的皱纹显示我们都已人过中年。伊丽莎白高举着她在乐施会商店买来的青蛙形水壶，仿佛那是件稀世珍品，对我而言，那水壶实在丑陋不堪。但你真当回事儿问她的时候，她却轻描淡写回答说那只是赝品。这是我们认识的第一天，也是从那天我才得知她家的花园就是有卵石围墙的那个，也同样是从那天起，我决定和她成为密友。我仍然记得当时我笑得脸都抽搐了。伊丽莎白绝对不会把这张照片轻易丢弃的。我的眼眶盈满泪水开始觉得她肯定是死了。桌上的那摞衣服突然显得格外刺眼。我们原来曾一起整理那些别人捐献的物品，没想到未来某一天我会一个人收拾她的遗物。

我把照片装进自己的口袋，此刻电水壶发出了"砰"的声响。我把佩吉的杯子端到柜台上。

"哎呀，莫德，"我离开时她喊道，"我要的是咖啡，你却给我冲的茶！"

我穿过公园往回走。这里有块儿可供休息的长方形木板，紧挨着演奏台，那个方向正好通往伊丽莎白家。我休息了一会儿，看着一个男人往肥料堆上加肥料。天气很冷，看上去要下雨的样子，但我还没有回家的心思，我想再坐一会儿，认真思考一下我的新发现，顺便让这里新鲜的空气驱走商店里发霉的腐味儿。到底是什么让旧衣服挥发出那种气味呢？即便是干净的衣服，放置一段时间后也会释放出那种味道。

我印象最深刻的那只手提箱里也曾散发过这种腐味儿。是爸爸把箱子带回了家，那时距离苏姬失踪已经将近三个月了，而且一周后就是我的十五岁生日。我乍一看没认出这是谁的箱子：爸爸边哭边把箱子递给了我。我只能看着他，心沉了下去，像是愧疚，又像是恐惧。爸爸的脸哭得几乎扭曲了，喉咙里还发出了嘶哑的声音。我从没见爸爸哭过，吓得不知所措，更别提安抚他的情绪了。他在炉子旁边坐了下来,把脸扭到一侧。妈妈也没有安慰爸爸,只是把手提箱放在了厨房桌上。

苏姬买它是用来度蜜月的,箱子很笨重,用棕色的皮革制成。提手也是棕色的皮革,扣子则是用黄铜做的。点点粉红色的阳光透过窗户照进来,正好落在了扣子的位置,可以看出黄铜已经磨损了。我用手指在扣子上划来划去,黄铜的色泽更加黯淡。妈妈把我的手推开,打开了箱子。衣服的酸腐味儿瞬间侵袭了整个房间,像是厚厚的一层土,盖过了厨房与生俱来的味道——葱油味儿、甘草味儿或是洗涤剂味儿。

我们站在那儿盯着苏姬的手提箱。里面的衣服都拧在一起,和带条纹的帆布衬里纠缠着。衬衫、套衫、外衣、毛皮领子及一条浅黄褐色的裤子,裤子腰部的位置有些小褶子。底下是一条裙子,本来是米黄色的,后来苏姬把它染成了深蓝色,让它焕然一新。最下边就是一些内衣、短裤和小背心了,这些小衣物不是用丝绸打着补丁就是被剪掉了花边。它们不脏,但仿佛是因为被太多人触摸过似的,衣服的鲜亮光泽都褪却了。

"哎,亲爱的,我不知道你打算怎么清洗这些衣物,"妈妈说,把那条染过色的裙子拿了起来,"用冷水的话,你准备打多少肥皂呢,莫德?"

我的目光盯在手提箱上不肯移开,思忖着苏姬最后一次触碰里边的衣物是在什么时候。这是她留给我们的唯一"纪念"。我真想蜷缩到箱子里,合上盖子,让一切都保持原状,不允许任何人洗刷它们。一个蓝色的玻璃瓶依偎在一件衬衫的袖子旁,仿佛是被人的臂弯所环抱,这是苏姬的香水:夜巴黎。我把它拿出来,下意识地喷到手腕和脖子处，然后才意识到自己在做什么。香水很廉价，但依然散发出清甜的味道，使空气中弥漫出一层薄雾，但是没逗留多久就消散了。妈妈在一旁看了我一会儿，然后就抓起那团棉花、毛线和羊绒制成的衣物，像是揉面一样，对着箱子的侧面摔打着。一些小物件掉了出来，滑到了地板上，而我正在将几条丝质衬裤打成捆，这时道格拉斯进来了。他先是愣了一下，又看了看，之后把头转向一侧垂下了眼帘。

"苏姬的箱子？"他问道，"从哪里找到的？"

"车站旅馆。警察发现的。"爸爸回答道。

爸爸盯着火炉，脸因热气而变得通红。我很庆幸他不再哭了。妈妈在道格进屋后停止了摔打衣物，木木地站在那儿，一条丝质头巾和一条裙子上的腰带像爬山虎一样蜿蜒到了她的胳膊肘。我慢慢地解开，将那些我从地板上捡起来的短裤塞进了箱子。

"警方已经搜查了箱子。"爸爸说。

所以箱子里的东西才会如此凌乱。我无法想象警察的手在苏姬的内衣上翻来覆去。也许道格拉斯也意识到了这点，因为他一度显露出厌恶的神色。

"找到什么了吗？"他问道。

爸爸摇了摇头。"没有，除了她的定量配给券。"

"她把配给券放在了手提箱里。"道格拉斯的口气像是给出了一个答案，"旅馆里的工作人员说什么了吗？"

"他们对苏姬已经没印象了，不过苏姬确实在那儿登记过，但不是她本人的签字，而是前台代她写的——而且他们根本认不出苏姬的照片。"

"那她究竟在旅馆住没住呢?"我问。我的胸腔充斥着怒气,肺几乎要炸掉了。没有人回答我。妈妈一动不动,缄默不言,但我却看见她的泪水掉到了丝绸衣物上,洇出了一个个黑色的圈。最终是我洗涤了所有的衣物。

在我意识到之前,我已经走在了去伊丽莎白家的半路上。路上有许多穿着古板、肮脏的校服的孩子,他们可能要去学校,也可能是要回家。我从一群孩子中间挤了过去,他们身上散发出那种很久没洗的运动套装和廉价须后水的味道。我知道自己的眼睛一直在扫描他们的帆布背包和记录袋,希望发现一个棕色的皮质手提箱,那种有着棕色皮质提手的箱子。直至走到了伊丽莎白家门口,我还不忘回过头去看看。我按响了门铃,透过前窗向里看了看,又往厨房里边瞅了瞅,但我什么也没看见,房子里一片漆黑,毫无生机。

"瞧啊,那就是老窃贼。"一个声音大吼着。

一群孩子在道上大摇大摆地走着,或者我该称呼他们为青少年——他们都和凯蒂的年岁差不多——勾肩搭背,还将自己的书包拖在地上。刚才朝我大吼的男孩儿咧嘴笑了笑。

"你想怎么闯进去?"他大声说,"莫非得用斯坦纳牌轮椅升降机?"

其他的孩子们大笑起来,我扭头看向那男孩儿手指的地方:楼梯平台处的窗户是敞开的。就算我用轮椅升降机上到楼梯平台又能怎么样,不过没准儿我刚好能从那个窗户钻进去。我不禁好奇那个窗户原来是打开的吗。我这次差点就忽略了这个问题。这里别的东西是不是也有异状？我想从侧门那里下手，但实在是异想天开。如果我能把外墙剥开就好了，就像剥开玩偶房子前面的围挡一样，这样我就知道伊丽莎白是不是被困在里面。或者，这里要是和道格家一样被炸弹炸开就好了。当然，这只是玩笑话，我对自己的龌龊想法感到几分惭愧。但我真的很想弄明白那敞开的窗户究竟是怎么回事，于是我绕到了隔壁邻居家。这家没装门铃，我刚敲门便听到一只狗开始吠叫不止。在我等人应门的时候，狗的叫声越来越大，听起来像是在挑衅，和我仅有一门之隔。我开始往后退，刚退到人行道上，门就开了，狗连蹦带跳地跑了出来，绕在我身边嗅来嗅去，还发出呜呜的叫声。

"别害怕，"主人说道，"它不咬人，只是好奇罢了。是你刚才敲门了吗？"

我看了看狗主人。他年纪很小，还只是个男孩儿，头上的棕发乱蓬蓬的，乱极了。狗舔着我的手，我拍了拍它的脑门。

"你一定释放了友好的信号，"男孩儿说道，"它只有在熟人面前才会这么亲热。"

我笑了一下，非常开心这只狗没把我当外人，我也很乐意交它这个朋友。小的时候我就常想养上一只，但我父母却说他们负担不起养狗的开销。或者他们是对的，因为我听说有户人家的狗被主人抛弃了，拴着链子，没吃没喝，最后活活死在了院子里。温纳斯夫人本想借这件事情来鼓励我们不要放弃希望，因为人们现在动不动就迁徙，甚至为了躲债而连夜搬家，苏姬很可能也是躲了出去。"人们对宠物想都顾不上想，"她说，"现在的世道就是这样。"但是让我坐卧难安的却是别的细节。那户人家的院子距离弗兰克家只有几步之遥,我和爸爸去苏姬家打探消息后没过几天,人们就发现了狗的尸体。"那只狗临死前肯定在不停地狂叫挣扎,"温纳斯太太说道,"好让别人快点儿来救它。"我当时是多么遗憾自己没能解救那只狗,甚至好多年之后都没办法释怀。我常想如果岁月倒流,我一定要循着狗的叫声找到它,让它免于一死。

这只狗像是看穿了我内心的思绪似的,在我面前呜呜叫着。我又拍了拍它,希望自己可以变得身轻体健,这样就可以蹲下来好好抚摸一番它的"皮大衣"。

"闭嘴,文森特!"男孩儿说道,"它这是在讨好你,让你给它一块儿饼干吃。"

我往包里看了看。

"哦,别,"他说,"不用给它,我家里好多吃的,这个贪心十足的家伙。对了,你不是我妈妈的朋友吧?你来这儿想做什么呢?"

"没,"我说,"没什么,谢谢你。"

"刚才不是你在敲门吗?"

"我忘了。"我答道,说完便走开了。狗一直跟着我走到路的尽头,直到听到主人喊它才从我身边跑开。往家走的时候,我不停地回头看伊丽莎白的住所,心想如果能找到进去的法子就好了。

我走到公园的时候,天空飘起了毛毛细雨,很快就演变成了大雨滂沱。于是我走到某棵树下躲了一会儿。记得很久之前,我和妈妈曾一起站在树下。印象中当时的天空和现在一样都是乌云蔽日,电闪雷鸣。地上湿透的土壤完全失去了平日的清新气息。我记得那是妈妈和爸爸的一次争吵后,我跟着她来到了这里。

我从奥德丽家回来时，发现妈妈站在花园门口，爸爸在厨房门口的光亮中只露出个轮廓。"你怎么能这样，莉莲？"我听到爸爸大吼的声音。

我下意识想到的是钻进食品柜，抱住脑袋，但事实上我却停在了人行道上，还好温纳斯太太家的树篱掩盖了我一半儿的身体。

"那我应该怎么样？"妈妈吼了回去。为了遮雨，她拽紧了身上穿的雨衣。"这点儿配给还得再支撑四个月，而我也不能再向弗兰克求援了。"

"又是弗兰克，你总是三句话不离这个男人。别忘了是他酿成了苏姬的悲剧。"

"根本不是他！他只不过不是你喜欢那种天天愁眉苦脸的卫理公会教徒。别以为我不知道是谁天天对你胡说八道。"

我没能听清爸爸是怎么反驳的，只听见妈妈大吼了起来。

"对，我就是指道格拉斯。他死活就是不肯对苏姬放手——当然了，他很想控告弗兰克。"

我抬头看了看上边的窗户，希望道格拉斯此时不在屋里，之后我看见妈妈跑到了路上，雨滴让她的帽檐垂了下去。当我终于挪动脚步时，发现爸爸还站在厨房门旁。他看见我的时候举了举双手。

"我看你是故意让雨水浇个透。"爸爸说道。

过了一会儿我跟着他进了屋子，道格拉斯正坐在桌子旁，专心地用着餐，不知道爸妈刚才的争执他听到了多少。火炉旁一张椅子的靠背上挂着一条毛巾，尽管闻着有股肉汁味儿，但我还是用它擦了擦头发和脸，爸爸在一边儿说我活该得肺炎。我把我的湿裙子脱下来，放在了刚才挂毛巾的椅背上，道格拉斯盯着只穿衬裙的我看了一会儿。

"发生了什么事儿？"发现根本没人愿意对我透露情况，我只好问道。

"弗兰克回来了。"道格拉斯回答。他眯着眼睛，他拿小勺的架势仿佛是要用它去刺穿某个人的身体。"他在伦敦被警察从火车上抓了下来。"

"被抓了？为什么？那他们找到——我是说，有没有苏姬的消息？"

"目前还没有。只是以配给券诈骗为由抓的他。"他把勺子上的酸辣酱猛地甩了下来，溅到了他的套衫上，他小声嘀咕了两句。爸爸坐下来继续吃他那吃了一半儿的饭，对着切碎的卷心菜直皱眉头。

"但你认为还有其他事？"

"没错。等警察调查出来他实际是怎样的一个人。嗜酒成性，作奸犯科。这样的男人根本不配做苏姬的丈夫。全天下的父母都该让自己的女儿对他敬而远之。"

爸爸用餐叉敲了敲盘子。"道格拉斯，谢谢你对苏姬的肯定，"他说，"我知道你的出发点是好的，但以后还是希望你保留意见。"

我倚在水池上，看着道格拉斯的脸绷紧了，然后稍微放松，继续咀嚼。中间有几分钟他好像变回了老样子，低着头，弯下身子吃着东西。我几乎以为他一会儿便会坐正并抱怨"酸辣酱胀袋了"之类的。但他却一直盯着吃剩的羊软骨默不作声，之后才再次开口。

"帕尔默先生,"他说,"你心里也是怀疑弗兰克的吧,对不对?"

爸爸隔着桌子看着他。

"你心里也确定弗兰克是罪魁祸首,你也很想让他绳之以法对不对?"

"我们都还不知道苏姬是死是活呢。"我说。

"无论怎样也换不回苏姬了。"在我说话的同时,爸爸也开口说道。之后他转向我:"莫德,警察已经告诉了我们,苏姬凶多吉少,你必须有心理准备。"

我望向被雨水浸湿的花园,心想妈妈会跑到哪儿。

"莫德?"爸爸又说了一遍,朝我伸出一只手。

"是的,是的,"我说,从水池边冲了出去,从吊钩上扯下了爸爸的旧雨衣。我用尽全力让自己放空,不去思考任何事。

"你要去找你妈妈吗?"爸爸站了起来,而我早已奔向厨房门口,"不要去,莫德。你不知道,你妈妈一直都在用苏姬的配给本。"

"所以你们才吵得不可开交?"我说,感觉自己的动作如此僵硬,宛如一个木偶。

爸爸点了点头,道格拉斯在他身后。我看着这两个人坐在一块儿,沆瀣一气。难怪妈妈宁愿跑出去独自伤神也不愿和这两个疾言厉色的人待在一起,他们此刻仍在享用着被他们嗤之以鼻的食物。我感到一股无名怒火喷涌而上,嘴里喘着粗气。

"如果苏姬已经死了,"我吼道,"用她的配给券何罪之有?"

我冲到了门外，顺着妈妈跑掉的方向追去，这条路是通往公园的。现在依然大雨倾盆，草被雨水浸泡着，空气也凉飕飕的，我真希望自己穿在脚上的是一双好点儿的鞋。我不知道我要去哪儿，也不知道妈妈沿这条路走了多远。但是我怒气未消，是无论如何也不会回去的。爸爸面对苏姬的失踪泰然自若，对道格拉斯的挑拨离间也默不作声，还让我听从于他，这都让我怒气冲天。我继续向前跑着，跑过了演奏台，来到了公园北门，之后我又拐回到公园的荒地。

我正是在这儿发现了妈妈。她躲在树下，尽管那儿也难逃雨淋，但多少还是挡住了些雨水。此刻公园看起来就像是无边的大海，妈妈则是一位船长在探测着水深，后边又高又密的树好似惊涛骇浪，想要吞没这艘船只。我猜妈妈肯定是边走边哭，但也不排除她脸上的只是雨水。她看到我时把头抬了起来，我看见了她帽檐下方的眼睛。

"你要是为了配给券的事来这儿，那就不必多费口舌了，除非你也想自己炒菜做饭，你爸爸他们从现在起都得自食其力。"她说道，但看见我走向她时还是张开了怀抱。

"苏姬没和弗兰克在一起，"她抱着我，对着我的头发说道，我感觉到雨在拍打着我的脑袋。"弗兰克回来了，但苏姬没有和他在一起。"

我把脸俯在她的肩膀上，她抚着我的头发。

"我以为，我希望，你明白我希望的是什么。但苏姬没跟他在一起。你相信吗，莫德？"她问我，用手把我从她身边推开了一会儿，"你相信是弗兰克干的吗？道格拉斯说他是个凶残的酒鬼，是这样吗?"

一卷《回声报》从我们身旁飞了过去,然后像鱼在水中跳跃似的落在了离我们最近的一棵树下。"我确实见过弗兰克喝得醉醺醺的。"我回答,感觉自己得说点儿什么。"但是他对苏姬并不凶残,一点都不凶残,而是恰恰相反。"

妈妈点点头,冲我微微笑了笑。"我也这样想。"她说。

"弗兰克大概只是不喜欢道格拉斯罢了,因为道格天天都赖在苏姬那里好久。"

"什么?"妈妈说道,把我的头转向她,并抚摸着我脑后的头发。

我感觉一滴雨砸到了脸上。"道格,"我说,"苏姬的一个邻居说他总在姐姐家那一带出没,我想弗兰克心里应该很不是滋味儿。"

"道格拉斯总出现在那儿?为什么?"

我耸了耸肩。"那个女人怀疑他是苏姬的情夫,但这真是太荒谬了,是不是,妈妈?多可笑!"

妈妈放开了我,开始从公园往回走。我跟着她的步伐,小心翼翼地避开妈妈踩到的水坑,尽量使自己呼吸干爽的空气。当我们走到被黑暗包围的演奏台时,另一侧的树丛中闪过一个黑影。

"过来,不要淋雨了!"声音从漆黑的演奏台那里传了过来,我和妈妈不约而同地停下了脚步,想看看到底是谁躲在暗处大喊。

"雨那么大,再淋你会没命的!"是道格拉斯的声音。然后我们便看见了他的脸,像猫头鹰的脸一般闪着光。看见我们,他惊了一下,皮肤出奇的苍白。

121

"你在和谁说话？"妈妈问道，向四周望了望。

"和你们。"他回答。但我却发现他的目光越过了我们的头顶，投向了一片墨色的草皮。"我想你们得躲躲雨才对，我还能和谁说？"

妈妈盯着他看了几秒钟，随即又扭头仔细地看向树林。"好吧，我也不想在演奏台下面整夜蜷缩着身子，"她说，"我们回家吧。"

我们的脚步让水洼漾起了一圈圈涟漪，想到这是往家走我就分外开心，因为家里的厨房有热气腾腾的火炉。但当我们要踏上街道时，我往回看了一眼。没花多大工夫，我便看到了那个疯女人的身影。她蹲坐在草地上，任凭雨水在她身上飞溅，那把破雨伞在她身旁支着，并没有打开。我突然意识到道格拉斯刚才其实是在冲着她大吼，他在央求这个疯女人找地方避雨。

伤心花园

"还记得爸爸总把牛肉腰子派说成'蛇肉腰子派'吧？还有呢，海伦，他还把'禁止吸烟'的警告牌放到你的餐具垫上，之后还戏谑着说'无烟人士'入座咯。他的胡言乱语常常把女服务员逼得无所适从。"

我的儿子携妻儿从德国回来了，他们正在回忆往昔，开怀大笑，说话的声音像是在水底下似的不停回响。我知道他们在说说笑笑，但是大脑却跟不上节奏，只能有一句没一句地听着。但我依旧跟着他们的拍子笑呵呵的，笑一笑十年少，至于为什么我则懒得去想了。我笑得脸生疼，但内心却感到温馨，因为我的儿女都围绕在我左右。

我的脑海突然闪现出一首押韵诗，但稍纵即逝。好像是"有个老太太住在贝壳里"。我忘记了她究竟该住在什么地方。无论怎样，我现在刚好觉得自己正在一个贝壳里，所以不妨让我对它稍作改动吧。"有个老太太"。我原来常常念给我这两个孩子听。汤姆和海伦。我常常念给他们听。

当然了,我们现在可不是在贝壳里待着,而是在一家咖啡厅。这里的天花板是透明的玻璃穹顶,墙则用珍珠装饰。桌子上摆放着许许多多喝水的容器,以及放容器的垫子。凯蒂在我对面和她的表兄妹嬉笑着,我则自顾自地吃着手上叫不出名的食物:没有面包搭配的肉汤。这就是那老太太给孩子们吃的东西。

"我们差不多该送你回去了吧,妈妈?"海伦边起身边伸了个懒腰,露出了她的长腿。她大概得有五十岁了,但体态依旧轻盈,看来从事园艺工作对保持身材大有好处。

她起身之后,我的左侧就像失去了掩护,感到一阵发凉,好比温暖海水中的一股寒流。"不,我还想多歇会儿,"我回答说,不肯站起来,"我在这儿待得挺舒服的。"

海伦用下牙咬了咬上嘴唇,牙齿看起来就像是贴在唇上的小水晶块儿。"把你送回家安顿好得耗费一小时,"她说,"我知道这里很惬意,但是——"

"算了,让她多待会儿吧。"汤姆把手臂搂在我肩膀上,"是你老不出门的缘故,对吧,妈妈?"

"事实上我每周都带她出来一次,我一直在这儿守着她,哪像有些人。"海伦的语气让我不禁畏缩了一下,但汤姆却面带微笑。

"我知道,亲爱的妹妹,你是个大圣人。不,我可没嘲讽你的意思。"他也站了起来,"我很感激你为妈妈做的点点滴滴,但是我陪伴她的机会确实不多,所以,就让她多和我们待一会儿吧……喏,你如果放心的话,就让我们把妈妈送回家,你就先撤吧。"

海伦把脸侧向一边看着天空,透过天花板的玻璃穹顶能看到一朵鞋子形状的云彩。"你不知道把她送回家后该怎么做，"她对汤姆说，"我们得替她把一切都安排好，否则，她就该糊涂了。"

"这个布丽塔在行，告诉她该怎么办就行。"

他们沉默了一会儿。我在心里犹豫着要不要向他们大吼一句你们的母亲不是个白痴。

"算了，我还是留下吧，"海伦最后说道，"毕竟，凯蒂也玩得正高兴呢。"

"就你自己不自在呗。"汤姆刚脱口而出，就被他妹妹在肩上重击了一下。

凯蒂的确玩得不亦乐乎，我想这大概是因为她不怎么常见到这对表兄妹。他们通常都要花一点儿时间来彼此熟悉。说来惭愧，每次都是刚玩儿开怀就不得不说再见了。我看着他们边笑边聊。他们的模样差异很大。凯蒂遗传了她妈妈的金色卷发，而且一直有点蓬乱。我每次让凯蒂用梳子打理下头发的时候，她总是充耳不闻，即使是在她很小的时候。"我又不是去见女王陛下。"她常常这么回答。这倒让我扑哧一笑。安娜和费雷德里克似乎从来不必在头发问题上费心，因为他们俩都长着又直又顺的黑发。这俩孩子都管我叫外婆，但我总隐隐觉得和他们有着距离感。

"我喜欢你的袜子，安娜，"我说，尽管我无心打断孩子间的会话，"它们看上去精致极了。"

她看了看我，有点吃惊，之后把袜子往上提了提，直至盖过膝盖。

"我说对了吧！"布丽塔说道，"我告诉过你，外婆一定喜欢这双长袜。你也最中意这双，是不是，安娜？"说完她冲我笑了笑,只有在自己孩子不懂礼节时,父母才会展现出这种笑容。

安娜点了点头,似乎已经忘记了她先前的话题。都怪我,我绞尽脑汁想说点儿什么,让这孩子缓解一下尴尬。

"我原来也有双像这样的袜子,做工也很精美。在我小的时候,女孩儿们穿的裙子垂在膝盖处,我们那时可没有紧身裤。我记得一次和父母一起沿着前线走,哎呀,冻死了。"

我们从悬崖顶上出发,沿着曲曲折折的路向海滩走去。爸爸不愿让我们离海滩太近,因为那里仍然有高高的铁刺网,天知道为了打跑纳粹下边儿埋伏着什么玩意儿。所以我没有划船,但却足够去触碰浪花,去寻找被冲到路旁酷似迷你百褶裙的贝壳了。那天我们走了很长的一段路,经过码头,看着海浪拍打海岸,爸爸紧紧抓着我的胳膊,仿佛我也会像苏姬一样消失不见。我不喜欢被这样紧紧抓着,尤其是一路上他和妈妈都在争论。我们刚出门几码远,妈妈就提到了弗兰克,之后爸爸一直围绕着这个话题喋喋不休。

"如果苏姬当时离开他就好了,"他说,"几乎整个国家的夫妻都在离婚,他们为什么不敢结束自己的婚姻呢?这样女儿就可以重新和我们过上太平的日子。"

"你上个礼拜还说你对离婚持反对意见。"妈妈说。

"那得看丈夫的品行才行,不是吗?"他盯着妈妈看了一会儿,"或者看妻子的品行。"

我把一个贝壳堵在耳边,希望里边空旷的涌流声盖过他们的争执声,但当我们走到"舞棚"时,贝壳就被爸爸扯了下来。"舞棚"实际上是一间荒废的木头小屋,坐落在通往城里的小路拐角处,在战前是个卖饮料的地方。"舞棚"早就歇业了,窗户都被钉上了木板,遮阳棚也早已破烂不堪。这里依然有着大海的气味,咸咸的,夹杂着腐蚀的味道,当然也能闻见一些木头味,带着潮气。野草在屋顶上泛滥开来,像秀发一样随风飘荡。苏姬之所以将它命名为"舞棚",是因为屋檐上的野草像是在和着无声的曲子摇摆起伏。盐分让小屋的木头裂了缝起了皮,绳结脱落的地方则出现了好多窟窿。我们总是用手指沿着墙壁划来划去,还会找一些小碎石、贝壳,或者干脆用一把把的沙子将窟窿堵上。每次我们去海滩的时候都会堵上一点儿,心想这个小屋迟早会让位于一个沙丘,那种宛如城堡一般的沙丘。

我让父母先走,自己用手摸着小屋上一块儿饱经风霜的木板,并用指关节敲了敲,听到附近什么地方有翅膀扇动的声响。我抬头看向长在屋檐的草,却没发现任何东西。于是我绕到小屋后面,心想那里该不会有个鸟巢吧。前一年春天,我的朋友奥德丽就在她家的海滨小屋饲养了几只鸽子,但她爸爸却砸碎了鸽子蛋,所以她沮丧至极。我走到小屋的对角,却仍然什么也没发现。我正准备将手指戳进一个洞,看到了一只眼睛炯炯发亮。

我跳了回去,差点就跌倒在沙丘的坡上。那不是只鸽子,而是一只人眼。有人在木屋里,而且还正在往外看。我听到从屋里传出的声音,像在喃喃地说着什么,关于什么玻璃碎裂开来,什么货车,什么泥土,什么西葫芦。喃喃声戛然而止,之后便听见躲在"舞棚"里的人突然狂吼起来。

"我看到你了!我看到你了!"

我确信无疑,那只眼睛正透过木板上的窟窿盯着我。我急于逃脱她的视线,向爸爸追了过去,心吓得怦怦直跳。当我回头的时候,我看见一个人从小屋里跑了出来,手上还拿着把伞。是那个疯女人,她在我后面吼叫着重复她刚才在屋里的话。直到听不见她吼声的时候,我才意识到她刚才提到了苏姬的名字。我停下脚步,甚至想往回走几步,但发现那女人还在大喊大叫,我吓到了。所以追上爸爸,让他挽着我的手臂走完剩下的路途。

汤姆把我弄上车时,我感觉头晕晕的,天旋地转。海伦替我系好安全带,又给汤姆写了一张送我回家的"注意事项"。她嘱咐汤姆务必把我锁在房里。汤姆把字条放在仪表板上,继而拥抱了一下海伦,然后海伦就匆匆离去了。

"海伦是要去教训那个女人,捡回我们的桃罐头吗?"我问他。

"什么?"

"没什么,"我说,"胡言乱语罢了。"我情绪激动,一部分是因为我不知道汤姆一家下次再来探望我会是什么时候,还有一部分原因是酒精作祟。我在车里轻轻抽泣着,孩子们则在车后座儿动来动去。

回家的路上发生了一段小插曲——汤姆记不清路了——我们经过了伊丽莎白家的房子。侧门敞开着。我坐直身子,从车窗往后看去。

"你能在这儿放我下来吗?"我问汤姆,"最后几步路就让我走回去吧。"

他看上去一脸诧异,但还是降低了车速。侧门,我对自己说。

侧门侧门侧门。

"海伦可是再三要求你把她送进屋里，汤姆，"布丽塔在后座说道，"我觉得还是不要放她一个人在这儿。"

"我又不是不能自理，"我越过自己的肩膀说道，"我还不至于忘记自己的住址。我常常自己穿过公园走回家，我今天就想自己走走。"我把冰凉的手放在自己滚烫的脸上：撒谎总让我脸红。

"好吧，妈妈。"汤姆说道，并停下了车，"如果你真的想自己走走的话也好。但是你千万不要告诉海伦，要不我该遭殃了。"

他的眼里闪烁着光芒，我冲他笑了笑。我的两个孩子里，他一直是魅力十足的那个。我解开安全带，从车上下来，对着我的外孙们飞吻了一下。此刻布丽塔也下了车，并且给了我一个拥抱。

"我只希望你能多注意安全。"她说。

我告诉她我会的，并且很欣慰她这么体贴。我向他们挥手告别，直到车子在拐角处驶离了我的视野。这期间我一直努力记着两个字，但它们依然轻而易举地从大脑的间隙溜走了。我在伊丽莎白的房子外面，阳光斜照在车道上，她家侧门是敞着的。通过侧门，我能瞥见花园一角，在金色的阳光下郁郁葱葱。这时一个人从前门走到了小路上，她头发卷曲，身穿格子外套，冲我微笑着。伊丽莎白。是她。她一直在这儿。"伊丽莎白，"我喊道，"最近怎——"

不，那不是她。而是一个陌生人。因为在她走过来的时候，我判断出她的年纪比伊丽莎白小很多。她微笑着从我身边走过，登上了一辆流动图书车。我点点头，用手触碰着卵石围墙的顶部，仿佛对它艳羡不已。然后我沿着公园的栅栏继续向前走，走过一棵金合欢树。"柔纤的合欢树静静伫立,乳白花朵锦簇枝丫。"这句诗自然而然地映入脑海,我原来曾在学校学过它,老师认为我应该了解它,我也觉得我应该喜欢,因为它的名字叫作《莫德》。从某个角度说,我确实喜欢这首诗,比如说那些被露水沾湿的花朵什么的,但诗句的含义却那么模糊难懂,结尾也很忧郁。奥德丽那时需要学习《国王的早餐》,因为她的父亲经营着一家牛奶厂,相形之下,她的那句诗则显得更加妙趣横生:我确实想在我的面包上加点黄油。

我在一个画着条纹的路口等待着,这是叫斑马路口还是斑线路口呢,我努力地一遍遍过着词汇。我还想到乳白色的花,乳白色的花究竟是什么模样?就在眨眼的工夫,我竟忘记了自己来这儿的目的。我看到一些小汽车驶过路口,还分别望见一辆卡车和一辆流动图书车开了过去。也许我刚刚是要去看伊丽莎白,只是不可能看到,因为她不在家。无论怎样,我还是晃到了她家门前,希望能往屋里瞄上两眼。也算了却了一桩心事。在我靠近她家房子的时候,我发现侧门是开着的。周边没有一人半影,所以我走上小路,钻进了花园。

空气中金银花的香气很是浓郁,我用手扶着墙壁,上面长着许多青苔和常青藤叶子形状的云兰。草坪上有几块儿草皮被挖开露出了生土,我不禁想到鼹鼠会不会在里面筑了窝。我向一个小土丘走去,发现土都是湿润的,而且清新扑鼻,这不由得让我想起一首歌曲,但我却回忆不起来歌名,也找不到关于它的笔记。我找不到它,但我坚信它就埋藏在这里。我一只手扶着苹果树,另一只手则在地上开挖。我把挖出的土推到一旁,好继续将坑挖深。我要找的是一件既光滑又圆润的东西，有着银蓝相间的颜色。但一块儿石头刺进了我的指甲缝，让我猛地将手抽了出来。我究竟在做什么？我看着自己沾满泥土的双手，叹了口气。我发现自己做这种蠢事儿也不是一次两次了。

我把手上的泥土在裤子上擦了擦，然后透过法式窗户向餐厅望去，心想万一伊丽莎白正好在呢。但是摆在窗前的椅子空荡荡的。她常坐在这张椅子上眺望窗外看看飞鸟。我常坐的那把椅子则被推回了墙边。没有人在这儿等我。我长长地吁了一口气，玻璃变得雾气蒙蒙。

花房围绕着厨房门，我记得这里总是种满番茄幼苗，或是越冬期的天竺葵。我仍然可以闻到潮湿的泥土以及木材着色剂的味道，但现在这里几乎全被蜘蛛网、箱子和老年人用的物件儿所占据了：一部生了锈的轮椅，一副拐杖呀，以及一个破旧的淋浴椅子。还有一些空花盆并排摆在墙边儿，摸上去像白垩土做的。我在混凝土地面上将它们一一挪开，但却没在底下找到房间的钥匙。那些枯焦的花根紧紧粘在花盆底部，在我的手指底下剥落下来，就像是一条条的旧墙纸，在赤陶盆底留下了白色的线条。我坐到轮椅上，将双脚搭上歇脚凳上，脑袋如同喝醉了酒一样迷迷糊糊的。

墙上装着钥匙箱，我对着它看了一会儿。我家里也装着这玩意儿，是给看护准备的。这是一个小方盒子，需要四个数字来解锁。如果我恰巧能猜对这几个数字，那么我就能进入房间了。我在头脑中过了一遍所有能想到的重要日期，但却始终记不起来伊丽莎白和她儿子的生日。我要是知道该多好。我从口袋里掏出几张便条，上边记的大都是一些邀约，譬如看牙医的日子，看眼科的日期。还有一张记的是一次宴请，海伦说要带我出席一次宴会，但我忘了最后有没有成行。

伊丽莎白的结婚纪念日，过去跟她一起庆祝。这行字写在一张黄色方块纸上，我读了无数次，但怎么也记不起那是什么日期。我继续浏览着便条，看到了一些事件提醒：太阳帽在海伦的车里——落在那儿了。接下来我在一张粉红色的方块纸上看到：七月五日，去伊丽莎白那里送上祝福（她的钻石婚纪念日）。钻石婚，那应该是六十年了。二十五年是银婚，五十年是金婚，帕特里克和我只庆祝到了金婚。那时候我们还在花园里举行了一场盛大的聚会，家人朋友和街坊四邻都被盛情邀约了。那是在美好的九月份，聚会结束所有人都回家之后，我和他一起在吊床上摇晃着，直至夜色深浓，一只蝙蝠绕着房子转来转去。可惜帕特里克没熬到来年的纪念日就撒手人寰了。

我又望向了花园，感到异常落寞。在帕特里克离世后，唯一能给我慰藉的就只有伊丽莎白了，而如今她却不知去向。我们在乐施会共事时一起玩过的那些傻游戏——买光了那些其貌不扬的瓷器，然后把标价枪藏起来不让佩吉发现——我们常一起饮茶，一起猜字谜，一起吃便当：所有的种种给了我活下去的力量。我从轮椅上艰难地起身，站在钥匙箱前。六十年了，这样算的话，难道密码是1952？我把数字输进去，但却显示操作失败。我把前额抵在厨房门冰凉的玻璃上，把纸条攥成了纸团。

一只狗在别人家的花园里吠叫着；叫声中夹杂着暴戾，我实在受不了这样的嚎叫，一心只想离开这里。在慌乱中，我碰到了厨房门把手，门竟然咯吱咯吱地打开了。我的心猛地一沉，然后才发现原来是门没有上锁。我在门槛处发了一会儿愣，努力思考着这意味着什么。这门明显是坏掉了，和我小时候家里不锁厨房门完全是两码事儿。那个年代在午夜之前根本不用给门上锁，人们也不那么设防，就像现在这扇门一样。

阳光无精打采地透过花纹图案的百叶窗照了进来，让器物的表面显得斑驳。厨房里全是消毒剂的味道，直冲喉咙。我把碗柜上上下下全部打开，里面却空无一物。冰箱还开着，发出嗡嗡的响声，但里边只放着一桶人造黄油。不过，我坚信食物短缺值得注意，因为我常常不得不给她送来补给。她儿子只会让她在饥饿中挣扎，给她吃的食物既廉价又无味，伊丽莎白压根不爱吃。

餐厅也与我想象的不同，我第一次发觉这里的地毯竟然如此寒酸破旧。这儿好像还缺了点儿什么东西。我一边盯着那张擦拭得干干净净的木头桌子，一边思考这上边应该摆着什么，但始终也想不到什么特殊之处。我站在伊丽莎白的椅子后边向窗外眺望，原来我们常一起眺望窗外的飞鸟。伊丽莎白单是从鸟的外形就可以判断出它们的种类，根本不必看颜色或其他什么特征。即便现在，她也能轻而易举地在黄昏中分辨出知更鸟和麻雀。

一只乌鸦从花园对面发现了我，半飞半跳地来到我身前，落在了玻璃窗下的混凝土台子上，左右摇摆着脑袋，望向我。它应该是想讨些葡萄干吃。伊丽莎白在椅子旁边放置了一个盒子，她常常会在窗口喂这些鸟。这只鸟猛地飞开了，之后又抬头看了看我。而我却哪里也看不到葡萄干。现在是给伊丽莎白泡茶的时候了，我得检查下厨房，心里还惦记着这次自己有没有记得带来巧克力。我在包里翻来找去，最后只拿出来一些纸巾和一张旧药方。我没找到巧克力，心想伊丽莎白肯定会很沮丧。我多希望自己不要那么丢三落四。或者我可以给她做些什么吃的来弥补，比如像炒蛋或是番茄吐司什么的。我现在得摆好餐具，可奇怪的是，餐桌上居然没有桌布，也看不到餐具垫和托盘。伊丽莎白对这些物品甚是挑剔，绝不马虎。我可以不拘小节地在电视前席地而坐，将食物放到膝盖上大吃特吃，伊丽莎白却丝毫不能将就。盐和辣椒也不见了，同样不翼而飞的还有芒果酱、色拉酱和布兰斯顿泡菜。面对她儿子给她提供的乏味食物，伊丽莎白更需要这些佐料来搭配餐点。我向门口转去，看见了被压弯的架子，上边的马略尔卡陶器已不知去向，爬满蠕虫的花瓶也不知所踪。就连甲壳虫和千足虫泛滥成灾的盘子也不见踪影。在这鸦雀无声的房间里，我只听到自己的心脏在剧烈地狂跳。这里太不对劲儿了；我意识到自己来这儿是有目的的，于是我取出纸条，不停地写下伊丽莎白的名字：不见了，不见了，不见了。

宁静被附近某处传来的发动机声响骤然打破，我拖着脚步走向门厅，借着透过起泡玻璃射进来的阳光，我忍不住眨了眨眼睛。我看见地毯上有一个胡佛电动吸尘器的商标，在垫子上还有一封寄给伊丽莎白的信。我弯腰捡起它，在把它塞进口袋的时候，我的手颤抖得很厉害。这时我听到外面传来关车门的声响。

"我去拿其余的箱子，你在这坐稳当了。"

是伊丽莎白的儿子，我认得他的声音，不知他是在跟谁说话。我听见他的脚步在破碎的混凝土车道上咯吱作响，透过起泡玻璃，我看到一个男人朦胧的身影。我是要逃走还是躲起来？我走动的时候他会不会看到我？我向前弯着腰，杵在原地。脚步声绕向房子后面，之后我听到侧门门闩沉闷的轧轧声。我撩开了一点儿门厅窗户的网眼帘，看到彼得妻子在汽车挡风玻璃内焦急的神色，但伊丽莎白没在她旁边。

"把这该死的门打开，我得快速检查一下里边的东西。"又是彼得的声音；他把一个淋浴座椅放进了车子的后备厢，然后又朝房子走来。

我慌张地看看四周。我不能被他看到，绝对不能被他发现。我又听到了他那闷重的脚步声，接着花房的门发出了锐利的金属声。我的心怦怦直跳。现在跑到楼上还来得及吗？我正准备厚着脸皮应对，却瞥到了食品柜，我拽开柜门的时候木头嘎吱了一声，整个柜框都颤颤巍巍。但那男人这时似乎被什么绊倒了，根本无暇顾及其他。只听他嘴里骂骂咧咧，说什么闲置的花盆碍手碍脚。我赶快钻进柜里，关上了门。

食品柜里充斥着抛光剂和霉烂巧克力的味道，我挤在里边的狭小空间，感觉好像碰到了什么东西，又长又窄的什么东西。有一个下方有块儿海绵，有一个下方有个刷子。我忘记这些东西该叫什么了。这里还有一个吸尘器，上边有个商标写着："胡佛飓风旋转除尘系统。两千瓦特电动前沿清洗设备。"我小声对着自己念了出来。这让我好受了一些。脚步声从我身旁飘过去，轻踏着地毯，最后停在厨房的亚麻地毡上。我闭上双眼，感受着自己参差不齐的呼吸，但愿不要被他听见。冰箱门打开又关上，脚步声又从我身边经过，之后便飘上了楼。我一直闭着眼睛，倚在墙壁上半蹲着。这个姿势并不陌生，因为在孩提时代，我就常躲在自家的食品柜里。

我家的食品柜放在厨房一角，如果能躲在柜里不被其他人察觉，我会格外高兴。我依旧记得柜子里面的味道，那熟悉的泡菜味儿，以及那些粘着泥土的蔬菜所散发的气息。我读过的书经常描写孩子们瞒着大人享用秘密早餐，我对此羡慕不已。腊肠卷、水果挞和肉馅饼都让我口水横流。我尤其喜欢油酥点心，但是我家根本没有足够的美食可吃，更别提将多余的存放在食品柜了。不过偶尔我可以打开一罐果酱或一碗炖苹果，然后用勺子舀着吃，有时也能撕下一条煮火腿。但这跟书里看到的情形截然不同。而且我一旦被发现偷吃，那麻烦可就大了。可是，我仍然喜欢躲在食品柜里，里边漆黑阴冷，但也给了我些许安全感。尤其在苏姬失踪后，我更是常常在柜里打发时间，呼吸着里边熟悉的气味，陶醉在"别人不知道我在哪儿"的感觉里。

有一天我站在柜里面，迟迟不愿回客厅，接着便听到了从走廊传过来的脚步声。我一下子就猜到是道格拉斯，因为他的步子幅度很大，却出乎意料的轻盈。一不注意，我膝盖磕在了椅子上，这让我只能死死盯着盘子里的萝卜饼干不敢轻举妄动，想象他在搞什么名堂。那天离找到苏姬的手提箱还没过多久，因为手提箱还躺在厨房里，等着把里面的衣物分类清洗。我清楚地听到了黄铜扣子打开的响声，很明显，道格拉斯开启了箱子。

我轻轻推开一点儿柜门，一心只想知道他在做什么，甚至顾不得这样会泄露我的秘密。柜门被我打开了半英尺，锁扣几乎没发出任何声响，这足够让我看到道格拉斯的侧影。他正在用手翻着那团衣服。他的嘴巴张着,我可以听到那不匀称的喘气声,像是海浪拍打海岸的声响。这让我不禁担心他是不是也能听到我的呼吸,于是我把身子往柜里缩了缩,却不慎撞到了一个架子上。里边的瓶瓶罐罐顿时叮叮当当响了起来,我在声响中不由得磨起了牙齿。好在这时客厅里的收音机是开着的:《罗娜·杜恩》[1]。音乐和那西部乡村口音的音量大得足够掩盖我的战栗。道格拉斯不时向通往走廊的台阶扫视着,唯独没往我这儿看。

过了一会儿,他干脆把箱子从梳妆台拽了下来,把它打开,然后开始把衣服拿出来扔到椅子上。一件贝壳颜色的衬裙、一双长袜等女用贴身衣物都被他一一抖了出来。我搞不明白他究竟在干什么,难道他是报上说的"那种"人,那种热衷于从晾衣架上偷走女生短裤的变态?有那么一会儿我在思考道格拉斯会不会是那样的变态,但很快就排除了这种可能,因为他在箱子的侧面反复摸了几次,很明显,他是想找什么东西。

我从墙上抬起头,心想差不多该出去了,要不妈妈又该琢磨我在哪儿了。

"都齐了。"一个声音说道。

楼上有脚步声,这可把我吓了一跳,于是我停住了。我把手轻轻搁在柜门上,但却没有推开它。

"其余的东西大可以交给清理工处理。"那个声音又说道。

我四下打量着食品柜里面,没有果酱,也没有土豆袋儿。反

---

[1] 指据英国作家理查德·布莱克默于1869年所著同名小说《罗娜·杜恩》所改编的广播剧。

倒有个胡佛吸尘器、一把扫帚和一个拖布。然而，我仍旧回忆不起来自己现在身处何处。我听见外边的车门猛地关上了，接着汽车发出了启动的响声，开走了。我缓缓吸了口气，从食品柜钻了出来。这是伊丽莎白家的门厅，这是她家的房子，但是却不见她的人影。轮椅升降机此刻位于楼梯的最底层，她不可能在楼上。即便她在楼上，她也会被困住。因为没有轮椅升降机她根本就下不了楼。当我爬上楼梯的时候，顶上的扶手像是监狱的钢条一样在我上方赫然耸立，但当我走到楼梯平台时，竟发现所有的门都是敞开的，这让我没来由地长舒了一口气。伊丽莎白的房间有一种玫瑰爽身粉的味道，某个时刻，我的大脑突然陷入了一片混沌。为什么她的味道犹在，而人却杳无踪迹？为什么我的内心一边告诉我伊丽莎白就近在咫尺，一边又警告我不要心存幻想？但是屋里看不到那堆满纸巾的垃圾桶，床边也没有她的礼服，梳妆台上更是齐齐整整，这一幕幕让我不禁强忍着泪水哽咽起来。

　　伊丽莎白在几年前曾遭遇了入室行窃。警察定性那次案件为"干扰抢劫"。有个女人在花园里以自己丢了宠物猫为由一直拖着伊丽莎白问来问去，从而转移了伊丽莎白的注意力，于是女人的同伙伺机闯入了伊丽莎白的房子，将梳妆台上的珠宝成功窃走。我依然清楚地记得他们盗走的是什么：一条金链子、一个浮雕宝石胸针，还有一个猫眼石戒指。不过伊丽莎白似乎并不是太在意那些身外之物，尽管那枚戒指确实小有价值。但她却说那是猫眼石，会给人招致不幸。"好吧，我希望那盗贼厄运缠身。"我说道，恨得咬牙切齿。她听后笑了笑，但是她开始对自己独自待在大房子里感到不安。我想她的儿子当晚会把她接走与他同住，可是彼得却忙忙碌碌，还讽刺伊丽莎白只是小题大做罢了，他坚持认为根本没人闯入过。我也没办法把伊丽莎白带到我家，对她来说这段路太漫长了，于是当晚我陪在伊丽莎白身边，睡在了原来她丈夫睡的那张单人床上。那天我们一直谈到天黑，唱着一首首老歌，直到酣然大睡。

现在，我趴到了床前，从包里拿出笔和纸：伊丽莎白的房子检查过了——确信无疑——人不在。我得把这点告诉海伦。把纸条收好后，我感觉自己仿佛听到了什么动静。我想象着自己像狗狗一样竖起了耳朵，耳尖朝上保持警惕。没错，就在不远处发出了嗡嗡声。我知道这种声音，它是如此熟悉，而且与伊丽莎白息息相关。这是种机械的响声，正渐渐变得愈发清晰而大声。我终于明白过来了，这是轮椅升降机的声音。而现在轮椅升降机正冲我往上升。惊慌失措中，我变得口干舌燥。房里没有人，一个也没有。那么究竟是谁上来了呢？我的心脏越跳越快，像是要蹦出来了。我的双腿发软，但依然保持着站立的姿势。

电梯停了下来，而我却无意去探个究竟，免得暴露自己。我在原地呆呆站了好久，甚至不敢呼吸。过了一会儿，发现没有异常后，我把一个揉成团的纸巾扔在地毯上来标记我的位置，之后便去了楼梯平台。轮椅升降机空荡荡的，停在了房子三分之二位置的高度，里边并没有人。我盯着它，瞠目结舌，而后又战战兢兢地跑到伊丽莎白的房间，将自己关进房里。我一下就瘫在了床上，这时感觉手触碰到了某种材质很硬的东西，定睛一看原来是轮椅升降机的遥控。真相大白了，我刚才一定是压到了遥控上。我终于缓过劲儿来，敢张口呼吸了，我的身体向后仰去，平平地躺在了床上，眼睛望着天花板，看着上边不断变幻的影子。附近不时会有车辆经过，我还能听到汽车在房子拐角处呼啸的声音。此刻我脑海中浮现出一幅画面，房子外边犹如浩瀚的大海，而汽车好比是浪花。或者我想象的是我在耳边贴了一个贝壳，正在聆听自己血液的奔腾。

最后我从床上起身，用遥控器将升降机升到楼梯平台，钻了进去，搭着它下楼。

信

海伦应该马上就到了，她的车随时都可能开到门前。倘若我跪在窗边的椅子上，一只手扶好，再将侧脸贴紧玻璃，那我就可以看到整条街。我希望海伦会来，我希望看到她的车缓缓驶来，听到屋外那让人宽慰的车轮嘎吱嘎吱碾压在柏油碎石路面上的声音。我别无所求，我需要她，我的女儿。我又倚了过去望向外面的街道。风吹打着前花园的灌木丛，将它们拍击在门柱上，发出沙沙的刺耳声，这让我不禁颤抖起来。透过树木枝干的缝隙，我目不转睛地看着外面。一辆车驶了过来，前灯一会儿照在房子上，一会儿照在门上，不一会儿又移到了树篱上。蓦地，我仿佛突然看到某个人正蹲坐在树丛里，一只手还撕扯着树干，嘴巴张开——在吃着什么或吼着什么。

我匆忙往后退去，没想到坐垫滑了下来，我顿时失去平衡，摔到了地板上。我的拇指处感到一阵突如其来的剧痛，还咯吱响了一下。我吓了一跳，忙抬起自己受伤的手，还急忙用另一只手握住受伤的拇指，发出一声痛苦的呻吟。我紧紧地攥着它，痛意渐渐淡却下来。我已然想不起自己刚才做了些什么。"嘘，嘘——"我自语道，依然用手紧握着拇指。在海伦还是个小孩儿的时候，她就常常像这样握着我的拇指，尽管现在她偶尔还会，但次数已经屈指可数了。

我身后响起了汽车的轰隆声，我欣喜地转头看去，但是车已经一刻不停地开了过去。总之，车里不是海伦。街灯照在了一个男人的满头金发上，但我并未察觉到天色已晚。我向窗外望去，五脏像被挖空了似的。海伦不会这么晚回家的。她今晚不来了吧。或者——虽说可能性不大，但也不能排除——她已经来过我这儿了，只是我忘记了而已。我又望向空荡荡的窗外。眼泪让街灯显得愈加朦胧，我抬起一只手擦拭着泪水，感到拇指处一阵刺痛。在错愕中我大喘了一口气，很是不解我的拇指究竟是怎么搞成这样的。我看着对面的电话，但它仿佛距离我万丈之遥，我永远也够不到它。我想这大概是因为我的年岁作祟；我一直认为上了年纪的人都会这样。但我还记得苏姬失踪的那个夏天，我一直抱病在床，像现在一样疲惫不堪。

我一直难以入睡，脑袋滚烫无比，意识也很模糊。但有天早上我还是强迫自己走出厨房门去学校，但后来我发现自己根本无法走完那段路程。我感觉像是走了好几英里，但事实上，我还没有走到温纳斯太太家的大门口。我回头看看自家的房子，它好像是长了腿一样，也在和我一起往前走。我不知道该怎么办，就静静地站了一会儿，希望能喘口气。

当然，最后是温纳斯太太发现我倒在人行道上。我不太清醒，但也不是毫无意识。我还记得路面摸上去就如白垩土一般，也记得温纳斯太太走出房门时身上的香水味道。回忆这一幕让我备感温馨，就如同你在冻得瑟瑟发抖时可以穿上温暖的套衫。当温纳斯太太扶我起来并把我送回家的时候，我一直陶醉在她那迷人的香水味里。

之后的好几个星期我都卧病在床，不是盯着墙面上闪现的光影，就是伸长耳朵去听从客厅传来的广播节目。妈妈曾一度将收音机拿到我房间，但这却让我的睡眠时断时续，而此刻我更需要好好休息。后来我才知道父母为我的病心急如焚。爸爸几乎不敢到屋里看我，他确信我将不久于人世，而他却不知怎么面对，苏姬的失踪已经让他心力交瘁了。

妈妈则更多关心我的精神状态。她说我在睡梦中总是呓语不断，有些梦话甚至吓到了她。而我并不讶异，我知道自己在梦里的某个阶段肯定濒临崩溃了，因为我好几次都看见苏姬躺在她原来的床上望向我。还有一次，我梦到道格拉斯也躺在那里死死盯着我。

我还梦见好多奇怪的情形。我看见苏姬披头散发，向我抱怨没有梳子，而我却不断回答道："我给过你一把梳子，苏姬，你忘了吗？"我还梦到天花板上爬满了成百上千的蜗牛。还有一次，我看到那个疯女人朝我弯下身子，举起了伞，她的牙齿全露了出来。我听到某处在一遍遍放着我不怎么喜欢的薇拉·琳恩[1]的歌曲。我还听到老鼠在墙裙里挠来挠去，炮弹在城镇上方轰然落下，我的好友奥德丽在一声声唤着我。接下来，我的耳边似乎又响起了连绵不绝的海浪声，尽管我并没有将贝壳贴在耳边。一次，我

---

[1] 出生于1917年，英国女歌手。

还梦见有人从我家后门闯了进来,而我呼喊的时候却无人应答。

"回到家感觉真好,"我告诉海伦,"过了这么久,终于回到自己的窝了。"我们刚从医院回来。因为某些问题我去了一趟那里。是什么问题呢?不管了,回家就好。

"你只在医院待了几个小时而已,妈妈,不要夸大其词。"她把车钥匙扔到了咖啡桌上。

"不,海伦,"我说。"远不止几个小时,得有好几个星期,甚至好几个月,那是段漫长的时光。"

"就几个小时。"她又说了一次。

"为什么你非得跟我抬杠?我只是感慨一下回家的感觉罢了。"我把手拍在椅子扶手上,只听到闷闷的响声。我的手缠满了绷带。

"好吧,妈妈,你说得对,"我听见海伦说道,"再次回到家的确让人感觉温馨,对吧?我认为你串了趟门后会觉得好点儿,虽说过程并不愉快,甚至还有点悲伤,但至少你不必再为此忧心忡忡了。"

我不知道她在碎碎念着什么,我也搞不清楚手上怎么会缠着这么一大块儿跟白色的茧一样的东西。缠着它我还怎么动弹?"我觉得我不需要缠这些绷带了,"我说,"该撕开它了,你说呢?"我开始撕这些白色的布条。

"不,不要。妈妈,快停手。"她跑到我身边,握住我的手。"你必须缠着这些绷带,一直到你的扭伤好转才行,愈合还得有一阵儿。"

"胡说八道，海伦，"我说，"我从没扭伤我的手，而且一点也没觉得痛。"我把她从我身边推开，在空中挥了挥手，向她证明自己没事儿。

"即便如此，也别解开绷带，好吗？"

我耸了耸肩，将手塞进大腿和椅子缝儿中间，这样我便不用再看它了。

"谢谢你，"海伦说，"需要我给你沏杯茶吗？"

"再来点儿吐司？"我说，"加点儿奶酪？"

"那得过一会儿才行，妈妈，"她说道，离开了房间，"护士说你得少吃点儿。"

嗯，是的，我忘记了。护士说过我越来越胖了，还说那是因为我总忘记自己吃过饭的缘故。

"你不是变胖了，"海伦从门厅处喊道，"你只是需要合理膳食。摄入的营养要均衡，而不是只吃些面包之类的东西。"

护士还专门为我写了一张便条：你饿吗？如果不，就不要做吐司。我很诧异这些白衣天使们居然让我自己做决定，怪不得常听到老年人在医院里饿死的传闻，这肯定与他们总是告诉病人不要吃东西脱不了干系。在便条下是一张养老院的名单，我的心猛地一沉。我要被送进养老院了吗？我听着厨房里海伦的动静，但只听到一些杯子从碗橱取出来时无关痛痒的响动。她会吗？我更加细致地看着这个名单，我的手一直不停地颤抖。单子上有一些名字被画了叉，更多的则附上了问号。被画叉的一两个名字旁边还标注了 NOE 三个字母，这是什么意思呢？NOE，这像是我的笔迹，但海伦的字和我的几乎如出一辙。米尔巷 NOE。或者应该说是 NoE 更贴切一些吧，字母o应该是小写。North of England（英国北部），莫非这代表着养老院的位置？天啊，一定是的。但是我搬得那么远，以后还怎么见到海伦和凯蒂？虽说这个名字已经被画了叉，原因大抵就是距离问题：路途遥远。我稍稍舒了一口气。然而，我绝不希望自己被送进那种地方，至少现在不想。我还不是老得无可救药，我必须告诉海伦。我必须给她打个电话好好谈谈这事儿。当我起身去找电话的时候，这堆纸条从我大腿上掉到了地板上。

"该死。"我说，蹲下去想将它们捡起来，但我的左手却不听使唤，它被厚厚的白色绷带缠着，我不知道自己为什么会缠上它。难道凯蒂又在过家家假扮护士？好吧，但我看着这绷带着实难受，于是从末端把它撕开了，我要解开它。在我撕开绷带的时候，一片塑料掉了下来。我手上的皮肤皱巴巴的，很是苍白。凯蒂明显缠得太紧了，我希望她长大以后不要真的从事护士这个职业。正当我开始把那堆纸条捧上来的时候，突然感觉拇指处一阵钻心的疼痛。我不由得叫出了声。

海伦冲到房间里。"怎么啦？"她问道，上气不接下气。

"我的手，我的手。"我说，还挥着手让她看。它现在不那么痛了，我也不准备用这只手再做什么。但是刚才疼的那一瞬让我龇牙咧嘴，不禁哭了起来。

"我都跟你说过了不要把绷带拆掉，"海伦说，"上帝啊，妈妈。"她紧握着我的手腕，又开始将绷带一圈圈缠好。"你的纸条怎么都掉到地上了？"

我看着那堆纸条，有一张上面写着一个名单。"我不想去老人院，海伦。"我说道。

她停下手来,不再去缠绷带。"没有说送你去啊,妈妈。"

我点了点头,但目光还盯着那张躺在地板上的名单,海伦也望向它。

"哎,天啊,我还以为你把这张名单扔掉了。这是你原来列出来的,"她说,"是为了……"她停了下来,眯着眼睛。"难道你忘记了?你一直心心念念的是什么?"

我侧了下脑袋,向她皱皱眉头,但我的脖子还由于刚才的错愕而动弹不得。我还能对什么念念不忘?"伊丽莎白,"我回答道,之后便感觉自己的四肢似乎轻盈了许多,我的背也挺得笔直。"这样的话,应该是 no E(no Elizabeth),意思是伊丽莎白不在。"

"对。"她小心翼翼缠好了绷带,将那堆纸条摞成一沓,"只是你不再需要这些号码了对吧?我们把这些全扔进垃圾桶,你也不要再给养老院打电话打听伊丽莎白了。"

"真的要扔掉?"我说,手里捏着纸条,"无论怎样,我想我还是收着它吧。"

海伦想从我手上扯走纸条,但我死死不肯放开,她也只好作罢。"好吧,那也不过是浪费时间,"她说,"我去把茶水端来。"

"再来一点儿吐司吧?"

在我生病的那个夏天,吐司几乎是妈妈唯一允许我吃的东西,清汤配一块干硬的吐司;一顿奶油米饭就算对我大发慈悲了。我知道,在妈妈给我端来一点点烤羊排的当晚,我的身体就好转了许多。

"真不知道你做了什么好事,还配吃羊排!"妈妈说道,将托盘放在了我大腿上。"你早餐的时候还吃了面包和果酱。"

"我早餐只喝了稀粥,不是吗?"我回答道,但也没太在意,因为羊肉的香味已经让我垂涎欲滴了,"是你给我喝的。"

"没错,但是之后我去杂货店买东西,你又偷偷去厨房吃掉了面包和果酱。面包被你吃了半条。"

"妈,我没有偷吃——"

"莫德,亲爱的。你想吃的话尽管去吃吧,你的胃口恢复了,我高兴还来不及呢,但是我得好好规划一下咱们家配给券的利用问题——"

"妈,我没骗你,"我说,把嘴里刚嚼的一口羊排狼吞虎咽到了肚里,好腾出嘴巴为自己辩解,"我没有偷吃面包,绝对不是我。"

"这就怪了,你父亲不可能做这种事儿。"她把我的牛奶瓶稍微挪了一下,铺开一条抹布当餐巾,"你觉得是道格拉斯干的吗?不太像呀。"

确实不太像,但除了他没有别的解释。"我想他可能是回来做了个三明治,好让自己继续送奶。"我说。

"但是我做的早餐可以让他吃个够,"妈妈说道,她看起来像是被触怒了,"每天早上,我都会把他和你爸爸的肚子填得饱饱的。"

我擦了下嘴,耸了耸肩。"他不会是去接济其他人了吧?"

"什么,你是说他还管着别人的口粮?如果真是这样,我得没收他们的配给券。"

"屋子里还有别人。"我说道,手扶着楼梯扶手。为什么没有人肯相信我?

"我百分百相信你,妈妈,"海伦说道,"但那人只是看护,一个新看护,仅此而已。她又不是什么窃贼,根本没必要给警察打电话。您让开一点,妈妈。"

她从我身旁挤了过去,我看着她拿着一块布在墙裙上来回擦着。她探着身子,双手摆来摆去,那姿势像极了某种体育运动。记得在我年轻的时候,这些动作风靡一时。往前弯腰以便保持体态,许多女人会在一起做这个,脸上保持着微笑。但我做的时候却笑不出来。

海伦沿着墙裙擦到了客厅,我跟在她后边。"一二三四,一二三四,保持微笑,女孩儿们。"

"你在神神道道些什么呀?天啊,太让人难堪了。天知道她会想什么,你这样会让她下不了台,你是在向全世界宣布你被自己的看护虐待了。"她补充道,而我一脸茫然地望着她。

"如果你下楼吃早餐时发现厨房有陌生人,你会怎么办?"

"不是陌生人,是看护。"

"好,好,她自己也这么说。但是我怎么知道她说的是不是实话?她是谁都有可能。"

海伦将手放了下来,走出了房间,她肯定有什么潜台词。我追着她,用脚趾勾着地毯,生怕一个跟跄跌倒在地。"我在自己的床上都没有安全感,"我说,但却怎么也想不出自己到底处于什么危险境地。当然,我在床上的时候不大可能滚下来。"海伦,到底什么地方最适合种植西葫芦?"她没有作声。当我走到门厅的时候她已经无影无踪了。"哎,你去哪儿了?"我问道,"为什么总躲着我?"

"我没有躲着你,"海伦回答道,从餐厅走了出来,"我正在努力把土从墙上刮下来。你弄得到处都是土。真不想多提,我都不知道你是怎么做到的。"

她先在墙壁低处擦拭着,然后挪到了楼梯上。我看到她的鞋后跟在台阶上抖来抖去,于是缓缓地跟着她,学着她将鞋后跟放在台阶同样的位置,尽力模仿她的动作"抖来抖去"。跟在某个人身后比自己形单影只要好,因为你可以知道应该怎么走台阶,看过别人的示范后,你就大可以做到心中有数。我出神地观察着,却没注意到海伦突然停了下来,我的肩膀撞上了她的屁股。

"哎,妈妈,你就不能不跟着我?"她说道,"你在厨房里待一会儿,我马上就过去。"

我只好走了下去,向窗外望了望,看见草坪上有一只猫。我想打开厨房门,但门把手似乎出了什么问题。"你让我身处多么危险的境地!"当海伦过来的时候我说,"你看这都是些什么不堪一击的门锁。还有,这扇门是胶木还是什么做的吧,能派上什么用场?"

"原来那个木头的已经烂了,还有什么用?"

"还有,你还是把那个东西从门外拿进来,它会把钥匙交给任何人。"

"不会的,除非你有密码。"

"好吧,有人把密码写下来了。给那些窃贼准备的。我这儿有一张这样的便条,你看。"我找到我的手袋,拉开拉链;很费劲,因为我的左手被某种手套一样的东西紧紧裹着,但我很快就将右手的手指塞进了口袋里。每个口袋里都塞满了,像树枝一样缠在一起,边缘磨损,还沾着灰尘。

"如果把钥匙箱拆下来,那看护还怎么进来?这是你的旧手袋,妈妈,你要从里边找什么?里边可是什么也没有。"

她说得对,手袋里唯一装着的是一封信,收信人是伊丽莎白。我说过要给伊丽莎白寄信吗?我一定忘得一干二净了。我希望信里没有什么重要的内容。我把信封翻过来看,努力回忆着来龙去脉。信封上还粘着一张纸条:从伊丽莎白家捡的。下边还有一行字:伊丽莎白在哪儿?伊丽莎白在哪儿?我心情沉重地看着信封。我想我应该再把它寄出去,但是寄到哪儿呢?

我想吃苹果。我把手指塞进信封的一角,不料信封沿着折痕处裂开了,反正补不好了,我倒不如顺势把它拆开。信封口被我扯得参差不齐,但里边只有一张图书馆的纸片,是一本书的逾期通知。图书馆流动车前几周来这一带收回到期的图书,显然这本书已经逾期几个月了,罚款更是超过了十英镑。打开信封的时候我觉得很有趣。邮件属于个人财产,未经许可打开它就犹如侵犯了别人的私有领地。我那做邮递员的爸爸更是对此上纲上线,倘若他现在看到我这么做一定会火冒三丈。记得有一次,他差点儿就发现我拆开了道格拉斯的一封信。

那封信写的是"道格拉斯·韦斯顿先生收",是苏姬的字迹,所以我一把就从厨房桌上将它拿了起来。妈妈总是喜欢把收到的信件堆在这里,道格拉斯的也在一起。我自己几乎没怎么收到过信,除了偶尔收到特雷弗叔叔的明信片,要不就是奥德丽寄来的一张便条。但我仍然喜欢翻看这里的信件，因为我很好奇这都是谁寄来的。妈妈的妹妹萝丝字迹漂亮但格局凌乱，特雷弗叔叔的字则苍劲有力，奥德丽的信总是污迹斑斑，我几乎能想象出她写字时手上沾着墨水的样子。我当然也能分辨出苏姬的笔迹，尽管她从未来过信，写信反倒让人意外，因为她家离我们只有十条街。我想我们只在她蜜月的时候收到过一次她的信，唯一的一次。

给道格拉斯那封信是在我们最后一次见到苏姬的一周后来的，也就是我父母开始焦躁不安的一周前。我很吃惊居然没有人注意到这是苏姬的笔迹，而且道格拉斯在他出门去看电影前也没有将信取走，于是一种按捺不住的好奇心涌上我的心头。

当时我正在炖苹果当早餐，所以我得把勺子放下去拿信。里面只有信纸，大概对折了一下或两下。我一只手搅拌着苹果酱，一只手将信拿到光下，但却看不到任何东西；信封上被层层叠叠地贴上了各种标签，以便寿命久一些。"纸张是战略物资——节约每一张纸。"尽管现在战事已经平息，战略物资也不再紧缺，但这句标语仍然时不时地从头脑里冒出来。我本想将它扔回桌上，但不知怎的，我却转到平底锅前，下意识地将信斜放在锅里冒出来的热气中。苹果酱在火上慢炖着，散发出香喷喷的水果味，我静静地看着信封在蒸汽中微微变软。我的脸被熏湿了，那只拿着信封的手也是如此。信封口的边缘开始松动，我将小指塞进去，没过几分钟，就揭开一半儿了，这时，爸爸走了进来。

我没听到他走在台阶上的脚步声，慌乱中，我把信扔进炖锅里搅和着。他打开厨房门，把什么东西扔进了屋外的垃圾桶。外边吹来的凉风打在我潮湿的脸上，我不禁瑟瑟发起抖来。爸爸再进来的时候从椅子上取下妈妈的披巾披在我的肩膀上。

"就快大功告成了吧。"他说,用手敲着平底锅的把手。

我僵硬地点点头,祈祷着他千万不要往锅里看。等他回客厅后,我如释重负地倚到了火炉边,然后用勺子将信舀了上来。信已经湿得狼藉一片,再想把信拆开,肯定会把纸撕坏。我把它压在两张报纸中间,放到了架子上,正好可以借用下边的一个火炉将其烘干。现在我只希望纸上的字不要花得太厉害,希望没有人会注意到明天早餐时苹果酱上沾染的蓝色墨渍。

道格拉斯回来的时候我正在刷锅,妈妈刚来厨房,要跟我道晚安。她问道格拉斯今晚过得怎么样,但道格仍然一如既往地对他所看过的电影闪烁其词。

"呃,就是一场……就是一场服装花里胡哨的电影,不怎么好看。"

"《地狱圣女》,是吗?"我说道,带着满手的泡沫转过去看他的脸。

"没错,就是这个。"

"那个电影已经下架了呀。"

他摇摇晃晃地朝我走了过来,身体直挺挺的,但目光一直盯着自己的鞋不肯移开。"那就不是这部电影了,我一定搞混了。"

他站姿的不自然让我想起第一次见到他时我便拿他的昵称消遣他,害他满脸通红尴尬不已,不由得内疚。水珠顺着我的手滴到拖鞋上。为什么我对他一直这么残忍?虽说每次都是无意而为之。我几乎想把信件的事情坦白说出来,但又想到如果承认我试图读他的信,无疑会让他更加心神难安。

心碎的人

我不喜欢这个地方，平日也几乎不来这里。我讨厌书的味道，脏兮兮的一股霉味儿，所以我自己从来不借书。你经常会翻开一本书，烟草的恶臭扑鼻而来，或者书页上会残留着饭渣儿。当然，我现在不读书了，这一切对我已无关痛痒。

"妈妈，小点声儿，"海伦说道，"别忘了是你自己吵着闹着要来这儿的。"

海伦稍稍侧了下身子，我挤过去走到办公桌前，手在自己的口袋里来回摸索。我想不通自己为什么要过来，我手中的确有一张图书馆的通知，但那是寄给伊丽莎白的。办公桌后方的那个男人把刘海从眼前撩开，像是在等我说点儿什么。书架上成千上万的图书让我不禁望而生畏。即便我知道自己想要什么，但我如何才能从茫茫书海中找到它？"我想找样东西，"我对那男人说，"只是暂时记不起来了，你懂的。"

"一本书？"

我说是的，随后他便问我想找关于什么题材的，但我却一时语塞。他接着追问我是不是要找一本科幻小说什么的。

"哦,不,"我回答道,"那是一件真事儿,只是没人肯相信我。"

他皱起眉头,用手抚弄着刘海,他的额头上皱纹纵横。"那是讲什么的?"他问,"或者我略知一二。"

"是有关伊丽莎白的。"我回答说。

"伊丽莎白?是书名吗?"

我看着他将名字输入到电脑里,指法格外灵活。

"犯罪类书刊区域倒是有本叫伊丽莎白的。"他说道,用灵巧的手指冲我指了指右方。

海伦正在翻阅报纸,于是我独自走到书架旁。记得原来图书馆里的藏书可谓是汗牛充栋,但现在数量已经大打折扣,取而代之的是一台台看上去闪闪发亮的电脑,让人跃跃欲试。我鼓弄过几回电脑,但怎么也摸不到门道。这个区域的架子上粘贴着"犯罪小说"的字样,很多书的封皮不是印着骨头或骷髅,就是画着横流的鲜血。大都是黑皮书,还写着让人头皮发麻的文字,无疑更让人感到压抑和恐惧。我根本没兴趣"欣赏"书中的故事,但还是信手拿下一本,读了读简介,讲的大致是一个女人竭力摆脱连环杀人犯的故事。我把它放回书架,发现旁边还摆着一套奶油色封面的书,一共四本,书名叫作《俄罗斯灵异故事》。我感觉自己本能地心生排斥,因为我的生命中已经有太多的不解之谜了。

海伦飞快地走了过来,和我一起浏览着书架。"我受不了这些书了。"我说。她听后嘘了一声,然后看看四周,但周围几乎一个读者也没有。"我们原来常常把花夹在书里,"我说,"我和苏姬,当然是在我年轻的时候。"

我们是想做一幅画，但却从来没有腾出过功夫。几年之后，徒留那些被压得干燥扁平的白屈菜、忘忧草、紫罗兰和毛茛紧紧贴在我父亲那套拉德克利夫夫人作品的旧书页之间。我们也会把草夹在书里，比如说三叶草。

"海伦，我记得苏姬最后一次过来吃饭时，我给了她一把梳子，她把梳子夹在一本硬皮书里，还用力地按压封皮儿，把梳子按得咯吱直响，那些琥珀色的小梳子齿从书里滚了出来。最后她还说：'梳子很精致。谢谢你，亲爱的妹妹。'她走出房间的时候还亲了我额头一下，印上了吻痕。"我觉得整个过程就是这样，但海伦却不同意，不过她明显不想和我展开新一轮的唇枪舌剑，只是问我还看不看书，不然我们就该回家了。

这里看来找不到我想要的了，于是我们开始往外走去。在经过办公桌的时候，我看到那个男人的手指异常灵巧，他看我时还把脑门上的刘海撩到一边儿。在我看来，他的手指自身就像个刘海，像是落地灯那桃子形状的灯罩边缘。有那么一会儿，我以为会看到书柜、钟表，以及一个个空花盆在桌子旁边混作一堆，但眼前只是一个装书的手推车。《奥多芙的神秘》[1]正躺在车里，等着被放回书架上。我把书拿起来，在手中掂量着，抓着书的硬封皮儿来回摇晃，看是不是会有东西掉出来。书脊处发出咯吱咯吱的响声。

"喂，喂！"办公桌旁的那个男人喊道，"你在干什么？请爱护图书。"

---

1 正是前文中拉德克利夫夫人的作品。

"对不起，"我说，信手将书扔进了手推车，"我只是检查一下。"我不再管它，走到了街上。海伦走在一旁。"我们回家吗？"我问道。她默不作声。我想这大概意味着我们是要回家，她只是不耐烦再和我啰唆一遍。我斜看了她一眼，却判断不出她是否比画了些手势。阳光夺目，看东西恍恍惚惚的。海伦的形状在光下似乎走了样，像是被面团切割机切掉了一些似的。她走在前边，离我越来越远，我只好加快步伐努力跟上，竭力判断她要往哪条路走。我闭着一只眼，另一只则紧盯着前面海伦在地上投射的影子；我只要专注于这道黑影就好，至于方向、人群、车辆甚至太阳，都可以置之不理。紧跟着影子就好，我一定要穷追不舍，它可能会把我带到苏姬那里。

"妈妈！等等。"

我扭头往后看了看，阳光直射在我女儿的脸上。她怎么会在我后边？她脸上一直是这样皱纹累累吗？我甚至看到雀斑已经渗到了她嘴角的皱纹里。她常在户外，这对皮肤很有危害；暴晒会让你加速衰老。我想不起来她多大年纪了，我本应该知道的。

"你刚刚在跟着谁走？"她问道。

我思考了片刻，想尽力弄明白她在说什么。"道格拉斯，"我说，"我在跟着道格拉斯。"

看到道格拉斯大步慢跑的影子落在了荆棘树篱上，我意识到他今天比往常回来得早一些。片刻之后，我听到食品柜被打开的嘎吱声以及小勺刮在玻璃瓶上的声音。在影子再次落到树篱上之前，我已起床穿戴整齐。我不想错过这次跟踪他出门的机会。卧病在床的好几周来，我的大脑里像过电影一般联想着种种。我断定他一定有阴谋，不然他怎么会在厨房偷偷翻腾苏姬的手提箱，还在公园大声叫那个疯女人躲雨？现在家里的食物也开始不翼而飞，我一定得搞个水落石出才行。我尾随在他后面，不发出一点动静，沿着墙壁悄悄走着，丝毫不敢怠慢。

　　下床行走让我备感力不从心，我的双腿似乎在抗拒着这突如其来的跋涉。空气中刚被修剪过的松树气息扑鼻而来，阳光在头顶闪耀得肆无忌惮，这让我不得不背着光行进，仿佛在躲避一场强风。我已经习惯了窗帘遮掩的昏暗小屋，现在外边的强光对我而言不亚于沙尘暴。道格拉斯的身影在前边变得有些模糊，我全神贯注地跟踪着他，根本无暇顾及自己身在何处。道格拉斯在他家房子的遗址处驻足了一会儿，但直到我们拐到苏姬家那条街，树荫笼罩了我，我才得空四下张望，也正是在那时我才明白我们要去哪儿。我随着他走进了弗兰克家毗邻的巷弄，身体紧贴着墙，生怕靠近那道山楂树篱，我总是担心那个疯女人会藏在里边。

　　在院子的拐角处，我停了下来，有气无力地倚着墙壁，感到又热又累。我用鞋尖踩着地上的一片树叶，叶片上呈现的印痕激发了我的勇气。我将目光移到房子的最边上，脸颊蹭着砖块儿。在这个角度阳光又开始刺眼，我只好像鼹鼠一样爬了出来，希望不会被发现。但是院子里除了一直放在那儿的那辆尘封的货车之外空空如也，于是我干脆倚在车身上休息，肩胛骨在发热的金属外壳上移来挪去。没想到车里也传出挪动声仿佛是在合着我的节拍。听上去像是一只脚在地面上重重拖着。我内心泛起了恐惧，不由得冲到了院子中间，这时车门突然打开了，只见道格拉斯从里面迈了出来。

"啊？你在里边？"我说，几乎忘记了抱病在床好几周的疲乏。

"莫德，"道格拉斯用身子遮住我往车里看的视线，"你怎么可以……"

我跨过圆石路面往后退了几步，目光掠过道格拉斯，瞥见了车里那些堆得横七竖八的破家具和茶叶箱。布满灰尘的床单乱糟糟地在木头支架上堆着，面包屑撒了一地，车里还传出一种刚修剪过的树篱味儿。

"有人在里面住。"我说。

他闪了一下脑袋。

"是谁？道格拉斯，究竟是谁？是苏姬吗？"我感到什么东西从心头泛起；我的心怦怦直跳，像是要跳过我的肩颈，直接从脑袋里蹦出来。

道格拉斯见状伸出一只手，稳住了踉踉跄跄的我。"不，不是，莫德，里边不是苏姬。"

有那么一会儿，我几乎断定他在撒谎，根本不愿相信他。"告诉我真相，"我说，从他的搀扶中挣扎开来，"我知道苏姬就在货车里。那个疯女人说过。在我生病前她告诉过我。"

"她说过？太荒唐了，"他说，"简直一派胡言。住在车里的实际上就是那个疯女人，她就在货车里过活。"

我听后汗毛都竖了起来，盯着那散落的山楂树枝和那捆叠好的毯子，那肯定就是她的床上用品。我思考了一会儿，闻到一股甘草味儿。一面破镜子搋在一根直立板条的后面。难道她也会往镜子里看？如果会，那她又看到了些什么？我爬到车里，想自己往镜子里看看，结果看到了道格拉斯的手，在镜子的碎片里，一个皱巴巴的报纸袋儿在他的手指间清晰可见。

"那是什么？"我转身问道，才想起自己跟踪他的目的，"你一直在接济她，原来是你填饱了这个疯女人的肚子。"

他看了一会儿，仿佛想要矢口否认。

"我妈已经察觉到食物不见了，"我说，他做了个鬼脸，"为什么？为什么你要把我们的口粮给她？"

"她住在这里有些时日了，也许早在弗兰克去伦敦之前，或者在苏姬失踪之前就已经搬来了。我想她可能看到了些什么。"

"看到什么？"

"譬如像苏姬遭遇了什么、去了哪里。有时我真觉得她要和我说点儿什么。"

那些碎裂的树叶和枝干所散发的气味在湿热的空气里显得愈发难闻，我向门口挪去。"你是指你和她讲过话？你们谈过话？"我想他一定跟那个疯女人一样神志不清了。

"别那么诧异，她又不是动物，她会说人话。"

"我知道。"我答道，尽管谈论这个女人，光明正大地谈论这个女人总让我感觉诡异。谈论她就如同在谈论一只动物，而且是那种只有在神话中才会出现的鹰头狮或独角兽。"我知道，只是她总是大喊大叫。吼叫着什么看她的人、碎裂的玻璃、货车、西葫芦和飞鸟之类的。"

"还有苏姬？"

正往车外爬的我停了下来。"好像有这么回事儿，我听她提过苏姬一次，但这意味着什么呢？"

他默不作声,反而爬进货车挨着我,指了指墙壁。一把梳子锋利的断齿在镜子下面咧着嘴。虽然梳子已经面目全非,但我依旧认得它,我伸手将它捡了起来。

"梳子怎么会在这儿?"我说,"她从哪儿得到的?我姐姐究竟遇到了什么?"

"把它给我!"我吼道,"放下电话!"
海伦回头看着我,一只手捂在胸前。
"这不是你的,把它还给我!"
她摇了摇头,挥手示意我走开。我喊着她的名字,她皱起眉头,身体半蹲着。于是我冲了过去,一把拽掉了墙上的电线,之后又狠狠掀翻了咖啡桌,把所有的东西都抖落到地毯上。

"你发什么神经?"海伦哭了起来。她放下电话,靠在窗前的椅子上。

我踩到一个玻璃杯上,还把闹钟踢到了房间对面。我感到自己脖子处的血管在疯狂跳动,压力也在我的头部不断累积。我不由得闭上眼,嘶吼了起来。

"妈妈?快别这样,你到底怎么了?"
海伦在旁边绕着,把手搭在了我的肩上。但我却一把将她推开,对准她的肚子一通猛打。"滚出去!"我吼道,"滚出我家!"我朝房间对面走去,她只好飞快地向后退,捂着腹部,嘴角一直颤抖着。

"我不能就这样撇下你不管,"她说,"妈妈?"
我再次尖叫起来,还推翻了一把椅子。她见状只好离开了。我的闹钟坏了,电线暴露在外面,小齿轮陷进了地毯里。肯定是我把它摔了下来,我得跟海伦要个新的。还有一个玻璃杯破了,碎片散落在地毯上。我从废纸篓中找出一张报纸,想把碎片整理到一起,却被扎伤了好几次。报纸颜色开始变深,血甚至在页边的空白泅出了漂亮的图案。在收集碎片的过程中,我仿佛感到阳光正照在我的背上,草地也在我的膝下铺展开来,耳畔甚至还回响起鸽子的咕咕声。潜意识告诉我,妈妈马上便会过来嘱咐我把这些碎片扔进红花菜豆沟里。当然,这一幕不可能重演了。我把纸包好,将玻璃碎片拎出房间,径直上了楼。我到了自己卧房,把门关好,坐到梳妆台前,却突然感到不对劲儿。我本要去厨房的,不是吗?我自嘲般苦笑了一下。连房间都能走错,我一定无可救药了。

我走下楼,将报纸扔进垃圾桶,之后还不忘尽量将它推得远远的。在汤姆和海伦年幼时,我总是谨慎地将危险物品放到他们够不到的地方。因为有一回,海伦从邻居的垃圾桶里掏出了一块儿掺着鼠药的蛋糕,而且把它吃了下去,甚至还怂恿汤姆一起吃。汤姆年长一些,本应多个心眼儿,但没想到他也吃进了肚里。我当时以为他们兄妹俩会双双殒命,担心得近乎崩溃。我不得不拿来勺子伸进他们的喉咙,好让他们把吃掉的脏东西吐出来。我记得他们的小手拼命打我,还记得后来那吓人的呕吐声。万幸的是,他们渡过了此劫。当我带他们就医时,大夫说已经没什么大碍了,我的果敢功不可没。

汤姆当然让我沮丧不已,但海伦更令我怒火冲天,因为她顽劣成性,总在花园里四处鼓捣,刨土挖虫、建造"蜗牛农场",手指没有一天不是脏兮兮的。汤姆则喜欢躺在沙发椅上浏览汽车杂志。在我用吸尘器清理垫子时，他总会显得不甘不愿，但相对而言，他还算让我省心。我对海伦那次的毒蛋糕事件一度耿耿于怀，甚至多年以后，当帕特里克开玩笑说信不过海伦烘焙的食物时，我还是会不由自主地笑出来。看着海伦得意扬扬地在我们面前炫耀她的手艺——那些杂七杂八的菠萝蛋糕或香蕉面包，帕特里克总会调侃："你一定会手下留情的，对吧？你可是在鬼门关走过一遭了。"然而年轻的女孩儿大都开不起这种玩笑，所以海伦总是以眼泪收场。但这何尝不是一种慰藉。想想当年他们可能都性命不保。现在却依旧伴我们左右，为恋爱伤透脑筋，在学校惹是生非，还把我的客厅搞得乌烟瘴气。

现在仍然有人把我的客厅弄得一片狼藉，从地板上那些七零八落的玩意儿和掀倒在一侧的咖啡桌就可见一斑。我把桌子竖起来，笔放回笔筒，便条罗列齐整，将一切都归置好。看到电话线被拔了下来，我只好弯下腰，笨手笨脚地将电线重新连到墙里。在弯腰的瞬间我感到自己不住发抖，仿佛像经历了什么事情。我喉咙发紧，像刚刚号啕大哭或者大吵大闹过一样。伊丽莎白提到她儿子常常歇斯底里地大吼，性情乖张。这不禁让我对伊丽莎白很是同情。虽然海伦有时也会要耍性子，但绝不会像彼得那样目无尊长。帕特里克虽说也是个急脾气，但他从不会像某些蛮夫一样声嘶力竭。我的父母也从不大声呵斥，即便我顽皮过头跳进游乐园的小河。不过，弗兰克有一回的确冲我大嚷了一次。

那是在他家发生的。苏姬和我正在给厨房做一个百叶窗。"是为了防那个疯女人往里偷看吗？"我问道，但苏姬那时看起来并没有太愁眉苦脸，反而数落我不要再称呼她疯女人，还说那个女人怪可怜，相比之下我们都很幸运云云。不过她并没有真生气，还把我的头发打理成英国海陆空学院女生的发型，用一只旧袜子卷了起来，甚至还给我喷了香水。当我们蹲坐在地上小心翼翼地剪着宝贵的材料时，我教她唱着《我会做你的甜心》这首歌。我们刚给杆子缝好小口袋，正将一根木条穿进去，就在这时前门轰然打开。

弗兰克沿着走廊摇摇晃晃地冲我们走来，棕褐色的脸上泛着红晕，随着他的靠近愈发明显。他跟跟跄跄地穿过厨房走到餐具柜前，途中还撞翻了一把椅子。我看他拿起了一把小刀，不由得惊恐万分。但后来他只是把刀刺向了一块儿奶酪，那是苏姬专门留下的，还半裹着包装纸，她甚至都舍不得让我吃掉。

"不要，弗兰克，"苏姬忙说，起身站在我前面，"这是我特意留着的。"

"什么？又留着？"他说，隔着苏姬的裙子，我听到他的声音又粗重又模糊，"我在自己家里连一块儿奶酪都做不了主？你给谁留着的？"

"谁都没有。你不当家不知道柴米贵，嗯？是我在张罗一日三餐，给我留着吧，我可是你的妻子。"

"我的小妻子，"他说，随手把刀吧嗒一声放到盘子上，他的声音急促起来，"我可爱的小小小小娘子。"弗兰克的手臂搂住了苏姬的腰，苏姬使劲儿想挣开。

"弗兰克，你踩到百叶窗了，"她说，"把脚挪开。"

他低头看了看自己的脚，他的金发垂在一只眼睛前，目光扫到了我。

"莫德也在,真巧?"

我点点头,拖着脚步往后退着,一心想离他远点儿,身体几乎贴到了碗柜上。

"在做百叶窗?"他问道,又开始看自己的脚。

我拿起那根木杆向他示意着,他松开了苏姬。

"你是怎么做出威尼斯式的百叶窗的呢,莫德?"他问道,将一只手搭在我身后的流理台上,弯下腰来,满口的酒味。

我吓得几乎无法呼吸,更别提思考了。他的胳膊刚才还搂着苏姬的腰,现在却在我头上弯着。

"戳他的眼睛。"

这句突如其来的话更加让我方寸大乱,我往后退去,这时弗兰克咧开嘴,他的牙齿映着棕褐色的脸颊,亮得格外刺眼。

"嗯,苏姬?"他说,直起身来,"威尼斯式百叶窗?"

"不是,你看着像?"她回答道,扶正椅子,"这是罗马式的。"

"作用都一样,莫德,你怎么做罗马式百叶窗的?"

"闭嘴,弗兰克,"苏姬说道,"你醉了。"她把弗兰克推到一边,终于得以让地上的百叶窗免遭他的践踏。

"醉了?怎么可能。"他摇了摇头,伸出一只手摸向流理台。

我抬眼凝视着他,试图在这个意识迷糊动作疯癫的弗兰克身上,找到那个熟悉的版本。他注意到我在看他,于是便做了个鬼脸,吐出舌头,张大鼻孔。不知何故,这反倒让他看上去更真实了。尽管惊魂未定,我还是笑了出来。

"是的,你醉了。上床睡觉吧。"苏姬说道。

"除非你也和我一起。"

"哎，弗兰克，莫德还在这儿呢，你不要什么都不避讳。快去床上睡觉，醒来就好了，快点儿。"

"既然我不配和完美无瑕的她同在一个屋檐下，那你还是把这位'小公主'送回家的好。"他说完又做了个鬼脸，但这一次我却乐不起来，弗兰克见状只好把头扭到一边儿。

"别又开始扯着嗓门喊，弗兰克！"苏姬说，"还有，不要再乱说一气。你当然很好。"

"你家那个娃娃脸的房客估计不这么认为吧，总是在咱们这儿闲逛。"

"你介意道格怎么评价你？"

"我又不知道你背着我和他聊过什么，"弗兰克答道，"我倒是清楚他回去后向你的父母恶言中伤，怪不得你爸爸对我意见颇多呢。"

苏姬叹了口气，望向我。"你还是回家吧，毛普斯，"她说，"我们改天再做百叶窗好了。"

"对，反正来日方长，大可以慢慢完成，商量着来。"

我无法理解弗兰克说的是什么意思，但还是站了起来，飞快地从他身边溜过去。但当我走到前门时，突然想起自己忘拿外套了。于是我踮着脚尖返回走廊，却被弗兰克看见了。

"你还赖在这儿做什么？"他吼了起来，面孔几近狰狞，"快点儿滚！"

我只好放弃外套，撒腿便冲出了房子，哭着跑到了大街上，然后才停下脚步拭去眼泪。之后我又绕着新月街转了好几圈，心情稍稍平复后才往家中走去。

夜巴黎

　　一定发生了什么，我必须起床去找苏姬。我披上一件男士条纹衬衫，套上一条破旧不堪的陌生裤子，还往口袋里塞进了一卷儿薄荷糖、一条塑料珍珠项链和一些纸巾。我纳闷这会不会是一场梦境，但我想不是。我的床铺杂乱无章，可我不能浪费时间收拾它。我想写张便条，却又无从下手。下楼时楼梯被我踩得咯咯直响，前门的门闩也在我手上丁零咣当。我感到面部紧绷，便在门槛处停了一会儿，不过当我出发前往弗兰克家时，周遭风平浪静。

　　外边冰爽的空气清新怡人，洋溢着的微甜被舌头捕获，令我更感心旷神怡。走了几分钟后，我竟发现自己迷路了，这不是我要走的那条路。下一个路口依旧陌生，我的心猛地一沉。我没时间了，我得去某个地方找到某人，这是十万火急之事。我的脚步声轻轻回荡在一片漆黑中，一只狐狸突然跑出来在我面前停住，它的眼睛望着街道对面的某物。我见状也停下了脚步。

　　"你好，狐狸。"我说道，但它继续盯着街道对面，"狐狸？"

我又喊了一声，甚至还冲它挥了挥手。在那一刻，我认为我一定要得到狐狸的注意，那可非同小可，得让它发现我的存在。我在口袋里乱摸一气，从包装纸里拿出一块儿薄荷糖，扔到了柏油路的中央。薄荷糖叮叮当当地滚到了狐狸的脚下，它转过身来，双眼迸发出一抹光。"你好，狐狸。"

它一溜烟跑开了，我只好继续前行。这一带的新房子总让我摸不到头脑，虽然它们近在眼前，但我早忘了自己是怎么来到这儿的。面对错综复杂的道路，我仿佛进入了迷宫。而现在，我已经精疲力竭了。我肯定还没走出多远，但是双腿如同灌了铅一样沉重，背部也又酸又痛。我感觉自己像是个老妇人。我又从包装纸里掏出一块儿薄荷糖，扔向了我背后的街道。在黑色的路面上，白色的薄荷糖熠熠发光。这样一来，我就能判断自己是不是在原地打转。在路的尽头，一辆车停住了，一个男人下了车。他向我走来，双手勾在皮带上，他的影子在车灯的照耀下向我延伸而来，我开始往后退去。

"你要去哪里，亲爱的？"他问道。尽管我只看到他的轮廓，但依然可以辨别出他望着我。

"回家，"我边回答边转过身，逼自己加快步伐，"我妈妈还在等我呢。"

那男人哼了一声。"她在等你吗？"他反问道，"你家又在哪儿？"

我忘了。刹那间我竟记不起家在哪儿了。但这又有什么关系，我告诉自己，反正我不会告诉这个男人，无论如何也不会说。而且过上一会儿，我一定可以回忆起我家的位置。但凡我踏上了熟悉的路途，就一定可以想起来。很快，那个男人就被我甩在身后一大截儿了，他站在他的汽车旁边。我走过一条又一条的街道，自顾自地走着。在一条人行道上，我发现了一块儿白色的薄荷糖，在黑暗中闪闪发光。我弯下腰想把它捡起来，正好瞥见了远处一幢塔楼状的大房子。也许当我走近那栋建筑的时候，就能认清点儿方向。我靠了过去，往它的前花园里看，但只不过是一团漆黑。

"你心里一定在想你家该不会在另一个方向吧？"

只见一个男人倚在一辆车上，一头金发反射着灯光，这让我不禁想起弗兰克。他在等我，但他应该是在等苏姬才对。"你在这儿做什么呢？"我问道。

"把你送到警察局，车在等着呢。"

"车站[1]？"我边问边上了车。我手里有一块儿薄荷糖，我把它放进嘴里。"我们要坐火车吗？"

那个男人充耳不闻，只是问我希望车窗升起还是降下。

"降下。"我回答道，将手放在了车门内侧。我想留下点儿记号，以便告诉人们我的行踪。此刻薄荷糖正好滑到舌尖，我便用尽全力将它吐到了车外的黑夜中。那男人笑了起来，我也跟他一起笑着。"弗兰克，"我说，"弗兰克。"

一天放学的路上，我走着走着就撞上了弗兰克。当时他正站在温纳斯夫人家的树篱旁，望向我家的房子。在我们撞到一起的时候，他迅速转过身来，伸出了双手。

"莫德，"他说，"我正想着去拜访一下你们呢。"树篱被他压

---

[1] 英语中警察局与车站为同一个单词。

出了凹痕，我想他一定在这儿等了很久。

"你父母怎么样？"他问道。我张开了嘴，却发现自己的嘴巴似乎形同虚设，竟然一言未发。我甚至怀疑眼前的弗兰克是不是我脑海里的假象。

"那么他们还是没听到苏姬的消息吗？"

我摇了摇头，端详着他的脸。我猜我是想看看他是否内疚，但他的脸看起来只是多了分沧桑而已。他的下巴胡子拉碴，头发长了，褶皱的衣服也肮脏不堪。我一时还难以接受他的邋遢样，尤其是联想到他原来裤子前面利落的折缝、整洁的领口和那擦得锃亮的皮鞋。

"真是不明白，"他说着向我靠了过来，双手搭在我的肩膀上，"我是指，倘若苏姬去了什么地方，在你看来，她一定会和自己丈夫说的对吧？"

他的话让我开始感到一线希望。我想苏姬也许是故意躲避弗兰克。躲在一个安全的地方。当然了，如果她躲起来的话，她一定不会联系任何人的。

"但我觉得她有可能会告诉她的妹妹，不是吗？"弗兰克低头看着我，嘴角挂着那一贯的微笑，眉毛上扬，眼睛炯炯有神。只是这种神色与他的颓废脸庞实在格格不入。他的双手重重地压着我的肩膀，我意识到他同样也在观察我。"苏姬和你提及过什么吗，莫迪？譬如说要离开？或者是我？或者是其他人？"

"什么都没有，弗兰克。"我回答道。他把双手从我肩膀挪开，我的脊椎舒展开来，骨头又直起来了。我感觉自己变得奇轻无比，仿佛要飘向天际不复归来。我希望他可以再把我摁住，只是不知该如何开口。

"我想她了,"他说,"想念她陪伴左右的日子,想念她的种种,我不清楚那具体是什么,梳头发用的或者其他打扮用的东西,那种香香的瓶子。"

"夜巴黎香水。"

"没错,就是它。"他低头看着我,"你比我记得清楚,一起来喝点儿东西吧。"

我嘴上虽然没有拒绝,但一定是一脸疑惑。

"哎,过来吧,莫德,"他说,"我想你也不是小孩子了,过来喝一杯吧,和我谈谈苏姬,好让我排解一下苦闷,你了解吗?"

我了解。姐姐失踪后,爸妈便对苏姬绝口不提,好像这个名字是个忌讳。而现在,正好有人想让我痛痛快快地把它大说特说出来。我让他在前面带路,我们一直走到街道的尽头,下了山。

"苏姬还有别的什么东西吗,莫德?你还记得吗?"

"一套蓝色套装?"我开始列举起来,"那种叫胜利红的唇膏。还有一个装香水的旧化妆盒,上边是银蓝相间的条纹。"

"是的,你说得对,还有别的吗?"

"那种前边缀着扣子的鞋,一件绿色的扇形花裙,还有那些形状看起来像糖果一样的耳环……"想到苏姬的考究着装,我不禁低头看了看自己棕色的人字鞋和那双针织袜。我没注意到弗兰克停下了脚步,于是我又一次撞到了他的身上。

"把你的学校领带藏起来,我们到了。"他说道,然后走了进去。

这是家名叫飞舞维斯的酒吧,我早就从爸爸那里耳闻这间酒吧远近驰名。此时我却感到心头一震。因为我从未来过酒吧，感觉应该回避才对。我身体微微抖着，手中摆弄着一枚从羊毛衫上脱落的纽扣。酒吧外的小巷给我一种安全感，我不想进去，但是我又非常想和他谈论苏姬。于是我把纽扣扔到了地下室门的折叶上。不知怎的，纽扣扔在这里，就像是在等我出来一样，这让我感觉好受了一些。最后我推开那半敞的门，跟着弗兰克走了进去。

里边烟雾缭绕，空气灼热。我一时竟未找到弗兰克。我晃晃悠悠地沿着吧台的方向走去，突然，我感觉后背被拍了一下。"在老板娘看到你之前坐到那边去，"他说着把我推到了一张靠门的桌子旁，"我去给你拿些喝的。"

我一时感到手足无措，但还是走了过去，坐到了一个木头凳子上。吧台离这里大约有几英尺远，一些身穿黑色衣服的男人把它遮得严严实实。我根本看不到老板娘招呼客人。

"弗兰克，这么快就回来了？"我听到老板娘说话的声音，"你好像只离开了几个小时而已。"

我把胳膊肘拄在桌子上。桌面湿滑不堪，全是溅出来的啤酒，还往我的羊毛衫里渗了进去。我索性将羊毛衫脱了下来，这时门打开了，一个身体瘦削、大汗淋漓的男人走了进来。

"你好啊，小妞。"他说道，向我一步步逼近。

他的一滴汗水落在我的胸上，渗进了我的校服衬衫里。我突然想起妈妈的泪水曾滴落在苏姬的丝绸睡衣上。我看着他的那滴汗水慢慢洇开，变成了一个圈，几乎让我的衣服变成了透明的。我竭力屏住呼吸，唯恐它沾到衣服下边的皮肤。那男人说了点什么，但我却全然听不明白，只是意识到他的气息在我脑袋上方不断起伏。出于恐惧,我也开始冒汗了,我几乎不敢去想自己的汗水会和那男人的混在一起。

"你这就代表同意吧?"他说道,我把脸扭向一侧。

弗兰克这时向我走了过来,边走边眨了眨眼睛。我感觉云里雾里,难不成我此时正在扮演苏姬的角色?我和她丈夫结伴出现在酒吧,还买了喝的。但是苏姬在哪里?我们互换身份了吗?苏姬难道正在家里和父母耍性子,一个人听着收音机?

弗兰克把喝的放在桌上。他看着那满身大汗男人,缓缓朝对方挪过去。"我能帮你什么吗?"弗兰克问道。

那男人往后退去,举起两只汗湿的手掌。我感激地拿起了离我最近的酒杯。我看到弗兰克喝的是啤酒,心想他该不会也给我买了酒吧?

"姜汁汽水,"他说,"你可以喝的吧?"

我点了点头,如释重负般呼了一口气。更多的人从门口鱼贯而入,酒吧里边越来越喧嚣。

"好啊,弗兰克,"有人从我们身边挤过,开口说道,"你们夫妻俩又回南方啦?"

"对。"弗兰克回答道,眼睛则一直盯着我。

我低头看着自己裸露的膝盖,还用指甲在上边的红斑上划来划去。

"你看起来像极了你姐姐,你知道吗?"弗兰克说着,将手托在了我的下巴上。

我笑了笑。虽然我不相信,但还是保持着微笑。弗兰克向我靠了过来,还像猫一样闭着眼睛。

"你家里最近境况如何?还是一切照旧,对吗?"

他用手握住酒杯,一滴啤酒缓缓地流到了他拇指的指甲上,似乎要在上面逗留一番,然后才像眼泪一样潸然流下。我回答的时候心神恍惚:"不是的,爸爸和妈妈心急如焚——"

"哎哟喂,弗兰克?"一个外表利落的女人在酒吧另一侧大吼了起来,"你什么时候才能给我搞来尼龙?这可是你承诺过的!"

弗兰克微微转过身去向她点了点头,之后又把目光挪回我身上。"还有道格拉斯怎么样?"他接着问道,"他还住在你家对吧?"

"那他还能住哪儿?"

"呃,我不知道,他本可以离开你家自食其力,本可以不在你妈妈面前晃来晃去,饭来张口。"

"他是我家的房客,他也没要什么施舍。"

"你家的房客,没错,只有你这么想罢了。"他喝了一大口啤酒。在他放下酒杯的空当,正好有个人从他身边挤了过去,撞到了他的胳膊肘,于是啤酒顺着他的袖口流了下来。"他妈的没长眼睛?"弗兰克吼道。

我以为他会由于他的恶语相向而心存悔意,但他却始终没有向那人道歉。相反,他大口喝光了杯中的酒,之后站了起来。"我得再去买点。"他说。等他回来的时候,他手中拿着一杯威士忌或者白兰地,总之就是诸如此类的酒。我看着他把杯子放在桌上,咬了一下嘴唇。"你确实像你姐姐,"他说,"就连不赞成我时脸上的神情都一样。"他举起杯子假装向我敬酒,我将自己的杯子推开了。"我在监狱里关了两星期。"

"我知道,道格拉斯说过。"我心里思忖着自己是否该提及配给券诈骗案,我不清楚这会不会惹恼了他。

"道格拉斯当然会说,他无所不知。"

"这是你太太吗,弗兰克?"一个穿着衬衫的男人说道,手里还转着一顶帽子,"和你相比,年纪轻了点儿,不是吗?"

弗兰克冲他破口大骂起来。

"别闹了,弗兰克,有点幽默感好不好?"

"让我怎么说,罗恩,什么时候你开始幽默了,再来向我讨教吧。"

罗恩挥手把他的帽子砸平了。"好吧,好吧,"他说,"起码态度友好点儿。"

"你去别处友好吧!"

"你可是找对人了,亲爱的,"罗恩冲我说道,还挑了挑眉毛,"希望你能调教好他。"

那男人走开了,我对着他的背影皱起了眉头。"人们好像都把我当成苏姬了。"我说。

"不,他们没有。"

"才怪,连你都说我长得像苏姬,同理,别人也都会这么认为。"

"你们又不是百分百相像,莫迪。你还是个孩子,还是一脸稚气呢。"

他的话伤到了我。"那你还把我带到酒吧做什么?"

"我想喝点东西,仅此而已。况且,我还想和你谈谈。"

我喝完了姜汁汽水,将屁股拧到凳子一侧。

"呃,呃,"他说道,伸手将我拉回坐好,"我们正在聊着呢,

175

你看着我。"

"你究竟想说什么，弗兰克？"我问道，此刻的我已经恼火了，一心只想回家，"爸妈在等着我回家。"

"我的天，就连说话的口气也如出一辙，你接下来是不是该说我喝多了？"

"你肯定喝多了。"

"是的，好吧，那么你……"他望向地板，就那样一直呆坐了许久，我甚至认为他已经忘记我的存在了。我穿上那件被啤酒浸湿的羊毛衫。"所以你的父母想和我一刀两断，"他突然冒出这么一句，"他们认定我害死了苏姬，或者干了其他的什么事。"

我一时语塞，死死地盯着他，在酒吧灯光的映射下，他的头发甚至胡茬都呈现出耀眼的金黄色。

"你爸爸写过一封信给我，"他冲着啤酒瓶喃喃自语道，"你想知道里边写了点儿什么吗？"

我没有回答，但弗兰克从夹克衫的口袋里摸出了一封皱巴巴的信，一把将它扔在我的大腿上。我定睛一看，意识到这是在我和爸爸几个月前去弗兰克家找寻线索时，爸爸塞进他家门缝的那张字条。"我知道是你干的，你脱不了干系。"我呆住了，我还以为那张字条是写给苏姬的。

"他从来都没喜欢过我，对此我束手无策。再加上你家那位贼眉鼠眼的房客终日不厌其烦地在他面前挑拨离间。"他撇着嘴，抬头看向我，眼睛眯着，"他让我滚远点儿。"

"谁？"

"你家那位天杀的房客。"

我听后就离开了。我告诉他这是他第三次使用污言秽语。我的疾言厉色像极了爸爸,就连我自己都吓了一跳。出去的时候我把羊毛衫的扣子捡了起来,它还安稳地待在那个角落。我把扣子紧紧攥在手里,踏上了回家的路。

"放开我,你他妈的!"一个女人疯狂地扭动着身体大吼大叫。一个警察正抓着她的胳膊,手还在桌子上签着字。"你他妈的混账!"那女人又骂道。

我试图不去理会那女人含混不清的咒骂声,将最后的两块儿薄荷糖缓缓地扔到了地板上。薄荷糖没了,我又打起了塑料珍珠项链的主意。我将那串链子扯断,珠子便叮叮当当散落了一屋子。我纳闷这间门厅是不是用来拍电影的摄影棚,里边似曾相识。从天花板上垂下一个大红灯笼,还有那黑白相间的锃亮的地板。我出神地望着这里的陈设,竟顾不得注意其他的人。这里的人压根提不起我的兴趣。刚才那个骂骂咧咧的女人已经被带出了房间,但我依旧能听到她的声音。我屁股下的长凳的另外一侧还坐着一个男人,他开始哼起了歌。

"顺其自然,自然而然。不用想那么多,任凭它是什么。我们要去温布利。顺其自然,自然而然。"

他破旧的球衣湿漉漉的,还散发着一股酒味儿。他摆动着自己的脚,踢到一枚项链珠子,珠子向我滑了过来。我把它捡起,攥在手心里,然后就开始往凳子的另外一侧挪动,好离那个男人远一点儿。

"我们要的都在这儿了,"办公桌后方传来一个警察的声音,

"下一个是丧心病狂的帕瓦罗蒂。"

那名警察站起来,打开了外门,只见另外一名警察带进来一个还在淌血的男人。他的鼻子脏兮兮的,眼睛在眼眶里来回地打转。"我们得请一名医生。"那个抓着流血男人的警察说道。他满头金发,在灯下熠熠发光,不禁让我想起弗兰克。

"她的香水是夜巴黎,"我说道,"而且她还有一些糖果形状的耳环。"但这里似乎根本没人听我说话。

"顺其自然,自然而然,"长凳另一侧的男人依然乐此不疲地哼唱着,身子还不断向我这里挪动。他身体散发的酒味儿混杂着呕吐的气味儿,满身出着臭汗。

"我要投诉你们,"那个身体流血的男人挥舞着拳头,但却没有打到任何东西。

我吓得蜷缩到屋子的角落里,因为我根本无所适从。我斜眼望向通明的灯火,最后索性紧闭双眼,或许这只是一场梦魇而已,很快便会醒过来。屋里越来越嘈杂,一个警察在头顶扯着嗓子喊道:

"监狱不够用了!戴夫,给他们一个警告,全轰出去。"

接下来我听到一阵扭打和咒骂声。我还觉得有个人向我走了过来,那人的气息在我脑袋上方起伏着。之后喧嚣稍稍退却,但我还是一动不动地垂着头,眼睛死死地闭着。我就这样坐着,感觉自己的筋骨甚至都已经开始适应了。"妈妈。"一个声音在一片吵闹中传了出来,"妈妈,是我,睁开眼看看。"

海伦向我探身来。她抚着我的胳膊,身子挡住了我的视线,好让我看不到屋子里的其他状况。我把一只手放在她脸上,但却一个字也说不出来。我感觉自己必须号啕大哭一场才能压惊。

"让我把你送回家。"她说着便将我从长凳上拉了起来。

我看到地板上有一块儿薄荷糖,顺手把它捡了起来。海伦领着我穿过了一群足球迷,出去的时候还踩到了一片血渍上。在我们走的途中,海伦始终用一条胳膊搂着我,而我始终用一只眼睛盯着地面。当我们等着穿过路口的时候,我发现人行道上有一个耳环,就把它捡了起来。这是个有条纹的耳环,和苏姬的一样。

"妈妈,把它放下,"海伦说道。她的声音听起来很滑稽。"你从哪儿捡的?不要再收集垃圾了,拜托。"

她在前面走,我扔掉了耳环。它在身上弹了一下,然后掉进了一个水坑。

"我觉得这耳环是我的……"我说道,但却想不出缘由。

"至少我知道家里那一堆堆垃圾是从哪儿来的了。"海伦说道。灯光在她的脸颊上闪来闪去,她看上去就像是出了汗一样。"真不知道你心里在想什么?"她抱怨道,"这个时间出门,害得我忧心忡忡。或者我们应该再去看一次哈里斯医生。"

我无法向她解释,即使我知道该怎么回答,即使我还能回忆起她的问题,但是在我们开车离开之前,我一直目不转睛地盯着水坑里的耳环。我确信那耳环一定暗藏着玄机,在某个时刻就会显现出来,我应该把它捡回家的。

在我们对找到苏姬还抱有幻想的那些日子,我常把杂七杂八的东西带回家,像是一些旧报纸、指甲锉、发卡,或是耳环之类的。我对一个有条纹的耳环记忆犹新,记得它是在演奏台的台阶上捡到的，造型像极了汉堡，甚至让我一度想把它塞进嘴里好好品尝一番。在我眼里，如果看到可能是苏姬的物品却不将它捡起来，一定会让我于心难安。我会将那些零碎的玩意儿塞进口袋，之后再放进我的火柴盒箱子里，或者将它们在窗台上一一摆好。有时候，我还会将这些东西检查一番，并且逐个记下都是什么，苏姬是否有类似的玩意儿。记得有一两次道格拉斯走进来，问我都找到了些什么。他看着这些杂物，用手轻轻地触碰，但却一言不发。我隐隐感觉他像是在寻找一些机关，以便将阀门打开，还原出物品背后的故事，而苏姬的下落或遭遇都可能因这些玩意儿而被挖掘出来。我开始相信自己一定会发掘出惊天的秘密，于是我更加用心地四处搜集杂物——为了寻找证据。

我大多是在放学的时候搜集。无论如何，我根本无意回家，我可不想呆坐在炉灶旁，唯恐提及苏姬，因为那样只会害得妈妈痛哭流涕，爸爸的怒火亦会一触即发。我不想回家，还因为我不愿脱下校服，换上苏姬为我裁制的衣服。所以我更愿意穿着校服在街道间反复穿梭，在沟渠和树篱里来回翻找。我经常游荡在通向苏姬家的那条路上，循着她以往的步伐，徘徊在她家和我家之间。或者徘徊在她去商店或车站的路上。她的手提箱是在车站旅馆发现的。倘若苏姬离开了这个城镇，那么她的手提箱就该出现在火车上了。有时候，我倚在站台栏杆上，看着火车驶入车站，不禁想象着身着伦敦潮衣的苏姬会从一节车厢里轻盈地迈出来。"我只是去伦敦购购物而已，"她会这么说，"你们怎么都大惊小怪的？"

我花掉好几个小时盯着我们那两把一样的梳子，我将它们举在光下，想看清那些小翅膀是如何翩翩起舞的，但我突然如梦初醒地意识到：苏姬已经被她家玻璃鸟笼里的鸟类标本吓得魂飞魄散了，我却偏偏给她这样的一把梳子，这不是让她时刻谨记这种恐惧吗？我此刻最希望的就是告诉苏姬我绝无恶意。哪怕只有渺茫的希望可以找到她，即便让我翻遍几条街都在所不辞。在那段日子里，我回家时不是染了风寒就是累得食欲全无，不久就卧病在床了。其实早在生病之前，我就已经有好一阵子不能安眠了，每晚躺在床上辗转反侧，脑袋里想的全是苏姬的下落。我当然不是故意熬着不睡，只是我的思想已经不能自控，干脆一遍遍回放着我们一起吃的最后一顿饭，一字不落地回忆苏姬说过的每句话，譬如弗兰克，或是道格拉斯。我总是筋疲力尽，因此无法专注学业，在晚上我干脆倒起茶来。

"我的老天爷。"一个周一的早晨妈妈大吼了起来，还将一条裙子扔在了她的脚边。"又多了些垃圾。"她不得不一一掏空我的口袋后才能洗衣服。"莫德，你必须停止往家里带杂七杂八的东西了。"她手中挥舞着一个科蒂口红的盖子向我抗议。"你简直要把我逼疯了，你听见了吗？你捡来这些做什么？你要拿它们搞什么名堂？"

在她的充沛精力面前，我愈发感到四肢无力，倦怠至极。"我想它们可能是苏姬的。"我说道。

《香槟咏叹调》

你搬家了吗?

"没有,"我说,"我住这儿好些年头了。"

我坐在一个供人休憩的东西上,对着电脑屏幕,屏上的红色字幕来来回回滚动着:"请务必告诉全科医师你的新住址。"不时会传出一个分贝极高的嘟嘟声,屏上还会相应闪现出一个人名。"梅·戴维森女士"、"格雷戈里·楅特先生"、"劳拉·海伍德小姐"。我不禁将名字大声读了出来,海伦见状忙按住我的手腕。她含着一种专治嗓子疼的强效止咳含片,所以我猜此行的目的是陪她看大夫。

有个小男孩儿拿着一块儿塑料砖头,对准摆着玩具的桌子就是一通猛击。他看起来像是个尖脑袋的"肯娃娃"。海伦告诉我不要大声说话,还拿出一纸盒的糖果好让我封口。我取出一颗塞进了嘴里,糖果甜甜的滋味好像让我的下巴肿了起来,这让我心里一阵发怵。我看着男孩儿的妈妈走了过去,想拿走他手中的塑料砖头,可她的速度没跟上,小男孩儿早已从病人中间跌跌撞撞地跑过去了。那些病人只好往里收腿，但还是难逃被这小人儿撞在身上的厄运。他跟跟跄跄的跑姿像极了喜剧演员，只见他撞上对面远处的墙，然后使劲儿地将塑料砖头砸向他妈妈。撞上对面一个男人转了转眼珠，发出啧啧声，向我笑了笑。我也冲他笑了回去，之后便将糖果咬在牙齿间，一口吐在了塑料砖头的方向。海伦发出一声怒吼，然后便开始道歉。那男孩儿的大笑声盖过了海伦的声音，所以我没听清她究竟说了些什么。小男孩儿愈发兴奋，开始舞动身体，在一排排病人间穿梭了起来，最后像一只轻盈的飞鸟般依偎到了我的膝下。他终于不再笑了，而是张开双手，让我看他手心里握着的玩意儿。

另一块儿塑料砖头、一辆缺了一个轱辘的金属汽车、一个胖玩偶的胳膊，以及一些乱七八糟的小东西。我叫不上名来。他把这些杂物摆在我的大腿上，我一一将它们拿起来掂量着，还向他逐个描述。"看看，他们用半圆形的塑料来做指甲。"我说道。

小男孩儿一脸严肃地望着我，并没有给我他已经理解的信号。我放下玩偶的胳膊，把一个蹲伏着的东西搁在手掌上，除了它的奇形怪状，我看不出所以然，愣了好几秒竟不知道该怎么向他介绍。

"青蛙。"小男孩儿最后说道。

"青蛙。"我重复道，心想应该就是这个词。

他按下青蛙背后的开关，只见青蛙跳了起来，由于我的手掌过于柔软，这玩意儿跳得并不那么活跃，但足以让它瞬间栩栩如生。男孩儿咯咯地笑着，又按了一下开关。这一次青蛙腾空跳了下去，快活地跳到了我旁边的座位上。这时男孩又变得一脸严肃，将青蛙在手中攥了一会儿，最后把它塞进了我手提包的开口里。

我听见了一声嘟嘟声，抬头便看见我的名字已经显示在屏幕上。我站了起来，那些小玩具从我的大腿上掉了下去。小男孩儿大笑起来，将玩具车和塑料砖头抛向空中。我又一次听见它们砸在地上发出哗啦声，但我的目光却没从屏幕上移开。

"真是不好意思。"海伦向某个人说道，之后拿起她的外套，走在前边领路。

在一个小房间里，医生正盯着自己的电脑屏幕。"你好啊，霍舍姆夫人。你拇指的伤势怎么样了？请先坐下吧，用不了多少时间的。"

海伦冲我指了指男医生桌旁的一张椅子，示意我坐下。我想不明白我们为什么会来这儿。"应该是你坐在医生旁边吧。"我冲海伦说道，站起身来。

"不，妈妈，我们是为了你来这儿的。"

我再次坐好，张口向海伦要一块儿糖吃。"你都含着一块儿，"我的要求被她拒绝了，"凭什么我不能吃？"

医生将转椅转过来看着我们。他说他要问我一些问题，之后便问我今天是周几。我看向海伦，她也看着我，但是没有给我任何提示。之后他又开始问我日期、季节和年份。他问我知不知道自己在哪个国家、什么城镇、哪条街道。对于有些问题我对答如流，但有的我只能猜测。在我答对的时候，医生显得很讶异。但其实对我而言，这种测试难度并不大。这让我回忆起早些年日间护理站也做过类似的测试。我和伊丽莎白去过一次，想看看是怎么回事。他们问的问题大致是："你能想出以 B 开头且表示颜色的英文单词吗？"伊丽莎白气坏了。"问我们大人如此小儿科的问题，真是不可理喻。"她说道。

"这么多莫名其妙的愚蠢问题。"我说。

"霍舍姆太太,先不要急着动怒,"医生一边说一边调整着他脖子上的那块儿布,那不是围巾,也不是领结,"我必须得评估一下你的情况,你知道的。"

"不,我不知道。"

"对,正是因为你不知道,所以我正在着手你的评估。那么,你知道这栋建筑是干什么用的吗?"

我环视四周的墙壁。上边贴了不少有关洗手和消毒的注意事项。"洗手能预防腹泻、M-R-S-A、诺瓦克病毒。"我读道。医生也扭头看着那些海报,之后冲海伦抿嘴笑了笑。

"你知道我们在楼的第几层吗?"

我想了一会儿,我们刚才爬楼梯了吗?难道坐了电梯?我向窗户看过去,但百叶窗被拉了下来。罗马式的百叶窗是什么做的呢?"戳他的眼睛。"我回答道,但是没有人觉得好笑。而我自己也不喜欢这个笑话。这时我听到医生和海伦发出了清嗓子的声音。海伦拍了拍我的腿,医生则拍了拍桌子,就像那是我的腿一样。

"接下来我说三个词语,"他说,"我需要你听完之后复述出来,明白了吧?火车,菠萝,斧子。"

"斧子,"我说,"斧子。"他还说了些什么?"斧子……"我的纸条全放在我的手提包里,我得从凳子下面取出来。我开始鼓捣这些纸条,但依旧想不出答案。相反,我却在手提包里发现了一只玩具青蛙。

"如果你不借助外力帮助,评估才最准确。"医生说道。

他说得对，借助外力不好。再说我也找不到什么外力。不过有一张关于伊丽莎白的便条，上面说她不见了。便条上写着：她在哪里？这才是真正的问题，为什么医生不问这个呢？

"现在我需要你从数字一百倒数到数字一，每次间隔七个数。你能明白吗？"

我盯着他。

"霍舍姆夫人，这就意味着是这样的顺序，首先是一百，接下来是九十三，然后是八十六，依此类推。明白了吗？"

"我知道，医生，但我想即便是处在您的年纪，也未必能数得出来。"

"请试一下。"

他低头看起文件，并且在上边开始写写画画。我知道自己必须记住另外的一件事情，这些无关紧要的数字游戏让我分心。"一百，"我说道，"九十三……九十二，九十一？"我知道自己错得离谱，但却毫无头绪。

"谢谢配合。您还能回忆起刚才我提过的三个词语吗？"

"三个词语。"我重复道，我的大脑一直在思考着一件更重要的事情，根本无暇顾及什么"词语"。

"没关系，那你说我们叫它什么呢？"他指着一架电话问我。

"电话，"我答道。"就是电话，伊丽莎白都没给我打电话，很久没打了。我记不得有多久了。"

"不好意思让你想起这个，"医生说道，"这又是什么呢？"他绝口不提伊丽莎白的名字，只是把什么东西拿了起来。

这个东西细细的，由木头制成，被他握在手指间不停地晃来晃去，在学校里我们常会玩儿这种把戏，好让这个东西看起来像被施了魔法一般。但我依旧叫不出它的名字。反正不是钢笔。"一个托盘。"我说。答案显然不正确，但我就是死活猜不出。"一个托盘，托盘，托盘。"

"好了，别担心。"他将那东西放了下去，继而拿起一张纸条。"用右手拿它，"他要求道，"对折后放到地板上。"

我伸手接过来，看了看纸条又看了看医生，然后又检查了纸张的正反面。纸条上空无一字。我将它放在大腿上。他探身过来，把纸条从我腿上拿走，又放回了纸堆中。接下来，他拿起一张写着"闭眼"二字的卡片，我不禁怀疑这个人精神是不是有问题，好在海伦就在我旁边。医生把卡片放下，向我递来了纸还有一个"东西"，那种细细的、木质的、叫不出名字的玩意儿。

"现在，你能不能给我写点儿什么呢？内容不限，但你得保证写下的是完整的一句话。"

我的朋友伊丽莎白不见了，我写道。我听到身边的海伦叹了口气。"铅笔。"当我把它递回给医生的时候，我说道。

"是的，表现不错，但是你先别急着还我，因为接下来我还想让你画点儿什么。你不妨就画个钟表的表盘吧，可以吗？"

他递给我一张纸板垫着。我开始画，但竟发现自己的手在微微颤抖，显然，我画得力不从心。不知怎的，那些线条似乎老不听指令，就像对着镜子一般左右颠倒。我几乎忘记了自己该画什么，但是这些鬼画符般的圆圈倒像极了青蛙，于是我索性画成了青蛙的样子，加上了圆圆的大眼，添上了笑得合不拢的嘴巴，接着我又跟着铅笔的节奏画上了头发和胡须。我把画放在医生的桌子上,随他怎么理解吧。

他在笔记本上记着东西,写啊写啊,没有抬头,也没有言语。我猜他是不是想赶在自己忘掉之前全都记下来。桌子上放着两个像豆子的东西,圆鼓鼓软绵绵的。它们的"嫩"弯弯曲曲地伸到纸巾盒底下。我不知道你们把它们叫作什么,但我清楚它们是干吗用的。我拿起一个"豆子"塞进耳朵里,但是却听不到任何动静。

"还没有贝壳好使。"我说。

"播放器没打开,"医生说道,他依然在写写画画,"您想听些音乐吗?您觉得音乐会对您有帮助?"

"我不知道。"

"也许您女儿能找到合您胃口的歌曲,您年轻时常听些什么呢?"

"哈——哈——哈——哈——哈——哈——哈——哈——哈——哈。"我说。

医生从奋笔疾书中抬起了头。海伦则僵直地站着。

"哈——哈——哈——哈——哈。"

"妈妈?妈妈?你怎么了?"海伦伸出手拽住我的胳膊,在她那饱经风霜的皮肤底下,她的脸苍白不堪。

现在我才真的笑了出来。"那是《香槟咏叹调》。"我说,"哈——哈——哈——哈——哈。"

那是道格拉斯的唱片《香槟咏叹调》,由埃西奥·品萨[1]演唱。我很喜欢演唱者的名字,也喜欢他的这首歌,尤爱歌曲结尾处的

---

[1] 1892—1959,著名意大利男低音歌唱家。

欢笑声。这是道格拉斯最早放给我们听的歌曲之一，那时候苏姬还没有谈婚论嫁。最初的歌单中还有一首是由约翰·麦科马克[1]演唱的《到花园来，莫德》，这首歌吸引我的是因为里面有我的名字。虽然在学校学的诗中也出现了"莫德"这个名字，但我已饱受背诵之苦。与之相比，我还是愿意听些有新鲜感的歌曲。

　　道格拉斯搬来我家的时候，我们就从他的物品中看到了唱机。苏姬禁不住我的死缠烂打，终于开口问他我们可不可以在他房间听听音乐。道格拉斯的入住使得这间房子焕然一新。尽管我家房客络绎不绝，但大多都是些老太太，虽然和蔼有加，但平淡得不曾给我们留下什么印象。道格拉斯的东西虽然不多，但和那些老妇人的相比，却更有价值。一套书、一套工具，还有至少两打唱片。他的唱机是便携式的小玩意儿，外形就像是个公文包，但我却觉得它神奇无比。我尤其喜欢那小小的唱针、圆形的唱片刷子以及盖子里夹在那儿的把手。我们坐在他的房间聆听着，阳光照在地板上，渗入了地毯。有一次，我让他一遍遍地放着《香槟咏叹调》，自己则在地毯上惬意地躺着，随着歌曲结尾处的笑声一起哈哈乐着，手还放在一抽一抽的肚子上。我还记得地板上散发着暖暖的土味，以及妈妈打扫地板时用过的醋的味道。

　　我仍然在某处保存着这张唱片，道格拉斯把它留给了我，但我已经很久没听过了，我家没有唱机，所以根本没法播放。

　　在那次私人音乐会后，我便常溜进他的房间打开唱机。我对道格的行踪就像对爸爸的了如指掌，他得先从萨顿的奶厂出发，途经车站，最后到达崖顶的酒店。我甚至都能估摸出在什么时间

---

[1] 1884—1945，爱尔兰男高音歌唱家。

段他肯定在离家最远的位置,一时半会儿赶不回来。我还常把羊毛袜捆在喇叭上好把声音闷住,然后再次放起"咏叹调",双手捂着肚子感受心脏的跳跃。在苏姬失踪后我卧病的那段日子,我常常溜进他房间听歌,甚至变本加厉地在他房间翻箱倒柜。谁让我曾看见他偷翻苏姬的手提箱呢?所以也犯不着良心难安。但是他的衣物叠得整整齐齐,书也摆放得井井有条,就连书页里边也空无一物。我根本发现不了什么特别的。

但是有一次,就在我用手指划过唱机、碰过唱针、浏览过狄更斯小说,要走出房间的时候,我看见了立在房间角落的一把雨伞。这破旧不堪的雨伞像极了疯女人手中的那把。瞬间,疯女人追赶我的画面重现眼前,我不禁叫出了声。片刻之后,我又觉得自己愚蠢极了,于是便离开了房间。我很庆幸当时家中无人,否则非得被抓个正着不可。

凯蒂抱来了一个扁平的银色电脑。那些蓬乱的电线伸展开来,像是厨房桌子中央肆无忌惮蔓生开来的长草。她摆弄着话筒和别的零部件儿,想方设法让它们运作起来。而我的注意力全放在自己手中的一本小册子上,上边画着大脑的结构图,以及几个老年人的简笔画,他们正面带笑容地互相依偎在一起。我知道我应该阅读并理解它,但却很难全神贯注。面包箱里有一条面包。

"妈妈觉得你应该想听些怀旧的老歌。"凯蒂说道,将插头推进墙上的插座。她点击一个按钮,薇拉·琳恩的歌猛地响起,这让我心里一阵害怕。

"老天爷!"我说道,捂住了耳朵。

"对不起。"凯蒂猛戳了一个键,将音量降了下来,"好了,现在怎么样?能勾起你什么回忆吗?"

"没有。"我回答道,手还翻弄着这本小册子。这不是故事书,让孩子们读这种书太不合时宜了,书上画着这么多大脑结构图。我认为凯蒂还是不要读它的好。我不禁怀疑海伦有没有对这本书的内容把过关。

"但是再次听到这首歌还是不错的吧?"凯蒂问道。

我点了点头,但是眼睛却一直在面包箱上打转。也许她想让我给她讲关于战争的故事,这可是破天荒头一次。过去无论我说起什么故事,她的眼睛总瞪着天空。但现在我很想问她或者海伦一件事情。我在等海伦。我在便条上往她的名字底下画了线,但又死活想不起来该问她什么。这首歌接近尾声了,在下首歌开始时我很想吃一块儿吐司。面包已经切好了,顶部看起来松软可口,但我却看见上方有一句警示:不准再吃吐司。

凯蒂冲我咧嘴笑着,她的头随着音乐晃来晃去。我僵直地坐着,没有叹气,也没有转动眼睛,只是专心致志地看着这本小册子。但我无法专注,也根本没有心思专注。我讨厌大脑里那弯弯曲曲的线条。"老年斑"这几个字更让我怒火中烧。我干脆把这本小册子放了一摞报纸底下。

"我好像在一部电影中听过这首歌,"凯蒂说道,"要不就是在广告里。"

"你妈妈在哪儿?"我说,"我有事情要告诉她。"

"嗯,她在给别人介绍房子,你最好不要打听这个。"

"给谁?为什么?"我想象着海伦将门打开,好让一大拨人可以向里张望,就好像我们是租客似的。道格拉斯的房子就常受到这种待遇。当你路过他家时,便会抬头望向里边陈列整齐的家具和摆设。你当然也能看见他在那只剩一半的房间内饮茶听歌,苏姬也在那里,看着壁炉架上的钟。"但是他们俩怎么会去那儿?"我问凯蒂,"他家的楼梯不是早被炸塌了吗?"

凯蒂将音乐声调大,入神地盯着电脑屏幕。"这不错吧?妈妈说医生建议你多听音乐。"

难怪凯蒂会摆弄这么久。"他建议?"我说,之后又点了点头,感觉这才是正确的回应,但我根本不喜欢薇拉·琳恩。记得有一次我在哪里还读到她根本不是音乐科班出身。这不足为奇,因为她的歌曲毫无艺术可言。谁会闲着没事儿听她制造噪音呢?安妮·谢尔顿[1]这样的歌手才是我们的偶像,但她好像已经销声匿迹了。

音乐戛然而止。

"外婆!"凯蒂说道,"毫无艺术可言?你这么说薇拉·琳恩不公平。"她看起来错愕不已,但我却分辨不出她是不是认真的。"你不喜欢她,真让人难以置信。"

"好啦,凯蒂,这只是——"

"你是你们那代人的异类,"她说道,"想象一下,如果我不喜欢……呃……高歌女孩[2]或者什么人。"她喘了一口粗气。"我不喜欢高歌女孩,那我是不是和我这代人格格不入呢?"

现在我确定她只是在打趣,于是笑了起来。

---

1 1923—1994,英国女歌手。
2 英国乐队。

"我打赌你一定也不会喜欢看《一群老爹在战斗》[1]，"她说道，"我们赌你只是假装觉得好笑罢了。不要否认了，我可是你肚子里的蛔虫，外婆。"

两个陌生人出现厨房台阶顶上，他们低头盯着我俩，还不住点头，好像在他们看来我们也和家具一样。"你们是谁？"我问道。

海伦急忙跑到他们身后，挥了挥手，还叹了口气。我不明白海伦葫芦里到底卖的什么药。

"无论如何，"凯蒂突然大声说道，"你肯定想听些什么吧？我这里可是应有尽有。"她在电脑键盘上比画着手指，还发出很假的笑声。我好像想到了什么。

"埃西奥·品萨。"我脱口而出。

她一脸茫然地望向我，于是我向她提到《香槟咏叹调》，还说自己曾躺在地板上聆听，以及地面上的那些灰尘和阳光。这首歌不到两秒钟就被搜索了出来。品萨的声音在整间厨房里回荡。凯蒂将它设置成了单曲循环，所以歌尾的笑声这时就好像出现在开头位置一样。凯蒂在我的脚下躺着。

"哈——哈——哈。没错，我知道你表达什么了，"她说道，"真搞笑，虽然我不确定你那时是不是真的躺在地板上，但现在我们铁定没法把你再拽起来了。"

她的几缕头发上沾着面包屑，但她却满不在乎。凯蒂用手抱着肚子的样子确实傻得可笑。想到我在孩提时代也是这般幼稚，不禁让我啼笑皆非。她闭上了眼睛，我则越过她的脑袋够到了一片面包，然后去冰箱里取黄油，而凯蒂丝毫没有注意。虽说上边

---

[1] BBC热播系列剧集，为战争喜剧。

贴着不准吃吐司的警示，但我吃面包和黄油总可以吧。一时半会儿我竟想不起盘子在哪儿放着了，现在也没时间让我翻箱倒柜，于是我把面包放在了一沓《回声报》上。

"哈——哈——哈！"凯蒂说道，在我去拿餐刀时她的手还在肚子上放着。"哈——哈——哈！"我舀了一大块儿黄油。"哈——哈——哈！"我品尝着这松软微咸的黄油面包。

"哈——哈——哈！"当我吃完后，我说。我开始把报纸揉成球，但费了九牛二虎之力也没揉成。报纸里夹着一本小册子，原来是它坚硬的纸张从中作祟。但这却让我回忆起清理炉灶时的情景，回忆起那肉汁中香甜却又呛鼻的李子干的味道，回忆起我从酒吧出来后回家时的情形。

打开厨房门的时候，我听见客厅的钟敲了五下，心想这下我又得挨一顿骂了，但屋子里面竟一个人影也没有。炉灶还在烧着，妈妈在桌上留了张便条，写道她和爸爸要六点才能到家，嘱咐我往锅里再加上一些土豆。锅里炖的是两种截然不同的菜，有一种放了杏子干，我对此没有多大胃口。但炖菜在炉上越来越热，散发出香甜的面糊味儿。我不禁庆幸妈妈不在，我可以放心大胆地先吃为快。我切了一条大概有手指粗细的面包，鉴于妈妈三令五申不准我浪费黄油，我索性用起了所剩无多的人造奶油。我将一丁点儿人造奶油涂在盘子上，然后放到炉子里温了一会儿，好让奶油化开。当我把盘子拿出来时，一些旧报纸也被带了出来。

那是一整份《回声报》，在我往面包上涂好人造奶油并咬上一口的时候，我想起妈妈和我每次都会用报纸包裹食物好让其保持温热松软，包好后，我们都会或多或少剩下点儿报纸。我开始用多余的报纸包桌上的马铃薯皮，但发现报纸里边好像夹着什么方形纸片害我总卷不动。原来是封沾满炖苹果汤渍的信，粘得紧紧实实，边缘处已经泛黄了。信上的收件人是我家的房客道格拉斯·韦斯顿，尽管字迹已经模糊，但还是能够辨认。我不假思索地用手指沿着信封滑动，这是苏姬的字迹。用手指沿着韦字划来划去时，我突然意识到信的内容还可以辨别出来。

在我把这封信"半泡"在炖苹果里之后，我检查过几次。每当妈妈背对我的时候，我便会往那堆报纸间瞥一眼。可是信的地址已经模糊不清，墨渍洇开了。信里的东西（如果有的话）也已经不知所踪。这种沮丧让我干脆对它弃之不顾。接下来我便忙于在街上搜寻"线索"，之后又大病了一场，再接下来是跟踪道格拉斯，我早把信的事情抛到九霄云外了。

我把剩下的面包和人造奶油统统送进了嘴里，之后拿起黄油刀，边咀嚼边挑开了信封。里边的信闻起来还是有浓重的苹果味儿，毕竟它在炖锅里泡过，但上面的字还是能够认出来的。

道格：

真的很抱歉。是我太幼稚了，考虑事情太不周到。很高兴你能给我写信。让我们重新做回朋友吧。但是我必须得向弗兰克说明，他一定会理解的，我保证。

苏姬

在我读信的时候，爸爸妈妈走了进来，于是我连忙把信塞进了我裙子的口袋里。这时我发现道格拉斯也已经回家了，因为他的唱机在楼上，《香槟咏叹调》在我脑中嗡嗡唱响。我不禁纳闷音乐声究竟持续了多久，为什么我丝毫没有注意到。一想到道格拉斯悄无声息地回到了这栋房子，就让我直冒冷汗，以至于之后父母告诉我他们去找了弗兰克，我都听得心不在焉。他们告诉我弗兰克已经出狱了。这我当然知道。我可得咬紧牙关，坚决不能告诉他们我和弗兰克已经见过面并一起去了酒吧，免得父母对我破口大骂。

"当然了，我们去的时候他没在家，"爸爸说道，"我们是在回家的路上碰见他的。冤家路窄，我都不想多提。"

听着爸爸的一番话，我为自己心里的秘密而惶恐不安。那么，我想弗兰克在我离开之后肯定没在酒吧待太久，顶多喝到刚要醉就走了。我猜他是不是回家吃饭或者去取他答应给某个女人的尼龙了。"他说了些什么？"我问道。

爸爸又笑又怒地回应道："他说他以为苏姬和我们在一起。"他敲着水槽沿，"在离她自己家半英里的地方住着，你能相信吗？"

妈妈把头扭了过去，爸爸肯定一路上都对她滔滔不绝，她显然已经听厌了。钟敲了六下，楼上的音乐声也停了下来，道格拉斯要下来吃饭了。我摸摸兜里苏姬的信。"很高兴你能给我写信，"她在信中写道，语气仿佛是她不能随时和道格拉斯见面谈似的，仿佛是他俩之间藏匿着不可告人的秘密。我听着道格拉斯轻手轻脚但不规则的脚步踏了下来。难道说他真是苏姬的情人？这可能吗？单是想到"情人"这两个字都让我觉得荒诞。但是这又不好说。苏姬最后的那晚行为怪异,还有弗兰克的无名炉火,以及左邻右舍不断提及道格一直待在苏姬的房子里。我还想起了花园里那碎掉的黑胶唱片,说不定是道格和苏姬在一次争吵后一气之下摔烂的。"让我们重新做朋友吧。"

妈妈看看炉子,检查了一下炖汤,看到一切有条不紊地进行着,于是拍了拍我的胳膊。爸爸则坐到桌前,连外套都顾不得脱下。与其说是对我们说话,不如说他在冲着炉灶自言自语。

"三个月了,难道他都不想关心一下自己的妻子?他说的话我一个字都不信。就算他去伦敦送货,为什么回来时要坐火车呢?他开的货车去哪里了?"

道格拉斯在门厅停下了脚步,我看到他在照镜子。我得去碗橱里取叉子和勺子,还得把我吃人造奶油的小刀清理干净。他看上去像是个不错的男孩子,但充其量也只是个孩子,连我都能够下这种结论。如果苏姬和他坠入爱河,那岂不是滑天下之大稽?在我摆桌子的时候,我不禁想到自己口袋里沙沙作响的信无疑就是苏姬的心声。

妈妈把热锅从炉子上端了下来,然后便坐了下去,仿佛不知道接下来该把锅送向哪里。我走上前把她领到桌子旁,还拿出了擦碗布和长柄勺,准备给大家盛饭。

"弗兰克胡子拉碴,不修边幅,"她对我说,手还无力地伸了伸,"我真搞不明白,三个月不见,他竟变得如此邋遢。我猜可能是坐牢的关系,我听说监狱里边环境很差,食物也很糟糕。当然了,外边也好不到哪儿去,买点面粉也有限额,现在听说买面包也得限量了。尽管我们平时省吃俭用,食用油还是所剩无几了。

这个月才刚过了一半儿,我们就已经没什么食物了。"

我盛饭的时候,她盯着炖汤。我小心翼翼地走着,感觉贴着大腿的那封信就像手中盘子里的热汤一般滚烫。道格拉斯依旧站在镜子前面,我顿时产生了一种错觉:我们所有人都站在一堵玻璃墙后面,再也无法触碰彼此。在我跟爸爸要盘子盛饭的时候,他一动也没动。

"问题是,"爸爸说道,"是弗兰克把她带去伦敦了,还是在这儿发生了别的不测?"

我以为我要失去你

"我真希望你能告诉我你究竟想干什么。"

海伦站在她的汽车后面,手上戴着一只园艺手套,从远处大吼大嚷,仿佛我是一只危险的动物。毋庸置疑,我对她刚刚的靠近颇为不满,尽管我想视而不见,但她胳膊上的拧伤赫然在目。

"我需要找到那件东西。"我说。割草的气息很呛人,我指甲下方也沾染了叶子的绿色。"那东西的另一半儿会引领我解开谜底……"只是它遍寻不见。我把一根草梗对折,听见它发出清脆的断裂声。"告诉我,告诉我那人是谁。是谁不见了,海伦?我找的人到底是谁?"

她说出了伊丽莎白的名字,听到它,我就像掉进了一床软软的棉被。我用手拨弄着绣球花,花叶从枝干上掉了下来。我把一些叶子装进口袋,继而又开始鼓捣花球,用鼻子紧贴着,闻着花朵散发出的类似奶酸掉的味道。

"伊丽莎白,"我对着花球说,"伊丽莎白。"

我把草梗扔在被挖得沟壑纵横的草坪上,开始用双手直捣植物的根部，将那些像破碎羊毛一般的根须一根接一根地扯了出来。触碰泥土的感觉让我备感亲切，挖草于我也是驾轻就熟，但这次我碰到了一根棘手的茎秆，无论怎么撕扯也奈何不了它。我竭尽全力地往上拉着，甚至气急败坏地将它狠狠晃动，后来我干脆用手指直接挖土。

海伦吼了起来，就好像我在挖她的肉一样。"不要！妈妈，不要动那棵墨西哥菊！那是爸爸和我亲手种的，你不也常说它的花香让人神清气爽吗？"

我只好收手。我瞧见门口放着一盒瓶瓶罐罐，大都是用来装饮料或果酱的。瓶子都敞着口，等着别人拿走。莫名其妙地，我伸手拿了一个，玻璃罐子叮当作响。有个罐子上贴着布兰斯顿泡菜的标签，这让我蓦地想起伊丽莎白家的餐厅，还有那些色拉油、白胡椒，以及悬挂在墙上的马略尔卡陶器。当然也少不了那陶瓷制成的蜥蜴、海龟以及鹿角虫，它们从蕨菜和草地上一直蔓延到天花板。我忘不了每当自己对着伊丽莎白的茶壶作呕的时候，她反而嘲笑我的肤浅，殊不知那茶壶的壶嘴像极了一条蛇。我把这个罐子揽在怀里，它上边还有盖子，而其他瓶瓶罐罐的盖子大多已经不见了踪影。我把瓶盖拧开，从口袋里拿出一件梳头发用的东西放了进去。这个东西是个圆圈，是用来绑头发的。它湿漉漉的，还粘着半块儿薄荷糖。我还掏出了一个塑料青蛙。我把它们全放到罐子里去了。

人行道边儿上有一只蜗牛，我把它从地上抓了起来，这时一个梳着黑色马尾辫的女人打我的房子里走了出来。她头发上的那个圆圈和我刚放在瓶子里的那个几乎一模一样。

"我把药放在盘子里了,"她说,"我现在得去瞧瞧另外一位太太。"

"我知道,"海伦说道,"谢谢你给我打电话来。"

那个女人在一辆圆乎乎的小汽车旁边停下了。"你一个人可以吗?"她不是在和我说话。

我把蜗牛扔进罐子,看着它贴着玻璃吐沫。我可以自己做个马略尔卡陶器。

"没问题,"海伦回答道,"我会好好看着她。"

"自己应付不来的话,你可以打个电话什么的——"

"我知道,谢谢了。"

那女人回头看了一眼草坪。"至少你了解这些花花草草,没准儿一会儿你能解决。"

海伦笑了笑,我知道那并不是会心的微笑。那女人上了车,把车开远了。我顺着汽车的方向走去,进入另一个前花园,弯下腰来搜寻着东西。数不清的东西:一个瓶盖儿、一个塑料美人头胸花、一只在空气中歇脚的甲虫、一捧沙子,还有一些烟头。我把这些统统捡到泡菜罐子里,不住地摇晃起来,那布兰斯顿泡菜的标签一直在我眼前闪来闪去,伴随着我的心跳,像针一样在我的皮肤上刺来刺去。我看见海伦在我身后,离我大概有两排房子那么远,她正看着我将手垂在篱笆旁边的沙丘上。有人在给他家的花园浇筑水泥。伊丽莎白的儿子就总扬言说要这么做。这得多么可怕,想想都让人发指。"这样一来飞鸟就不会来做客了,"我告诉她,"花园就会像沙漠一样。"那样的话,我们该拿下面的土地怎么办?我们会永远失去它。

我走过了那栋难看的房子，也走过了那片茶叶渣以及那棵金合欢树。我常常沿着这条路走，直至听到火车的轰鸣声。我呆呆地看了一眼街对面，那里原来是车站旅店，而现在早已改头换面变成了养老院，我不禁读出了声："考特兰养老院。"这是幢维多利亚式的建筑，尽管风雨变迁，却依旧不减庄严。养老院的招牌螺钉松了，好像要被墙壁上的砖块挤下来似的，看来这栋建筑很排斥这块新招牌。记得在我小时候，招牌在煤灰覆盖的石头墙壁上赫然耸立。那些日子，我总是盯着它看，因为苏姬的手提箱正是在这里发现的。

在苏姬的手提箱找到并放在我家厨房后，我曾来过这里一次，我倚着车站的栏杆，看着那一排排窗子，纳闷苏姬在自己的家乡为何还要住进旅店。我不禁忖度着她是否有可能还在里边住着。我真希望她能从窗户看到我，向我飞奔过来。当然，她没有，我只好走回家，再一次默默吃着晚餐。

但是再次发现并阅读了苏姬的信，使我总是不自觉地将苏姬的名字和道格拉斯关联起来。我甚至还会想入非非：旅店这种地方不就是情侣们约会的地方吗？在电影里，这种场面早已屡见不鲜了。于是在一次午饭时间，我没有回家，而是径直走向了车站旅馆。在我进入大门的时候，我弯腰捡起了一张被丢弃的票根。

旅馆里面都被一条长楼梯占据了，它一圈又一圈盘旋而上，仿佛这里的住客全都喜欢爬楼梯一样。从底部望去，这里的格局好像一口大井，像极了《爱丽丝梦游仙境》里边的兔子窝。我想到苏姬一个不慎就有可能从楼梯上跌下来，那样可就真一命呜呼了。

我沿着楼梯缓缓往上走着,还不忘从窗户向下张望:车站的旅客,服务生推着满满当当的车子。洋葱汤的味道从旅店厨房飘了上来,空气中还夹杂着辛辣的扶手油漆味道。这种混合的气味反倒让我的胃口空前大开,于是我打算从兜里掏一块儿胡萝卜饼干,饼干没找到,倒是再次发现了一张票根以及苏姬那封被炖得皱巴巴的信。每隔一会儿,便会有一辆火车呼啸而过,导致一阵蒸汽升腾到房顶上。我驻足在顶层平台,看着报童费力地抓紧报纸和他的帽子。

走廊两侧那些标着序号的房间门全都紧锁着,而我又不能用手去拧把手,只好在这被昏暗包围的破旧地毯和剥落壁纸间斜眼瞅着。苏姬和道格拉斯会在这里见面吗?他们俩有没有窃窃私语说过什么?他们接吻了吗?好像不大可能。一想到自己被他们排斥在外,对他们的事情一概不知,我的胸口就涌起一股无名妒火。我把一块儿在电灯开关旁边卷起来的壁纸,从墙壁上扯了下来,放进了自己的口袋。在我沿楼梯返回的时候,正好有个男人打开了房门,我不禁向屋里瞥了一眼,看到了一个女人。她的黑发看上去很柔软,蓝色套装和她的身材很是般配。我心里打起了死结,我眼神游离,甚至都没听到那男人已经开口说话了。

"从门口走开,好吗?"他说道。他的眼睛大得像是要从眼眶里跳出来。

我没有挪动脚步,甚至都不能咽唾沫,但我此刻却看清了这个瘦瘦的男人,他的身上看起来像是蒙了层灰尘。男人瘦削的身体根本阻挡不了我望向屋里的视线。接着那个女人扭过头来,只见她的鼻子比我想象的要大,嘴唇要更红,面颊也更平坦。我内心的乱麻打成了死结。我往后退，靠到墙上。

"到底是怎么回事儿？"那女人走出房间问道，抓起我的手腕。她的手指径直压住了我的脉搏。"她看起来像是见到了怪物。"

女人话音刚落，男人似乎掸掉了身上的灰尘，眼睛好像也可以安放在眼眶了。"老天保佑，小姑娘，"他说道，"你用那么惊恐的眼神看我们，到底是为什么呢？我的脸吓到你了？"

我从那女人的手中将胳膊挣出来，然后偷偷溜走，坐在楼梯顶上，听着车站的保安们在风中发出各种指令。我已经气力不足了，于是便躺了下来，将腿伸开，身体随着火车的轰鸣声一起抖动。我研究着那些被旅客踩到地毯里面的沙子，想象着我正置身于海边，迎着微咸的海风，直到那房间的女人发现了我。

"又是你？"她边说边向上走来，又一次表现出了诧异，"你在这儿躺着做什么？你受伤了？"

"没有。"我起身告诉她。

"你是这儿的客人？"

"不是，我只是进来看看，对不起。"

"进来就为了躺在楼梯上？"她开始从我身边往下走，我跟在她身后。

"不，只是——我以为你是另外一个人。"

"你以为我是谁？"

我默不作声，她又问我是不是吓到了。

"至少我知道我是吓到了。"她说。我告诉她我猜我也是，于是她建议我喝一小杯白兰地压压惊。"反正我得去喝一杯才行。"

她把我放在门厅，自己走进酒吧。这不是飞舞维斯酒吧，那些人是无论如何也不会让我这个小女孩儿进去的。"那小可怜来到旅店吓坏了。"我听见她说,透过人来人往的旋转门,我瞥见了她身上穿的蓝色套装。即使看清了她的模样,我依然会情不自禁地把她想成苏姬。她指了指休息厅,我看到一些男人正扭头望着我,其中一人便是弗兰克。

他当然也瞧见了我,不多一会儿,他便推开了酒吧门。我的思绪一直纠结在苏姬和道格拉斯有没有在旅馆私会这个问题上,所以直到那一刻才想到他。我真替弗兰克感到悲哀,内心也被深深刺痛。如果弗兰克知道此事,心里想必也会如针扎一样疼吧?我又思索着弗兰克到底知不知道,苏姬在信中不是提过准备告诉弗兰克的吗?但弗兰克骂过道格拉斯"贼眉鼠眼",莫非弗兰克是知情的?这意味着什么?如果他知道,会不会做出一些疯狂的举动?我不敢面对他,我得赶快跑回楼梯上。

"莫德?"他在身后叫住我。

"是你呀,弗兰克,"我听到那女人的声音,"她是跟着你过来的?"

我沿着那盘旋的楼梯向上跑去,一个弯又一个弯地拐着,脑海里乱作一团。我感到自己的大腿像着了火一般炽热,此刻我已经在最顶层的平台上了。我看着楼梯缝隙处的沙子,瞥到弗兰克想上来追我,但却中途放弃了,只是杵在下方,离我大概有两层楼梯平台远,倚在扶手上。

"你下来好吗?"他喊道,他的声音盘旋在我的耳畔,"我不想爬这些恼人的台阶。"

"你在这里做什么?"我隔着地板向下问道。

"喝点东西而已,这不算为非作歹吧?"

"为什么偏偏在这里喝?别忘了手提箱就是在这里找到的。"

"你在说苏姬,对吗?"

"当然是指她,不然我还会说谁?"

"好吧,你还有什么话想说?"

我意识到爸爸说的"守口如瓶"就是像弗兰克现在这样,于是我一字一顿地说道:"苏姬的,手提箱,正是在这里,发现的。"

弗兰克张大了嘴巴,此时那个女人端着一杯喝的走到楼梯口,他回头看了看。"下来喝点儿吧?"她说道,声音回荡在楼梯间。

我确实很想喝,那液体的颜色犹如蜂蜜一般,我猜一定既香甜又暖和,或者通过喝它,没准儿我还能悟出什么道理,我可从来没沾过酒精。"让我想一下,或者我该喝一杯。"我答道。

"那就看你吧。"她举起酒杯一饮而尽,之后便走进了酒吧。我多少有些懊悔。等我终于喝到白兰地时,已是数年以后的事了,酒精的刺激让我暗自庆幸,幸亏当时没有接过那女人的酒杯。

"那个女人怎么会知道你的名字?"我问弗兰克。

"谁?南茜吗?她是这里的员工啊。她丈夫是个战俘,命运悲惨,让人同情。他不肯在家里住,只好住在旅馆。我给了他们一些家具,好给他们带来点儿家的气息。"

我用"早知如此"的表情笑了笑。"看来整个城镇都受过你的恩惠。"

"你这是话中有话,"弗兰克说道,"你还知道我帮助过谁?"

"你的街坊四邻。"

"这是人之常情,换成你不会这么做吗?"

"我是在怀疑你帮人的动机。"

"你怎么回事？"他问道。他的头消失在我的视野里，然后他的手扶着扶手走了上来。我多想他能够待在原地不动，多想让他和我保持距离。我需要思考，需要理清头绪，需要搞明白我究竟想问他什么问题。我甚至想过要跑到那个战俘的房间里去。

"她是在前台工作吗？"我说，"南茜，就是她给苏姬代签的入住登记吗？"

"你在说什么，莫迪？"弗兰克问道，他一只手扶着那擦得发亮的木质扶手，沿着迂回的楼梯往上走来。他的声音绕着楼梯兜转，像是鬼魅那样阴森。扶手此时就像传导器一般，把他手上的电流传向我。"你在楼顶待着做什么？你下来找我好吗？"

"不要。"

"但是你生我气了。"他的手消失了，他跑完了余下的距离。这楼梯对他来说算不上什么。"你怎么了？发生了什么事？你发现了什么线索吗？"

我向后退，惶恐不安地抬头看他，而不是低着脑袋，手不自觉地揉着口袋里那封皱巴巴的信。

"你兜里装着什么？"他半笑着问我，仿佛我是个耍宝的小孩儿。

"一封信。"

"谁写来的？"

"苏姬，在她失踪以前寄出来的。"

我期待着他追问下去，比如问起信里的内容，好让我有时间想想那些要他澄清的疑惑。但是他根本不露声色，就冲到了我的身边。我发现自己被挤到一角,锁骨被他的一只手摁着,我就这样被困住了。他突如其来的举动让我诧异不已,我紧紧攥着信,将它推到口袋的最底下,布料蹭过我的手。弗兰克抓着我的手腕,想拽出那封信,我的短裙随之被撩了起来。

"信里说她想告诉你一些事情,"我说着夹紧了胳膊,心想无论如何也要把我想问的问题问出来,"她跟你说过什么吗?"

"把信给我,莫德。"

他的手滑到我的胳膊肘上说,把我的胳膊掰弯,我无助地抬起胳膊。"告诉我。"我说,生怕中断了思绪的链条。我必须牢记自己该问的问题。虽然我现在俨然是他手中的玩偶,这时候质问他显得甚是好笑。

"我还没读过信,该怎么告诉你?"他咬紧牙关,把我的胳膊向后拧去。隔着我的校服,我感到他皮肤发烫。我当机立断地把信揉成一个纸团,往扶手上方一抛扔了下去,就像是把一个便士扔到了一口大井里。

弗兰克见状咒骂了起来,伸手想把它抓住。这把我推到了危险的境地,我脚下踩空了,摇摇欲坠之时,一心只想抓住扶手,但却未能如愿。我想到自己即将坠落下去,感到一阵眩晕,万念俱灰。但千钧一发之际,弗兰克抓住了我,用力把我拽到楼梯平台。隔了好一会儿,我才发现自己并没有坠到地面,而是好端端地待在楼梯平台上。

当我望向他时,他的脸白得像纸一般。"我以为我要失去你。"他说。看到他血色全无,让我惶恐不安。"我以为我要失去你。"他轻轻地握着我的手臂,像是一个技艺生疏的医生在检查病人碎裂的骨头，又像是在对他自己证明我真的在那里。

"别担心了，我不是鬼。"我说，尽管我的心依然在剧烈跳动，简直无法呼吸。在弗兰克触碰我的时候，我不禁好奇自己的脸色什么样。他倚着楼梯扶手，衬衣紧紧包着身上，肩上和背部的肌肉凸显了出来。我向他迈了一步。

他重重呼了一口气，开始下楼。"你别动，待在原地，"他说，"我这人不值得信任。"

我站了一会儿，听着他下楼的脚步声。刚才因惊吓而蹿上脑部的血流终于归于平静，但这只是头痛的开始。我不禁想象如果不是弗兰克挺身相救，后果真是不堪设想。我可能已经面目全非，我的脖子也将折断。我想象着这微微翘起的地板上血迹斑斑，人们大惊失色地叫嚷。我也不由得想起父母，痛失苏姬已经要了他们半条命。倘若我这次未能幸免于难，弗兰克接下来又将面对什么？他会不会被指控故意伤害自己已故妻子的妹妹？弗兰克在下了一半楼梯的时候停下脚步，他的脸此刻又出现在了楼层之间。

"告诉我关于苏姬的事情，莫德，"他说，"除了她曾入住这间宾馆外，你还知道什么？"

"知道什么？比如说？"

"我也不清楚，就说些你能记起来的吧，比如你们姐妹俩曾一起做过什么。"

我用鞋在这满是沙粒的地毯上蹭来蹭去。"我们一起去过海滩，"我边说边随着他往下走，"那天正好有人把岸边的铁丝网移开了，那时你们还没有结婚，战争还没有结束呢。"

"我懂，你接着说吧。"

"我把苏姬埋在了沙子里。"我跟着弗兰克往下走,两边的墙壁回荡出我的声音,让我觉得怪怪的。但我仍能听见她那天的笑声,能看见沙子一层层滑下来,流进缝隙里的情形。"记得当时我把贝壳推进沙子里,给苏姬做了一条裙子。后来,她从'沙丘'里出来的时候,甩了甩头发,将头发上的沙粒甩到了三明治上,把妈妈气得火冒三丈,最后我们不得不吃那沾着沙粒的三明治。不过苏姬那件'贝壳纱裙'实在是太漂亮了,"我说道,这时已经走到了楼梯的底部。"苏姬让我收集白色的贝壳做裙子,这样看起来就像有衬裙一样,我真希望自己当时有架相机。"

"我也希望你把它拍下来,"他边说边把我衬衣的领子拉了拉,让它紧贴着脖子。"你回家吧,莫迪,"他说,"我还得再去喝点儿。"

他弯腰捡起那封又皱又黄的信,把它塞进了口袋,然后便走开了。

"过来站在这底下,妈妈。"

我踉踉跄跄地走着。天空飘起了雨,空气中还残留着别人抽的香烟味。海伦缩在公交站亭下边。我走过去时,她背靠着座位站着。似乎连口气都没喘。我将手放在她的脸上,她下意识地闭了一会儿眼睛,举起一只胳膊。我定睛一看,发现她的手腕处有一片瘀青。

"你这是怎么搞的?"我说,心疼地抬起她的手腕,感到她的脉搏快速而有力。

"没事。"她回答道。

"对我而言这可是大事。你是我的女儿，你受了伤，心疼的可是妈妈。我最疼爱的海伦。"

她盯着我看了一会儿，这让我不禁担心自己刚才表述不当。我突然感到筋疲力尽，双腿像是支撑不起自己的身体一般。此时的我就像那种按压底座就会翻转的玩偶，连接我关节的线已经断了。海伦用双手托着我的胳膊，我则在座位上坐着。我尽力把装泡菜的玻璃罐子稳在大腿上，但怎么也放不稳当。这凳子和地面有个倾斜的角度，甭说这罐子，即便是我也总在往下滑。罐子里的东西乱成一团，好像有什么动了一下，挡住了玩具青蛙的眼睛。这激起了我的无名怒火。我向坐在我身边的那个女人转过头去想说点什么，只见眼泪正从她的面颊滑落下来。

"别哭，别哭，亲爱的。"我说。她抽泣着，用手背擦拭着嘴角。我一时不知如何是好，因为我并不认识她。"告诉我是什么害你如此伤心，"我问，"我相信事情绝对没有你想的那么糟糕。"我拍了拍她的肩膀，不禁诧异我是怎么来的这儿。我不记得自己搭过公交。或许我刚结束了某个约会，正在回家的路上，但我又想不起来是什么约会。

"是男人的事情？"我说。她看了看我，微笑起来，尽管她实际上仍在哭泣。"他对你不忠？"我问道，"他会回来的，你可是个十分标致的女孩儿。"尽管事实上不该称呼她为女孩儿。

"不是男人的事儿。"她说。

我一脸狐疑地望着她。"那就是女人的事情？"

她冲我皱皱眉头，起身看起了汽车时刻表。或许她认为我是个多管闲事的家伙。两只鸽子在树梢朝彼此晃着脑袋；它们就好似我和这个女人，好似我们的化身。我努力向它们挥手，但又不得不提防罐子从我的大腿上滑到地上去。当这个女人扭过脸来的时候，我终于瞧清了她的面容。她脸上的眼泪已经被拭去。没错，她是海伦。座位在我屁股下方像是要翘起来了。这是我的女儿，陪我坐在公交车候车位的正是她，而我却浑然不知。

"海伦。"我说，伸手去摸她的手腕，瞥到她皮肤上的青紫。"海伦。"我竟然没认出自己的女儿。

"你累过头了，"她说，"你不能自己坐车回去，我去开车，好吗，妈妈？"

我心里五味杂陈，我居然不认识自己的女儿，尤其听她喊自己母亲的时候，我就像是被扇了两个耳光，自责不已。我鼓捣着罐子，想找点事做。里边有一块儿薄荷糖粘在了橡皮筋上，我咬了一小口薄荷糖的边缘，感觉味道不对，而且上面还沾着灰尘。这时有个老太太向车站走了过来。

"你好，亲爱的。"她说道，并坐了下来，在自己的包里翻来翻去。

"你好。"我说。我注意到她脚上蹬着一双破烂的绒毡拖鞋，心想她一定比我还要浑浑噩噩。

海伦也冲她打了声招呼。"我得离开一下把车开过来，"她说，"你可以帮忙照看一下我的母亲吗？几分钟就行。"她冲着汽车时刻表皱了皱眉。"你不会让她上公交吧？"

那个老太太点了点头，拧着包里某个塑料制的东西。海伦在路缘石上停了一下，咬了下上嘴唇，接着便大步穿梭在车辆之间，还不忘向我挥了挥手。

"她带你出来放放风是吧?"那个女人问道,将她的瓶子盖儿拧开,喝了一大口。"真希望也有人把我带出来走走。"她冲我指了指身后,我看到一栋石头建筑,正前方悬着一个牌子。

"考特兰养老院。"我读道。

"没错。"那女人的头发密密实实,虽有一些卷曲的白发,但依旧利落干净。唯独脚上那双破拖鞋着实给她的气质大打折扣。"我儿子让我来这个鬼地方,说什么我住这儿他来看我就方便多了,他还能常开车带我去野外兜风。说的比唱的都好听!"她晃了晃自己的卷发。"看到了吧,我得和这群小个子菲佣朝夕相处。当然了,我没有别的意思,这些小矮个儿人都不错,总是笑脸迎人,只是个头实在太小,我都有种错觉,像是坠入了小人国,我也好像只有五英尺二英寸高了。"

她又拿起瓶子喝了一大口,听着她吞咽的声音让人心里很是踏实。她喝水的画面让我想到弗兰克和那间热气腾腾的酒吧。我不禁想低头看看自己裸露的膝盖,但没想到自己今天不但穿着长裤,而且大腿上还摆着一个大罐子,罐里放着杂七杂八的东西。

"但凡你在里边儿住上一阵,就会失去自我了。我现在甚至都不记得自己讨厌什么。他们总是说'马普夫人不喜欢豌豆',要不就是'马普夫人喜欢果汁软糖',然后他们还会自鸣得意地问:'我说得对吧,亲爱的?'我听后只好点点头,实际上我早已忘记豌豆是什么味道,对果汁软糖是什么样子更加毫无概念。就拿看电视来说,他们播放完什么节目,便会对你说:'就是这样,你懂吗?'我只好又点点头。但我根本一点都不明白。"

我又扭过头看了看养老院。那密密的文字间好像隐藏着什么玄机,一件很重要的事情,但我现在却无从领悟。这时一个棕色皮肤的小人儿从门口走了出来。

"更让人不快的是我的名字。我叫玛格丽特,顺便告诉一下你,玛格丽特。"

"很开心见到你,玛格丽特。"

她又晃了晃自己的卷发。"我也一样,我也一样。但是你看,在这里,他们坚持叫我佩吉。佩吉!我讨厌这个名字。"

"我也是。"我说道,这让我想起乐施会的佩吉。

"佩吉,你现在可不能上公交。"那棕皮肤的小人儿一脸笑容地说道。

"我知道,"佩吉答道,"我只是在这儿闲聊一会儿罢了,很快的。"她盯着我,然后把她的空瓶子扔到了我的大腿上,正好碰到了泡菜罐子,发出叮当的声响。"没扔准。我得去听一个乏味的演讲,真可怜,因为我知道我现在只喜欢喝杜松子酒。"

"进来吧,拜托,佩吉。"那个小人儿说道。

"明白我刚才的意思了吧?佩吉这个,佩吉那个。真是噩梦一般。他们甚至用佩吉这个名字给我登记。所以我现在是佩吉·马普,而不是玛格丽特·马普。"

"他们用佩吉的名字给你登记?"我问道,心里有些震惊。

"对,所以当你打电话来找玛格丽特时,他们多半会说这里没有这个人。一半的人都不知道我的真名。"她停下来叹了口气。"你看,我被送到这里时,这儿已经有个玛格丽特,他们怕搞混了,于是就把我叫佩吉。后来玛格丽特死了,但我还是叫佩吉。"

我看着佩吉和那个矮小的看护一起进去了，此时公交车也驶了过来。我正要上车，听到马路对面传来嘶吼。司机冲着窗外的某个人大嚷。我感到还有事情未了，于是眼睁睁看着公交车紧闭了车门。海伦此刻也过来了，一见我就开始滔滔不绝，但我一个字也没听进去。我脑海里一遍遍过着伊丽莎白叫过的名字，伊丽兹、丽兹、丽姬、丽莎、贝蒂、贝西、贝特、贝斯、贝丝、贝希……

秘密

"这个还要吗,妈妈?这个呢?我得忙着打包,你快点儿看一眼。"

海伦用手举起东西让我看的时候,窗外的白光暗了一些。我看不出那是什么,只是一个影子,一个模糊的轮廓。我转过头,调整了一下角度,但还是模模糊糊。

"我不知道这是什么,"我说着把手上那件有袖子的东西扔掉了。刚才我想把这个有袖子和扣子的玩意儿叠好,但现在我只是用指关节压着脊椎。像这样盘坐在床头实在令我不舒服,但又找不到其他能坐的地方。我脚边放着一个手提箱,被一些因在柜子里放得太久而发出霉味的衣服包围着。"这就像是在乐施会的商店里待着一样,"我说,"我们是要去度假吗?"

海伦把手垂下来,窗外的白色亮光让我眨了一下眼睛。

"不,妈妈。"

"我担心我这身子骨招架不住外出旅行。我还是待在家里面的好。"

"我们这是要搬家,想起来了吗?你要搬来和我一起住。"

"哦,是的,"我说,"当然,当然了,怪不得屋里现在大箱小箱的。"我叠着那有袖子和扣子的东西,不管它是什么,把它铺在床上,然后放到手提箱中,最后再往顶上堆一些内衣。"我们是要去——"我突然意识到自己刚刚问过,于是知趣地闭上了嘴,但海伦依旧唉声叹气的。她用脚趾踢开地板上的某件东西。

"这个你还用得着吗?"她问道。

那是一个泡菜罐子,里边装了不少东西:一只手套在瓶子里散发着潮气、两个瓶盖儿、一张巧克力包装纸、还有一些烟头。烟头上所剩无几的烟丝撒了出来。"这是很重要的东西。"我答道。

"这些令人作呕的东西很重要?你确定?"她用指尖把罐子拎了起来,瞅了一眼里边的东西后,把它扔到了一摞衣服上。罐子发出轰隆隆的声响,像是发出了危险信号。

接着罐子从那摞衣服上滚了下去,里边的沙粒随之旋转起来,像是圣诞节时卖的水晶球一样。我用报纸将罐子包了起来,但金属盖子却把报纸划破了,我只好又缠了一圈。海伦转了转眼珠。

"哦,海伦,"我说着用报纸遮住了罐子上的"泡菜"两个字,"如果我搬走了,伊丽莎白怎么知道我去哪里了?"

"我会告诉彼得,"海伦答道,"我会让他捎个信儿的。明天我就通知他。"

我一边用手指触摸着罐子的轮廓,一边看着海伦从碗橱里掏出一样样东西。"你会告诉彼得?"

她点了点头,但眼睛却未看向我。

"告诉彼得有什么用,海伦?"我质问道,"他不会告诉伊丽莎白的,他根本不会和伊丽莎白说任何事。他对他母亲干了什么,伊丽莎白或许被他藏了起来,或者更惨,我可说不清。伊丽莎白走了,我不知道去了哪儿。"

"好了,妈妈,好了,"她说,"这个东西还要吗?"

那是一个陶瓷勺子,形状颇像一个牛脑袋,勺柄则像是牛舌头,真是奇丑无比。

"当然,我得留着它,"我答道,并伸手拿了过来,"这是给伊丽莎白的。"我找到一张报纸,将它包在"牛脑袋"上。报纸上的文字在折痕处变得模糊不清,尽管我努力去读,但还是没法贯通起来。我认为这根本就是狗屁不通的文字。

"又是伊丽莎白,你可以不假思索地扔掉爸爸大部分的遗物,但却一意孤行地保留这些一文不值的破烂,尽管多半对你来说都丝毫没有意义。"

我感到一股无名怒火充斥在体内,手上紧紧攥着那把牛脑袋勺,以至于包裹它的报纸都裂开了。"我想保留什么就保留什么,不行吗?这跟你有一毛钱的关系吗?"

"别忘了你是要搬到我家里。"

"如果这是你的家规,如果我必须对你言听计从,那我宁愿留在家里。"

"好吧,现在你已经别无选择,房子已经卖掉了。"

好一会儿,我不敢置信,这完全不合情理。"你卖掉了我的房子?"我问道,脑袋一阵眩晕,脚下的地板似乎变得颠簸不平,像是已经从屋子里抽离一样。"你怎么能卖掉我的房子?这是我的,我住在这里,我一直住在这里。"

"哎，妈妈，几个月前你就答应我了。留你独自住在这里已经不安全了。你接着打包好吗？我马上给你端一杯茶来。"

"谁同意了？你真是自作主张。"

"你、我，以及汤姆全都同意了。"

"汤姆？"我念叨了一下这个名字，我知道这是一个需要特别记住的名字，但却死活想不起来。

"对，是汤姆，如果连他都同意，你总可以平息怒火了吧？"

"汤姆？"我重复着，眼睛望向那一摞摞的衣服，"我们要把这些大包小包全送给他吗？"

"他每年从德国飞回来一次，然后再飞走，你觉得他特别棒，但他可不是那个日复一日陪在你身边的人。是我给你安排预约、为你咨询看护、替你检查碗橱、带你购物散心。是我在你弄丢内衣之后给你买来新的，是我在深夜两点从警察局接回迷路的你。"

海伦喋喋不休地说着，即便我想打断，她也没有停下来的意思。她盯着手上的东西，嘴里在重复着什么，听起来像是某种清单。我不知自己是否该记录下来，便伸手取了张纸条。我写下了汤姆，但字迹非常可笑。我发现是纸张不平的关系，钢笔从底下垫着的什么东西硌出的凸起上滑了下来。而且我也想不明白汤姆意味着什么。我拿起一面手镜，把它放在另外一张报纸上。当我靠近镜子看的时候，发现里面有一只眼睛在注视我。

"哦，"我说，"难道这跟那个疯女人有关系？"

海伦转过脸看着我。"什么？"

我指了指镜子，悄悄说道："她躲在这面镜子里吗？"

海伦盯着我，默不作声。我最后也忘了自己问的是什么问题，这些问题早已丧失了确定性，如乱麻般缠绕在脑海。我打了个哈欠，然后把一个用报纸包好的东西摆在另一个同样被报纸包好的玩意儿旁边，它们看起来很是相像。天知道报纸里面究竟藏着什么，这念头让我不寒而栗。我的大脑不也是如此吗？像被什么蒙蔽着，连自己都无法分辨。我想再用报纸包一些东西。"海伦，这些东西是给谁的？"

她盖上了一个手提箱，将拉链拉上。锐利的声音像是捅破了什么秘密，让我想起另外一个手提箱，想起妈妈站在厨房桌前，想起爸爸将他的脸转向火炉。

"我们把她的手提箱拿回来了，"我对海伦说道，尽管她已经上了楼梯，"但除了一堆报纸外，箱子里空无一物。"我的潜意识告诉我自己逻辑混乱了，我糅合了太多的记忆，脑海里，那些报纸从苏姬的手提箱中飘了出来，发出沙沙的响声，在厨房铺了一地。"我记得一清二楚，"我说，"我们从警察局把手提箱拿了回来，打开盖子一看，里边堆满了报纸。我确信事情就是这样。"

我跟着海伦走到前门，然后停下脚步，伸出一只手去触摸墨西哥菊的花丛。海伦此刻已来到车前，将手提箱放了进去。那个箱子看起来很重，好像只有坐飞机时才用得着。我用这类箱子的次数屈指可数，只有是去德国看望汤姆时才拎上它，那时我的身体条件还允许我这么做。"我们是去度假吗？"我问道。

海伦将后备厢盖紧，走回了屋子。在我上楼的时候，她从橱柜里拿出了我用火柴盒做的小箱子。是我在孩提时代做的。一百个小火柴盒，用胶水一一粘好。现衔接处已经泛黄甚至破裂了。记得我曾经总往这个小箱子里放各种各样的贝壳、破碎的陶瓷碎片、昆虫残骸以及鸟类的羽毛。当然也会存放一些平时用得着的东西,像是针线什么的。每次苏姬从我这里找针或纽扣时,总是开错抽屉,以至于常常吓得失声尖叫,因为她看了不该看的东西:大黄蜂或虎蛾的尸体躺在报纸上。事后她也常常埋怨,但我总隐约感到她其实是乐在其中的。

"我想我还是把这些都扔了吧,"我说,"我们还用逐个儿检查一遍吗?"

"我巴不得都扔掉。"她答道,但她的手还在箱子上方晃来晃去,像是拿不定主意应该先打开哪层火柴盒箱子。

"但是海伦,万一里边有我想要的东西呢?你知道,我小时候喜欢收集火柴盒。"

"我知道,妈妈。我小的时候在箱子里发现过昆虫的遗体。我们把它们叫'你的秘密'。那些盒子里尽是些残缺不全的蜜蜂、黄蜂和甲虫。"

"没错,我也喜欢收集昆虫,那是你吗?"我说,"是你吓得大叫吗?"

"应该是汤姆。"

她把所有小抽屉都拉开,身体躲得远远的,像是什么东西随时可能弹射到她身上似的。"这些旧羽毛你还要带走吗?还有这个纽扣?"

她托着最底层的一个小抽屉,我的心猛然一紧。

"一块旧墙纸,"她说,还用手将小抽屉晃来晃去,"还有一块指甲。真要命,你收集这个干吗?"

她把抽屉递到我手里,但在我的眼中它却若隐若现。我看见了一个茶叶箱，角落聚集了好多灰尘，内衬的报纸已经皱了。那片指甲就歇息在灰尘与各种颜色的线中，像是一块儿破碎的贝壳，发着珍珠一般的光泽。当我抬起头时，我看见了弗兰克。

在上次旅馆的偶遇之后，我就没想着再见到弗兰克。我曾向妈妈提起过他一次，但对爸爸而言，弗兰克这个名字是个禁忌，那次谈话也就不欢而散了。但过了一周后，我发现弗兰克又在街道尽头的树篱上压出了一个凹陷，他在等我。

"在这等了将近一个小时了，"他说，言下之意好像是我赴约迟到了似的，"你什么时候放学？"这次他显得利落了许多，头发整齐地压在帽子下面，就像他原来给人的感觉一样，而且这次他还刮了胡子。

"放学后我被留下了，"我说，"因为上课没专心听讲。"

他走到人行道边。"什么课？"

"忘了。"我答道，这个回答让他哈哈大笑起来。我用手指轻轻摇着树枝，唯恐树叶被我晃下来，之后便朝我家房子走去。"我请你进屋吧。"我说。

"好的，但你知道，我可不受这里的欢迎。"话虽如此，弗兰克还是跟着我走了进来。他看了看客厅的窗户，然后把烟灰掸到了前花园里。"实际上，我是想邀请你到我那里看看，我想你可能会希望从我那儿拿点什么。"

"现在吗？"我问道，不确定自旅馆偶遇后我还会不会跟他去任何地方。

他耸了耸肩，点点头，我盯着他看了一会儿。弗兰克神情凝重，在他眯起眼睛向我微笑时，还用手整了整帽檐。我发现自己竟然不知不觉地冲他笑了回去。

"我得先去告诉家里人一下。"我说道。

我从后门走了进去，在厨房里等了几分钟。我看到炉灶上空无一物，妈妈压根儿没有给我预备晚饭。她和爸爸去伦敦打探苏姬的线索了。爸爸认为弗兰克很可能把苏姬带去了那里，只是回来后跟我们打马虎眼罢了；妈妈则相信苏姬是自己跑去伦敦找弗兰克的，后来才音讯全无。道格拉斯说过他要去看电影，但他最近几次总是对电影的情节支支吾吾，说不出所以然。天知道他跑去了哪里。不管怎样，我可不想让弗兰克知道家里没人记挂我。

当我出门时，他已经走到了街道尽头，眼睛朝公园的方向望去。这时候，我才意识到天色已晚。红色的砖块褪却了颜色，松树的枝干在我们头顶上呈现黑压压的一片。现在已是晚饭时间，而我们还穿梭在空旷的街道上要去苏姬家。我们路过洗衣店，里边传出洁净的气味，热气腾腾，仿佛给人以热情的拥抱一般。弗兰克嘴里叼着一根烟，手从口袋摸出火柴盒晃晃。

"最后一根了，"他说道，将火柴盒推开。划着火柴后，他将它弹到了路面上。"你想不想要火柴盒？"他问道，"你收集火柴盒，不是吗？"

"没错，"我说，"那是在我还小的时候。"我接过火柴盒，将它塞进裙子的口袋，感到又羞又气。我不愿意别人提到我的小时候。我想他一定是在消遣我。

"你收集火柴盒做什么？"他问道。

"不知道，可能会往里面放东西吧。正像我所说的，这只是我小时候的一点爱好罢了。"

"放东西,嗯?一些秘密的玩意儿,是不是?"

"不,只是一些零碎的东西,像是备用的纽扣什么的,仅此而已。"

他低头看着我微微一笑,好像已洞穿了我的心思。我脸红了,心里愧疚不已,不禁自问是不是在无意中隐瞒了什么东西。

"我真好奇像你这样的女孩儿会有什么秘密。"

"我哪来什么秘密。"我答道。

"只是不想告诉我吧,嗯,莫迪?但是没准儿以后你会改变想法。"

他咧嘴笑着,几乎没注意到我也在冲他微笑。我不知道要说什么,不被人信任的感觉让我内心升起怒火,但又不禁暗自窃喜。我想我喜欢这种被人认定有故事的感觉。

当我们走到房子前面的时候,他停了一下。于是我先他几步上了台阶,但后来他又超过我给门开了锁。我看着钥匙在锁孔里拧动,弗兰克的呼吸扫起了我的几根头发。门厅里一如既往地堆满了各种能让人跌倒的家具,漆黑一片,还散发出木屑的味道。同样扑鼻而来的还有发霉的烟草味。我伸出双手摸索着向屋里走了几步,听到门闩闩上的声音。我大概走了十步左右,很讶异自己居然成功躲过了各种障碍。这时弗兰克的胳膊搂住了我的腰,我几乎惊叫出来。

"你走过了,"他说,"这才是前屋。"他把我推了进去,然后自己顺着走廊走了。

街灯的光从窗户透了进来,我终于能看清些东西了。一道道黄色的光落在光秃秃的地板上，我踩了上去，光便打在了我的鞋上。我又环视屋内的其他角落，同样没有地毯，而且大部分的家具都被抬走了。窗帘不见了，沙椅没了，那座装满鸟类标本的玻璃鸟笼也消失了影踪。我顿时产生了一种错觉，这一切于我简直太陌生了，苏姬的生活点滴已经被破坏殆尽。这让我大感不解，令我联想到这个小镇遭到炮轰之后的那个早晨。这里唯一剩下的是一个茶叶箱和两个铺着防尘布的扶手椅。两张椅子相对而置，其中一张上面放着一块儿旧地毯和一些军用毛毯。

"你就在这里睡觉？"当弗兰克走进来时我问。

"不要表现得大惊小怪，这是我的房子。要知道其余的家具全都变卖了，当然那些堆在阁楼里无法挪动的除外，倘若我那过世的老母亲知道我贱卖了这些家具，肯定会被活活气死。但是我有外债要还，那可是火烧眉毛的事儿，况且我在这里也待不长久了。"

他点着一根蜡烛，放在我俩中间的空地上。烛光映照着他的脸，增加了几分诡异，我吓得往后退了退。

"唔！"他说，挑了挑自己的眉毛，笑了起来，"我看起来像不像卡洛夫[1]演的鬼？哈，别担心，我不会撕裂你的喉咙。"他将那个茶叶箱拽到了自己身边。"这是我想让你看的东西。"

我一阵惶恐，预感这是些我不该看的东西。尽管我不知道这是不是我的潘多拉魔盒，但我暗下决心，绝对不会跟父母吐露半个字。我换了换脚，想到了刚才门闩闩上的撞击声。

"我不能再保留这些东西了，"他说，"你喜欢什么就拿去

1　鲍里斯·卡洛夫（1887—1969），英国演员，以出演恐怖片而闻名，代表作为《科学怪人》三部曲。

好了。"

我刚想回绝,弗兰克却一把打开了盖子。他拿出一件裘皮披肩,举在烛光前示意我看。披肩被放大的影子在壁炉架上方的墙上雀跃着。

"她去旅馆时只带了一个手提箱,"他说,"别的衣服全都在这儿。我想你比我更知道怎么物尽其用。她本来就喜欢把衣服送给你穿。你的身材穿上去恰到好处。"

他的视线在我身上扫了扫,掠过我的腰部。我不禁想用双手捂住那个位置,好像被他盯疼了一样。

"弗兰克,"我接着说,"苏姬是不是死了?"

只见他退缩了一下,手上紧紧攥着那件裘皮披肩,眼睛盯着蜡烛燃烧的火焰。"那个老巫婆闯进家里之后,我真不该去伦敦。"

"什么?"

"那个疯女人有天趁我不在家,也就是几个月前,竟然破门而入,把苏姬吓得丢了魂。"

"她是不是尖叫着跑了出去?我是说苏姬。她跑到了街上对不对?"

"没错。街坊四邻都在抱怨,说有个女人大吼大叫着跑到了街上。是苏姬告诉你的吗?总之,我去伦敦的那天晚上,那个疯女人又闯进来了,吓得苏姬魂飞魄散。她在你家吃完饭时还好好的,但回来后就说什么也不在家里待了。她本想留在你父母身边,但我们因为道格拉斯的事情大吵了一架,我实在反感他。最后,我只能把她带到车站旅馆开了一间房。那里的人欠我人情。我们商量好让苏姬在旅馆待到周末,等我忙完了我的业务,就让她搭火车去伦敦，周六下午就能和我碰面了。谁知那天她并没有露面。把旅馆找个底朝天也没见到她的踪影，她肯定是跑到你家里去了，不愿让我知道。"

但是苏姬并没有跑回家。她离开了旅馆，连装满衣服的手提箱都没拿走，就这样人间蒸发了。我蹲了下去，凝视着茶叶箱里面。全是些她没有带走的衣服：那条有着扇形肩膀、绿白相间的连衣裙；那件背部缀着珍珠纽扣的鸡尾套衫，这可是她根据好莱坞风格一针一线精心缝制而成的套衫。她所有撑门面的衣服全都放在这儿。这些全是她煞费心思做成的衣服，件件华美绝伦，令她爱不释手。

弗兰克起身去拿喝的了，我边翻边把那些翻过的衣服摆在扶手上。很快我就翻了一个遍，箱子底只剩下一层灰尘，但好像还有一片类似贝壳的东西，我把它捡了起来，就着烛光看去。

在我意识到这是什么的时候，我吓得差点把它扔了。这是一块儿碎裂的指甲，上边还涂着粉红色的指甲油。我可以看到指甲折断处的白色裂痕。我紧攥着拳头，极力克服想到指甲折断时产生的恐惧。我不知道这是不是苏姬的，但总感觉这是不祥之兆，肯定事出有因。我把它塞进口袋中的火柴盒里，这时弗兰克走了进来。

"你找到了什么？"他问道，突然紧皱眉头，像是闻到了腥味的野兽。

"没什么。"我答道，将火柴盒往口袋深处使劲塞了塞。我从椅子上拿起一条公主式样的蓝色裙子。"你能认出这件衣服吗？"

他说认不出来，我告诉他这是苏姬跳舞时最爱穿的裙子，也是她见到他那晚的装束，弗兰克表现得一头雾水。

"我记不清了,"他说,伸手摸了摸这条裙子,"告诉我些别的吧,像是她会在什么场合搭配什么衣服。"

我从一摞衣服里拽出一件灰色条纹的衬衫,放在膝盖上铺开,想抚平褶皱。我不记得苏姬穿过这件,尽管它材质柔软,剪裁精细,但对于苏姬来说未免太大了。我回头看了一眼手提箱,笨拙无比,估计只有坐飞机才用得着。那摞衣服上放着一根橡胶绳,有一条浅黄褐色的裤子被缠在里面。但这也不是苏姬的。我确信我在做梦。这个房间布局怪异,我的家具被乱摆一气:衣柜、五斗柜、梳妆台,都被放在不该出现的位置。屋里很多物件都用报纸包着,我不知道里边究竟藏着什么。我穿上衬衫,不知自己什么时候才能醒,这时一个女人走了进来。她肯定是我的母亲,尽管相貌上略有出入。

"早上好,"我说。但是这几个字的发音太难了,我的舌头根本打不过弯来。

"呃,好吧,现在是晚上。你一直发出响动,难道又喝了一瓶杜松子酒还是什么?我以为你已经上床休息了。"

"我累坏了。"我答道。

"今天够折腾的。"她将了捋我额头上的头发,然后帮着我钻到被窝里,里边非常暖和,好像有人曾在里边睡过似的。

她肯定不是我的母亲。或许她是报纸上登载的那些不见的女人中的一个。也许我俩都是。"你不在原来经常光顾的那家水产店买东西了吧?"我吐字不清:这容易让人恼怒。但我的发音与我乱麻一般的头脑倒很是契合。

"不在了。"她答道。

我怀疑她只是敷衍我。我把一只手朝她伸过去，胳膊肘却不慎撞倒了一个玻璃杯。那个女人在杯子掉下之前抓住了它，但是杯里的液体却从杯沿溢了出来。里边是某种被保存下来的尸体。我们上学的时候常把兔子的尸体泡在甲醛溶液里，然后再把肠子挖出来示众。我可以闻到凝滞的化学制剂味儿，那种腐烂的气息。"太恶心了，拿这个过来做什么？"我说。

"你的牙齿？"她反问道。

一个我不认识的小女孩把头探进了门口。"怎么回事儿？午夜盛宴？我要不要弄点儿热巧克力？"

"你也不见了吗？"我说。

她的眼珠瞟向那个女人；她看起来尴尬不已，无所适从。

"好，给我们弄点儿热巧克力来，凯蒂。"那个女人说道，接着她又降低音调和我嘟哝了一番。她告诉我说她是我的女儿，这里是她的家，我搬来和她一起住了。她还说现在天色不早了，是时候睡觉了。她又说我在这里绝对安全，没有人会不见。

"不是真的，"我说，"你说的不是真的。"我拍了拍身体两侧，但隔着羽绒被，我怎么也摸不到自己的口袋。我拧着棉被，在枕头下摸索着，然后伸手去够那些被扔掉的衣服。我的双脚热得流出了汗来。"你说的不是真的。"我说，手在那摞衣服里搅来搅去。那个女人掀开了被子，我终于够到了睡衣口袋里的便条。其实我也不知道自己究竟想找什么，但还是不住地翻着那些纸张，这里，这里是伊丽莎白的名字。是伊丽莎白不见了。想到这里我终于恍然大悟，长舒了一口气。

那个女孩儿端着杯子走了回来，我抿了一小口，感到甜得发腻，就像是融化的口红。"伊丽莎白怎么了？"她问道，咧嘴笑着。

"别添乱了，凯蒂。不要让她再打开话匣子。"那女人回应着，"今天我已经饱尝伊丽莎白的苦头。你有时真会火上浇油。"

那个小女孩儿继续露齿笑着，我发现她的脸像狐狸一样小，这让我紧张起来。

"在睡觉之前你最好去下厕所。"那女人说道。她拿开了我的杯子，把羽绒被翻向一边。我脚上出汗的地方一遇空气就感觉格外冰冷。

"厕所在哪里？"我问。

她指了指，我沿着她手指的方向走了过去，只见走廊里挂着一面镜子。我穿的是帕特里克的衬衫。我得换掉它，但是我又想不起自己的房间在哪里；这里的一切都走了样。我感到肚子里一阵翻江倒海，朝一扇门迈了一步。上边贴着一个标记，**厕所这边走**，好像洞穿了我的心思似的。我真不知道自己应该感恩还是恐惧。穿过这扇门，另外一个标记用胶带粘在墙上。上面画着一个指向右侧的箭头。最后这扇门的上方写着厕所二字，我终于找到了。在我拽下睡衣的时候，一些纸条从口袋里飞了出来。我伸手捡起它们，但睡衣在膝盖上方隆起了一块，让我没法将纸条放回口袋。我索性将它们放在了旁边的暖气片上。纸条上面写着伊丽莎白的名字。

"伊丽莎白，"我边冲水边自语，"伊丽莎白不见了。"不知为何，说出这句话让我备感亲切，但我不免又担心记忆的失而复得会让我坠入另一个深渊。我必须得想办法找到她，我要制订计划：

我得写下来，并且标出重点。

我找了半天，只在门厅的桌子上找到一份《回声报》，我不知道在上边记笔记行不行得通。在我读新闻标题时，报纸的头版脱落了下来，但我还是把它带到了客厅。我坐到舒适的沙发上，在膝盖上打开了这沓报纸。坐垫旁边有一个又窄又硬的方块儿，表面很光滑，还有许多标着数字符号的按钮。我用报纸将它裹住，又转身去找苹果，但一个也没找到，于是我干脆包起一支钢笔，然后又包起一串钥匙。

"啊，妈妈，"海伦站在我旁边说道，"怪不得我怎么也找不到遥控器。"她把那个方块儿从报纸里剥了出来，报纸掉了一地。

我捡起报纸，用它包住了自己的一只手。"苹果在哪儿，海伦？"我问，"我们最好现在就动手，得把苹果好好储存起来，不然放不到春天就都坏掉了。"

我以前喜欢包苹果，大人常交给小孩做的差事之一就是包苹果，我现在仍旧可以记起报纸呛人的油墨味夹杂着扑鼻的水果香。有一年，妈妈、我和道格拉斯三人一块儿站在厨房里包苹果，报纸放在中间的桌子上，苹果堆放在屋子一角的浴盆里，箱子则放在另外一角。厨房外微风和煦，清风透过树篱习习吹来，屋内炉灶的火焰在晚饭后渐渐冷却。厨房里的灯光在桌上一闪一闪，像是人在眨着眼睛，又像是一只飞蛾不安分地舞在电灯泡里。

妈妈动作最快，道格拉斯最慢。他总是边包苹果边读这些旧报纸，即便他已经读过报纸的内容，但仍控制不了要读。当时报纸上最热的新闻就是一个月前有个女人在格罗夫纳酒店遇害了。

新闻炒作得沸沸扬扬，但道格拉斯却绝口不提。还有两则要闻分别是年仅十一岁的伊拉克国王光临英国以及克莱门特·艾德礼要在我们居住的城镇举办一次演讲。当我问他是否认为这两者有所关联时，他也只是一笑置之。

"看，路对面的新房子已经完工了。"他说，用手将报纸举了起来，灯光在上面飞来舞去。

"几个月前就完工了，"妈妈答道，"那都是二月份的事情了，在那张报纸上，我猜现在已经有人入住了。"

"没错，有人入住了，弗兰克从基督城那里接来了一家住户。"我说，"是三月份的事。"

"是真的吗，亲爱的？"妈妈问道，她的声音如同从远处传来一般空旷，语气也甚是平静，但她的眼睛却睁得大大的。

我转了转眼珠。"弗兰克说过，早在房子完工之前，那些人就让他张罗搬家的事儿了。他开始察看那块儿地皮、花园以及所有的东西。弗兰克说过那家人很是友好。"

道格拉斯看了看我，之后又把目光挪开。"完工之前？"他问我，终于用报纸包完了一个苹果。"你是指在那家人的房子完工之前，还是在那一整条街的房子完工之前？"

"这我就不清楚了，反正弗兰克乐意帮助那些人修葺花园，完全出于助人为乐的心态。"

"他是怎么帮忙修葺的？"

"呃，他替他们运来多余的土，然后会在地上挖些大坑，好栽种植物，蔬菜之类的。"

"真没听说过弗兰克还是个园艺家，他帮忙种过什么蔬菜？"

爸爸从楼梯上走了下来，只听木板发出咯吱咯吱的响声。爸爸弄出声响的方式与众不同，至少有别于妈妈和道格拉斯，跟我也截然不同。那些木板似乎是在爸爸的脚下哀号一般。爸爸走进厨房，拎起一箱苹果准备上阁楼。

"你们在谈什么呢？"他问。

"街对面的那些新房子，"妈妈答道，"建得真是不错。"

爸爸嘟囔了一声就向楼梯走去了。

"那些房子都有大花园，不是吗？"妈妈说，"家里若有个大花园真是不错。莫德，或许你结婚后可以搬到那边的新房子去呢。"

有一两秒钟，这话听起来似乎非常下流。我感觉自己的脸和手变得滚烫无比。苹果的味道浓得令人难以忍受。我手中的油墨全沾在了苹果上，于是卷起自己穿的套衫一阵擦拭，心想我在某种程度上玷污了这些水果，来年再吃就会感觉全无。

道格拉斯还在看报纸上的广告，我盯着他，一直到自己装满了一箱。之后我终于按捺不住拽过了报纸。"你盯着广告看个什么劲儿？"我问。

他从我手中夺走报纸。"别的内容我早看完了。"

妈妈告诉我专心包自己的苹果，不要管道格拉斯。"我包好的苹果都是你的两倍了。"她说。

道格拉斯笑了笑，把其余的报纸放在桌上，说要拿个箱子上楼给爸爸送去。我从那沓报纸中抽出一张，用它包起一个苹果。我把报纸的折痕在苹果上按平，扫视着那些依旧可见的文字："根据邮政大臣的阐述，六年来从未间断的战事所带来的后遗症如今犹存，给邮政行业带来了不可估量的损失。安装电话的申请已达三十万之多。"这让我不免想到温纳斯太太，她独家享有电话特权的日子已经一去不复返了，心里大概正在愤愤不平吧？正当我打算对妈妈说点什么的时候，我看到苹果梗处突起了一条新闻标题：**女人们：请联系你们的丈夫。**

格罗夫纳酒店谋杀案引发了连环效应。通讯记者认为自从人们发现第二具尸体横陈于海岸起，全城都陷入了人心惶惶的气氛中。现在，本地居民很是担心会不会有更多的女性死在心狠手辣的谋杀犯手里。作者认为，由于战事而离开丈夫的妻子大有人在，而警察局正在被这些失去妻子的男人们围得水泄不通。在战争期间匆匆结合的婚姻常常导致匆匆散场。文章中建议这些妻子们务必联系自己心急如焚的丈夫，让他们知道自己安然无恙。因为鉴于最近的一系列谋杀案，她们是否被警察局登记为失踪人口这点非常重要。

我又把文章读了一遍。苏姬也会读到这则新闻吗？我感到一丝渺茫的希望：也许苏姬只是在躲着弗兰克。于是我带着愿景把这摞报纸过了一遍。里边好几篇文章都说有很多男人和女人不辞而别。报纸编辑还曾收到读者的一封信，里边写到他的妻子在城镇的另外一个角落隐姓埋名地生活着。他们之所以能够遇见，是因为他的妻子仍旧在同一家水产店购物。

我想这样就说得通了。苏姬也许只是想避开我们，同时远离弗兰克。但第一个记者所渲染的恐怖色彩难免会让我感到心绪不宁。倘若在金雀花丛中躺倒的尸体是苏姬怎么办？万一那个谋杀犯攻击了三名女性，而不是报道里所说的两个，又该怎么办？

猫

如果我连着左拐两次，就能走到厨房，我已经把这个记在了纸上。空气中洋溢的肥皂味不禁让我回忆起去往苏姬家的那段路。这时，只见一个女人将床单和毛巾打捆后抛到了洗衣篮里。

"这是你的信，"说着，她直了直身子，对着桌上的信封点头示意，"汤姆寄来的，里边还附了张他们家宠物猫的照片，或许有他的用意。我想他希望我们振奋一些。你早餐想吃点儿什么？"

"我不能吃东西，"我答道，拿起了照片，"那个女人警告过我。"

"什么女人？"

"那个女人，"我说。天啊，一遍遍解释自己说的话让我不胜其烦。"那个在这儿工作的女人，"这么表述可以吗？"她在这儿工作。"

"你在说些什么？"

"你认识那个女人……对，你认识她。她就在这里工作，总是忙忙碌碌，总是怒气冲冲，总是行色匆匆。"

"我想你在说我，妈妈。"

"不是，"我回答道，"不是。"但或许我指的真是她。"你叫什么名字？"

她朝着那摞要洗的衣物扮了下鬼脸。"我是海伦。"她说。

"哦，海伦，"我回应道，"我一直想找机会和你说，你雇的那个女孩儿总是偷懒，什么活儿也不干，我看得一清二楚。"

"你说的是谁？什么女孩儿？"

"那个女孩儿，"我接着说，"她总是把碗盘放在池子旁边，衣服在她的卧室地板上密密麻麻地堆了一层。"

海伦咧嘴笑了笑，咬了下嘴唇。"多么贴切的描述。妈妈，你说的是凯蒂。"

"我对她叫什么没兴趣，"我说，"我只是想告诉你她的品行。你该让她扫地出门的。如果你非得请个帮手，我建议你还是换个人吧。我在你这么大的时候都是自食其力，而你们年轻的这一代总是懒懒散散。"

"妈妈，那是凯蒂，"海伦重复了一遍，"她是你的外孙女。"

"不，怎么可能，"我说，"这不可能。"

"没错，妈妈。我的女儿，也就是你的外孙女。"

她把洗衣篮放在了桌子上，晃出一个大物件儿。一些袜子掉进了洗衣篮里。我感到自己内心升起一股恐惧，但又难以名状，只是盯着照片里那只黑白相间的猫，它的眼睛半睁半合，倚卧在一地的金莲花上，还用身体不住蹭着。我多么希望自己可以躺在一床鲜花上，但海伦肯定会数落我一番，她对她栽培的植物向来爱护有加。

我在厨房里踱着步,把抽屉开开关关。其中一个抽屉里面堆满了橘黄色的小球,像是某种珍稀鸟类产下的蛋,只不过这些蛋摸起来并不那么光滑,手感像是被揉皱的报纸。我忍不住把一只"蛋"压平,发现它竟然是用塑料做的,一端还有一个提手。我死活想不出什么鸟会产下这种蛋,我问了问海伦,却见她哭笑不得。

"哎,天啊,我得给它们想想办法。我真是不明白为什么每次都忘记拿上我的环保购物袋。"她盯着我看了片刻,然后笑了笑。"肯定是被传染了。"

这时前门开了。海伦拿着那只压平的"蛋",把它推回了抽屉里。她说了些我无法会意的话,指的大概是地板上的那些衣服。我看着洗衣篮里的袜子。

"好啊,外婆,"凯蒂说道,她站在我面前,张开双臂,"是我。"

"你好啊。"我答道。

"那么你知道我是谁咯?"

"当然,我还能忘记你?凯蒂,别犯傻了。"

凯蒂笑出了声,转过头看着她妈妈。"她神志清醒了!"

"这小家伙在乱说什么?"我问道,越过凯蒂看向海伦,"你女儿快要疯了。"

"哎,外婆,"凯蒂边说边用胳膊搂住了我的肩膀,"咱俩之中有一个的确疯了。"

她把胳膊抽了回去,转身走开了。我跟着她到了走廊,但是突然发现自己迷失了:这里的一切都那么陌生,我感觉自己像是穿过了童话故事中的一面魔镜——那镜子的名字叫什么来着?我

237

翻看着自己的便条,发现有一张上面写着去厨房的方向。我跟着指示走,或许还能找点贴着"吃我"标签的吃的喝的。但途中却碰到了海伦。

"海伦,我在哪里?"我问,"这不是我的房子,对吧?"隐隐的,我总感觉不对劲。这是别人家的房子。但我似乎来过这里,或许这就是我的房子——现在我也没法想象其他房子的模样。我的脑海里根本浮现不出任何房间的画面,更别提和这间屋子做个理性对比了。

"这是我的房子,"海伦说道,放下托盘,抽出一把椅子让我坐下,"我们喝杯茶,好吧?我给你做了些吐司。"

我端起杯子,海伦静静地看着我喝茶。

"我出去的时候该买些蛋糕回来。"她说,神情中透露着一丝狡黠。尽管她尽力用微笑掩饰那种神色,但我依然可以感受出来。"你喜欢吃什么蛋糕?"

我回答说咖啡蛋糕。其实我讨厌咖啡蛋糕,所以她可别想糊弄我吃下去。这时托盘被拿走了,她应该是放到某个地方或者递给某个人了,具体怎么样我就不得而知了。没准儿她会端给海陆空学院里的美国佬?给他们盛上香肠和豆子作为早餐。我想知道她会不会给我也弄来点。

她的防雨罩,那个带翅膀的防雨罩放在桌子上,这么说我不是家里唯一健忘的人。我把手钻进手柄上的一个圈里,将胳膊抬了起来,边喝茶边看着防雨罩左右摇晃。桌上还放着一份报纸,我把它叠成很小的长方块儿,让折痕尽可能地锋利。

这时有个女孩儿从门口经过,在门厅的架子上拿了什么。她要偷东西去救济那个疯女人。我在座位上将一切尽收眼底。她披上外套，塞满了自己的口袋。我起身拿好自己的手袋。这时大门已经关上了，但我迅速打开大门，一路跟着这个"女贼"到了街上。在交叉口，她停了下来，我也停下假装去看旁边那些正在枯萎的向日葵。它们沿着花园围墙生长，种子掉落了一地。我捡起一些放进口袋，看到那个女孩儿再次迈步时，我又开始穷追不舍。等我走到主路的时候，那个"女贼"的步速已趋近小跑。她跳上等候在路边的公交车，车很快开走了。就这样我跟丢了她，她没了踪影，而且再也不会回来，永远也不会了。我转身往家走，看到路中央尽是些垃圾，香蕉皮和旧报纸铺了一路。这些旧报纸可能会派上什么用场，我可以物尽其用，比方说阅读之类的。于是我弯下腰从柏油路面上捡起了一些，试着阅读上边的文字，但报纸上的油墨已经洇开，味道也怪怪的。我又把它扔到了脚边。

一个迷你酒瓶倒在路缘石上，像是勾起了我什么往事。"请喝下我。"瓶子说。我记不清其他内容了。不管怎样，这个瓶子上写着"麦卡伦威士忌"，而我觉得出现在我往事里的并不是威士忌，而是弗兰克经常喝的一种酒。有一次我碰见他时，他就随身带着一瓶，那可不是迷你瓶子。

他的车停在路的尽头，我在车里向他讲着关于苏姬的种种，而他边听边喝着这种酒。他说他多么希望能像我一样对苏姬的故事如数家珍，多么渴望把苏姬的一颦一笑定格在脑海里，多么愿意把苏姬这个人永留心田。我们在朦胧的夜色中坐得很近，街灯照在我俩之间，将弗兰克呼出的烟雾映得格外闪亮。车里虽然闷，但我一点也不介意。因为在车里的感觉惬意极了，你大可以自在地坐着，不用为任何事分心，不用准备蔬菜，不用给花园刨土，也不用忙着熨衣服。

在弗兰克的车里，我唯一要做的就是大谈特谈那些他记不清楚的细节：像是苏姬用的什么香水、她最钟爱的花朵、她喜欢的杂志专栏，当然还有她初次遇见弗兰克时的心情点滴。弗兰克最喜欢听这段故事：苏姬同他约会回家后高兴得手舞足蹈，边脱下蓝色的裙子边哼着小调往脸上擦晚霜。在黑暗中，她躺在我隔壁的小床上，喜不自胜地谈论她遇到了真命天子，还说那个相貌堂堂的美男子一直冲她眨眼微笑。她那时候就认定了他，要与他共同踏入婚姻殿堂。

我娓娓道来，打量着我俩之间的距离，我俩大腿间的那道缝隙。而后他向车外望了望，哽咽了起来，但脸上并未淌下眼泪，只是身体前倾，双眼紧闭。我从后面摸了一下他的头发，发现这个部位没有抹上发胶。他用手指攥住我的手腕，并将它举到了自己的嘴边。我发现自己屏住了呼吸。

"莫德，今天晚上，"他说道，"我看你向我的车款款走来的时候，一刹那间我仿佛感觉你就是苏姬。你无法理解这对我来说意味着什么。"

他握了我的手腕好一会儿才放下来，之后开始独自小酌，酒瓶就放在地上，在他的脚踝旁边。我的外衣袖子上——是苏姬那件蓝色西装外套——隆起了一道皱痕，我伸出一只手抚着，想让衣服平整些。突然之间，弗兰克向我倚了过来，脸贴到了我的脖子。我身体僵直，与其说我反感他的无礼，不如说我对接下来可能发生的事手足无措。

"弗兰克。"我轻声说道。

他坐了回去,我莽撞地从车里爬出来,动作笨拙无比,当我发现弗兰克也钻出了汽车时,我加快了速度。但他只是靠在路灯旁,安静地看着我形单影只地朝家里走去。这让我想起他和苏姬热恋时,他俩在昏暗的街灯下拥在一起。两人裹着他那件宽大的花呢外套卿卿我我。这幅画面我还没告诉弗兰克。

"你的约会对象真是奇怪。"道格拉斯在我从后门进屋时说道。头上的灯光耀眼地打在他的脸上,让他看起来像病了似的。

"你在说什么?"我问道,费了一番力气才把外衣脱下来。

"我看见你在车里,"他说,"和弗兰克。"

道格拉斯紧握的双手旁有一张被折叠得格外小巧的报纸。我一边目不转睛地盯着报纸,一边思考着要怎么回复他。格罗夫纳酒店谋杀案已经水落石出了,尽管审判要等到数月以后,但毋庸置疑,那个谋杀犯势必会被处以绞刑。"当然了,你总是暗中观察别人,不是吗,道格?"我毫不示弱,"你才是那个奇怪的人。"

他也低头看向报纸。但我发现自己刚才的话对他造成了伤害。他用力地眨着眼睛,脸颊悄然泛红。我心中突然升起对他的怒火,把报纸摔到了地板上。道格没有反应,依然盯着桌子上刚才放报纸的地方,然后才把报纸捡了起来,狠狠攥住。

"这可不是你第一次和他单独在一起了,"他说,"而且你还穿着苏姬的衣服。你知道你在做什么吗,莫德?"

我耸了耸肩,手中还拿着外衣。自从弗兰克把苏姬的衣服都给了我之后,我就一眼也没看过苏姬以前送给我的天鹅绒短上衣。

穿上得体的新衣，打扮得大大方方，尽管这意味着偷偷摸摸溜出去，把父母蒙在鼓里，但感觉依然很棒。我没有负罪感，我也不会由于道格的一番数落而羞愧难当。"她是我姐姐。"我说，但他显然没听。他的目光根本没有和我交会，只是眯起眼睛在我全身上下打量着。

"这些都是她的衣服，"他说，站在那里，之后向我迈了一步。"把它们脱下来，放在这儿。"

他伸手去夺苏姬的外衣，恶狠狠地看着我。我不禁向后退缩着，衣领快被扯烂了，我只好松手。"道格，"我说，"你真是多管闲事。"

我来到水池旁，道格一把摁住水池，把我堵住。

"扮成苏姬很好玩是不是？你还玩得这么乐此不疲。穿着她的衣服，和她的丈夫纠缠不休。他给了你什么？把你领到他们的房间？把你带到他家的床上？"

"不要小人之心，"我说，感到面颊滚烫，"我们只是聊了聊苏姬，仅此而已。"我把脸转开，努力和他保持着距离。但他用拳头紧紧捏着我的下巴，像揉报纸一样揉着我，还向我靠了过来。

"你甚至还涂了她的口红，"他说，此刻他的脸离我只有一英寸远，"洗了它。"

他的手粗鲁地蹭着我的嘴唇，揉着我的皮肤，我的嘴唇因此顶在了牙齿上。我能感觉到自己的妆容已经花了，拼命想将头拧过去，但他紧紧地抓着我的下巴。

"别动，"他说，他灼热的呼吸扑在我脸上，"停止假扮苏姬的游戏，你永远代替不了她。"

"好吧，你犯不着对我龇牙咧嘴。"我说。

"我没有，"司机开口说道，"但你必须出示你的公交卡。"

我在公交车上，但司机拒绝开车，而且车门在我的身后还没有关上。我的手腕上挂着一把伞，它的重量拉扯着我，而且晃来晃去，让我根本没法集中精神，怎么也找不到自己的公交卡。我知道卡片一定放在手袋里，因为我从没拿出来过，但此刻死活也看不见。手袋里放着打理头发的东西，这玩意儿能让头发变得更整齐，还放着一包薄荷糖、一只毛发黑白相间的猫的照片，另外还有一个塑料钱夹。我把这些通通推到一边，把一只手伸进口袋，发现里边有一大堆小颗粒，但我却想不起它们是什么。它们让我联想起鲜花和花园之类的东西。或许是跟《圣经》有关的什么东西。出自《圣经》的一句话？

"假如睡在土床里。"我说道。是这么说的没错。我在学生时代学过。我真想回忆起它的出处[1]。

"什么？"司机一脸疑惑，透过玻璃隔板望着我，"快点吧，亲爱的，大家伙都在等你一个人。"

我转过头看了看其他乘客，他们坐在座位上盯着我，口中发出叹气声，与海伦如出一辙。我感到一阵羞愧。这些人各有各忙，巴不得车能马上启动，但我此刻却不知该怎么做。

"干脆让她上来吧！"某个人喊道，"老年人就通融一下好了。"

司机发出无奈的叹息，示意我走到座位上坐稳。在车启动前的刹那，我从窗口瞥见了一个站在人行道上的男人，他正撕下一

---

1 该诗句出自前文所提及的《莫德》。

包东西上的塑料，里边是些像小棍一样的东西，但不是口哨。这种东西是可以点燃的。他折断了塑料，然后用牙咬了起来。那个硬盒、包装里的东西以及一些烟草就全沾到他的牙齿上了。他看起来笑逐颜开，边咬边看着我。他敏捷的动作让我心生恐惧。这让我想起当年和父亲下山途中偶遇的一个怪人，他边走边扔他的帽子，当时爸爸还告诉我不要盯着他。现在我多希望有人能够陪在我身边，谁都可以。还好公交车终于驶离了车站，这让我暗暗舒了一口气。

我们途经了公园以及伊丽莎白的房子，路过了金合欢树。我又望见了它那一树奶白色的花。还是在学校里学的，我不确定是不是《圣经》里的。总之我的大脑已经停转了。公交车每逢到站势必会颠簸几下，这让我的老骨头很是吃不消，像是要散架了似的。我旁边的座位上放着一张报纸，我抓住边角将它晃了晃，突然灵光一闪，意识到自己可以在报纸上面刊登广告，我只需要走几步路去报社问问就行。我不禁笑了笑，将经过的街道名和商店名大声念了出来。窗外有下雨的迹象，我看到细小的雨珠打在车窗上，像极了镜子上的牙膏渍。有一对老夫妇在"超市站"下了车，不禁让我触景伤怀，想到了帕特里克。他在世的时候，凡是搭乘公交车，他一定会牵着我的手上下，然后我们又会自然而然地松开，并排坐着或并排行走。在拥挤的人群中，帕特里克也会向身后伸出手臂让我挽着，这些温馨时刻让我念念不忘。

当我看到报社大楼时为时已晚，等我起身按动"下车铃"的时候，已经过了两站。无奈之下，我只有沿路返回。《回声报》办公室的装潢与我小时候相比变化不大，但依然富丽堂皇毫不落伍，总让我想起电影中的场景。它很别致，是如今拔地而起的那些现代建筑所不能企及的。

屋里的问询桌后边有一个女人，她的面颊圆滚滚的，如同婴儿一般。在她微笑的时候，脸上的肉还会稍稍隆起。

"您需要什么帮助呢？"她开口问道，但我觉得她这句客套话不甚完整，句尾处还应该添上个"亲爱的"或"甜心"之类的词语，但她的声音却戛然而止了。

我们对视了一会儿，我琢磨着自己该说些什么，但"亲爱的"那个词一直在我脑海里上蹿下跳。我摸了摸手袋，掏出了一张卧在金莲花丛上栖息的小猫照片，我很纳闷这张照片怎么会在这儿凭空出现。

"是想报名参加大赛吗？"那女人微微弯下腰，这样的角度让我瞧不见她的双臂，只听到她翻弄桌下文件的声音，"这个月比赛的胜出者我们都已逐个通知到了。我很遗憾，但一次失败不算什么，您下个月可以重新报名参赛。"

"失败，"我重复道，把照片扔到了桌子上，"我找过伊丽莎白，但都失败了。"

她停顿了片刻，之后直起身子看了看小猫的照片。"哦，您是想刊登广告对吧？"

我一阵心潮澎湃。"是的，没错，我想登个广告。"

"我给您张表格，真糟糕，您要找的是猫对吧？"

我点了点头，感到对话中似乎什么地方不对劲儿，但还是点头同意。我自己很喜欢猫，也隐隐感到这女人语气中透露出对这种动物的不屑。

"记得我阿姨丢了她的伴侣猫奥斯卡的时候，几乎要崩溃了。过了好几周，人们才在远处的海滨小屋发现它。你问过你的邻居们了吗？这只猫说不定就窝在她们某一家的草棚中呢。"

我看了看这个女人，心想在草棚中找伊丽莎白有点说不通，但也不妨一试。或许只有我偏执地认为这主意不可行。我拿起笔，在一张纸片上写下了"海滨小屋"四个字。那女人接着递给我一张满是框框的表格，看来我得把空白处填满。我盯着表格，时间想必过去了一阵子，因为那个女人从桌上探身过来，她的脑袋与我的几乎贴在了一起。

"能写多少就写多少吧，不会的地方让我来帮你。"

"好的。"我说道，将笔拿起来对准表格，仿佛这支笔是一根能够为我效力的魔杖一般。

"我们这儿的国民都是爱猫使者，没错吧？这让我备感自豪，真的。土耳其的情形就和我们大相径庭了。我的哥哥就在那儿生活，他说你根本想象不出那里有多少只瘦骨嶙峋的猫咪流浪在街头自生自灭。"

我看了她一眼，之后将目光转回到纸上。不知怎的，我在表格里填上了"土耳其"，之后觉得别扭又画掉了。

"在这儿，"她说，"让我来。"她把表格转向她，身体倚在桌子上。

她问我最后一次见到伊丽莎白的时间和地点，这一下就问蒙了我。我翻着自己的便条，看到了我的名字、住址以及联系方式。我想这些也许很重要，就一股脑都告诉了她。那个女人继续问我伊丽莎白的毛色，我一时错愕不已，但思考之后我想它应该是一只黑色的印度猫。她继续问伊丽莎白有没有佩戴颈圈,这问题简直莫名其妙。我看着自己的便条,却找不到对应的答案。但我发现了自己的名字、住址以及联系方式,便通通都给了她。

"这些是你的个人信息,"她接过便条说道,"谢谢,我会妥善处理的。你看,我已经填好了。对了,伊丽莎白注册过身份芯片吗?"

这个名词听得我一头雾水。我耸了耸肩。

"那我们先省略掉这部分好了。别担心,呃,这个表格的细节目前还不是那么详尽,尤其是在她没有佩戴颈圈的前提下,我们就贸然填上了她的名字,这有点不合常情。我是说,她自己根本不知道自己是谁,没错吧?"

"嗯。"我回答道,笑了起来,但实际上我根本理解不了她的玩笑。

"好了,我们过一遍具体信息。"

我看向这张纸,上边全是奇怪的框框线线,我甚至搞不清楚我应该看哪一部分,只见标题写道:"寻猫"。

"标题搞错了,"我说,"不应该写猫这个字。"我用手在字上指了指,像是要把这个字连根拔起。

她等我把手挪开后才开始读:"'猫'?但我还是建议……我没有别的意思,你看,我们只有在非说不可的时候才提到这个字眼。"

"是吗?都一样的,我就是觉得'猫'这个字用得不对。"

她画掉了这个字。"随你吧。"她说。

"你得添上她的姓氏才行。马卡姆。伊丽莎白·马卡姆。"

女人做了个鬼脸,她的胖脸蛋嘟了起来,但还是按我的意见把姓氏记了下来。"你把它看成家庭一分子了对吧？等一下。"她突然停了下来，用双手捂住纸张，"你确定我们找的是猫，对吗？"

"猫。"我感到她指代不明，"但好像这个字不对。猫。不，我觉得别扭。"

"哎，很抱歉，亲爱的。伊丽莎白·马卡姆，这是个人名，没错吧？你肯定觉得我今天失态了。好吧，让我们重新开始。"

她抽出一张新的表格，在上边匆匆写了什么。之后我把电话号码告诉了她。

"让我言简意赅地交代一下，"她说，"我想这大概是你的一个老朋友，对吧？现在，登这则广告理论上得花费七镑二十二便士，但是如果我们把寻人信息登到附有电话号码的大格子里，仅需四镑十四新便士，不要问我为什么，我是严格按照电脑程序的价格机制走的流程。明白了吧？"我似懂非懂，她念的这串数字让我头昏脑涨。我把钱包准备好，但竟不知道她问我要什么，也不知道自己有什么。

"您让我看下钱包没关系吧？"她把我的钱包拿了过去，边数着硬币边往办公桌上放，"好了，正好四镑十四便士，没问题吧？你的启事这周就会登报的。"

不知怎么，现在我已经走出报社大楼来到人行道上了。这时候雨点倾斜地落在路面上，雨滴像针尖一样刺着我的脸。一辆卡车呼啸而过，发动机的声音让我浑身战栗。我朝卡车开走的方向望去，竟不记得自己身在何处。周边所有的建筑物都好似一块块儿巨幅玻璃，投射出我背后那雨雾蒙蒙的交通画面，所有的汽车都在走走停停。我手腕上还挂着什么东西，摇摇晃晃，笨重不堪。

这让我根本无法集中精力思考。我使劲儿晃着想把它甩开，但它如同狗皮膏药一般死死粘着我。

我穿过街道，步履蹒跚地走到路边。一辆车绕过我，鸣笛尖叫。我紧紧拽着毛衣，发现它已经湿透了，我的裤子也湿漉漉的。我上下摸了摸自己，用手使动拧着衣服，我已经淋成落汤鸡了，水珠从我头发上一滴滴滚了下来。走路的时候，我听见脚趾发出咯吱咯吱的声响。这场雨仿佛把汽油味全都浸到了空气里，我站在那儿瑟瑟发抖，望着潮湿的路面，只见那些油渍在地上泛出彩虹的光芒。当时就是在路边，那个疯女人连吼带打地追我。这突如其来的回忆让我提前耸起了肩。我开始将身上的湿衣服脱去，拽下袖子盖住双手，一把雨伞从我的手腕滑落下来，滚到了路上。一辆车嗖嗖开过，将它撞到了路中央。我吓呆了，不敢把伞捡回来，但看着横陈在路面的雨伞，我回忆起了那疯女人的怒吼以及她的伞在我肩上的重重一击。

那时候我以为我听不清她的嘶吼，但现在她所说的一字一句都清晰可辨。"看见你了，"她说，"你在车里和弗兰克一起。你在假扮苏姬，还抹着她的口红。"我用手擦了擦嘴唇，感到袖子湿湿的，脸也被雨淋透了。"你永远代替不了她，永远也不能。"之后我跑到厨房，妈妈走出去找疯女人理论，告诉她我年纪太小，不能被公交车撞倒。然后苏姬说："谢谢，毛普斯。"并且亲了我头一下。

不，我的回忆错乱了，但我又思量不出到底错在哪里。我看到脚下有一条绿色的方格丝带，心想这一定是苏姬的。丝带已经烂了，肮脏不堪，满是污渍。但我还是边走边把它缠在手指上。

我的口袋里满满的,像是放了某种植物的种子,这肯定是我带来的零嘴。我把一颗"种子"放进嘴里,觉得味道怪怪的,于是又把它吐了出去。

走到路的尽头,我看到一群人挤在一个玻璃棚子下面,这玻璃棚子一直延展到街道上方。这些人拿着购物袋,抬头看着天空。雨水打在棚子上的啪啪声与棚子下面人们的闲谈声掺杂到了一起。我好像听见有人在喊"外婆",于是便走到棚子边上,这时声音又传了过来。

"外婆!外婆!"

凯蒂拽着我的羊毛衫,她眼睛大大的。"你长着双大眼睛。"我说道。但是走这条路明显不对,她应该提醒我的。

"你湿透了,"她说,"你在这里干什么呢?"

"哦,凯蒂,"我说,抓着她纤细的手,心里踏实了下来,"我不知道我在哪儿。看到你也在这儿真是太好了,我迷路了。凯蒂,我不知道家在哪儿。我记不起来,真是糟糕透了。"

其他几个十几岁的孩子正坐在椅背上边,他们的脚踩在座位上。其中一个女孩儿的头发上还有一缕闪闪发亮的条纹。

"我得把她送回家去,"凯蒂对他们说道,"跟我走吧,外婆。"

凯蒂把她的夹克脱下来披在了我的肩上,还擦了擦我的胳膊。这时我觉得身体颤颤巍巍的。我筋疲力尽,只想找个地方坐下来。

"我们去喝点儿东西吧?"她指着一间咖啡馆说道。

那是一家灯光昏暗的咖啡馆,靠窗的位置坐了一些发型时髦的女人,一个穿着羊皮鞋的男人倚在皮沙发上。凯蒂为我打开店门,等我进去,她的头侧向一边。

"你不进来吗?"她见我站着愣神,忍不住问道。

我透过窗户往里望了望,手还在手袋里摸来摸去,像是要找什么东西。我把口袋里的"种子"掏出来,将它们小心翼翼地"摆"到门廊处的一张桌子上。这里的桌子湿漉漉的,想必没人会坐。之后我进了大厅,厅内非常热闹,空气中弥漫着湿衣服和热牛奶的味道。柜台后边的工作人员像跳舞一样动来动去,客人们则大呼小叫地指导着他们的舞姿。我通常不好意思来这种地方,但是凯蒂却自在无比,她衣着光鲜,扎着耳洞,脚上甚至还蹬着羊皮鞋。

"你想喝什么?"凯蒂问道,她已经在排队了。

"茶。"

"哎,外婆,这里的茶很一般,"她说,"不如来点儿拿铁咖啡什么的吧?"

我说:"好吧,就咖啡吧。"之后我坐在了一张大扶手椅上,看着她点餐付账,等着她一会儿过来。倘若我把目光移开一会儿,会不会在顷刻间就忘记她是谁呢?

"大功告成。"她把杯子放到桌上。

我的杯子表面漂着一层泡沫,我看见她杯子里也是诸如此类的东西。"是奶昔什么的吧?"我问。

"不,是拿铁,牛奶咖啡。"

原来如此,这让我悬着的心落了下来,因为我从来都不喜欢奶昔。记得我小时候,码头那里就有家做奶昔的地方,俨然一派美国餐厅的景象,只不过里面还出售炸鱼薯条。我们看完电影后经常跑去那里。

凯蒂拿着一叠纸巾在我头上轻轻拍着。我顿时吓了一跳,火冒三丈。

"给你擦干点儿。"她说。

难道我是湿的?我往窗外望去,下雨呢。我意识到这条街就是ABC剧院的所在地。"浴盆街。"我说,冲着外面点点头。

凯蒂听后停止了拍打。"不是,外婆,是淋浴街。"

我自顾自地笑了笑。浴盆街,这是道格拉斯给这里的称谓。在搬到我家后不久,他看了场有关劫匪的电影,从那之后,他就开始给本地的街道——取了绰号。所以,黑刺李街变成了"树街",苍鹭街变成了"鸟街",波特兰大道变成了"石头街"。有一天,爸爸按捺不住问他,为什么放着好端端的街道名不用,那次他难得和道格拉斯怒目相对。我想爸爸身为投递员,心里或多或少会认为道路的命名是神圣不可侵犯的。

浴盆街发生了彻头彻尾的变化,ABC剧院一定被拆掉了,好给那些丑陋不堪的巨大建筑物让位,怪不得我乍一看居然没认出来。那曾经熟悉的浴盆街已然被一铲一铲埋葬了。

"真是悲哀啊,凯蒂。"我感叹道。

"我知道,外婆,我了解。"

她在消遣我。一堆湿漉漉的纸巾在桌上折叠得整整齐齐,看起来就像是孩子们常玩的橡皮泥。

"怎么也联系不上妈妈,"凯蒂说道,她拿了件什么东西贴在脸上,"或许现在她正给警察局打电话什么的。"

"你耳朵上压着什么东西呢?是贝壳吗?你在听谁的歌?"我问。记得道格拉斯有过一个贝壳,我亲眼见他从苏姬的手提箱里找到了它：他把箱子的边边角角摸了个遍，最后在衬里中发现了贝壳。然后他把贝壳贴在耳朵上，苏姬的声音便传了出来。她告诉道格拉斯，她已经见到了她要嫁的那个男人。

"手机，"凯蒂说，"只能用来打电话罢了，我想。刚才我是在听'您拨打的用户正忙，请稍后再拨'的广播音。不过无所谓了，反正我们马上就要动身回家，等你喝完咖啡就走。"

"咖啡有助于记忆。"我说。

她笑了笑，坐了回去。我本想告诉她我忘记了我们为什么会在这里，但看着她怡然自得的样子，便打消了这个念头，因为我怕她听后不知道会做出什么反应。她用手捧起杯子，呷了一小口。她涂的指甲油裂成了一块儿一块儿的。她的指甲短得出奇，我不禁想象她会不会总咬指甲，她会不会故意把指甲折断，然后放在一个盒子里。或者把每一块儿断甲分别装到不同的盒子中？

"你的咖啡快凉了。"凯蒂说道。

我紧紧攥着拳头，把指甲顶到了手心的肉里。之后费了好大劲儿才把手指伸展开，然后用一根手指去勾杯柄。但一根手指显然拿不起这个沉甸甸的庞然大物，相反，我还把咖啡洒到了亮晶晶的木质桌子上。

"噢！"凯蒂边说边迅速往前探身，一把将杯子稳住。如果换作海伦，一定会气急败坏地嚷嚷，但凯蒂只是笑笑。

"这个杯子对你来说太沉了对吧？"她说。这让我感到亲切，而不是觉得自己笨手笨脚。"让我给你找样东西。"

她把一块儿"橡皮泥"放到了洒出来的咖啡上，然后又用手拿开。洁白的"橡皮泥"浸染了棕色的咖啡，看上去很像是浮在茶水

253

表面的糖块儿。凯蒂拿来了一个小杯子。

"这是喝浓咖啡用的小杯子,"她说,"我们每次只能往里倒一点儿。"

她把一些咖啡倒进这个小杯子里,递给我,然后咧嘴笑了起来。我呷了一小口暖暖的咖啡,感觉自己仿佛是童话故事里的巨人。我忍不住冲她微笑。当我喝完的时候,她便给我续满。我真希望自己能记起来为什么我们会在这里。

"我们来这里有一会儿了,"她说,"你最好去下洗手间,对不对?"

我按照她的建议起了身。女洗手间的门上有一个女孩儿的标志。我走进去,发现里边有个穿着羊毛衫的老太太弯腰驼背的,于是我躲到一侧想给她让路,但她也躲到了我这一侧。我走近一看,才发现是面镜子。我用手擦了一下镜子,这个部位恰好映出的是我的嘴巴,于是镜子上被我擦出的斑驳让我的脸显得污迹斑斑,像是口红在脸上花了一样。这一幕让我尴尬不安,本能地用手背在嘴上擦来擦去。我费了好大力气才把隔间门关上:我穿的衣服似乎有点多,一层又一层。然而到了隔间里面,我竟然有了留在这儿的冲动。因为里边惬意舒适,就像妈妈的食品柜一样,满满的都是安全感。我记起在我的孩子们还小的时候,有一次实在心情不好我就躲进食品柜里,把柜门关得严严实实。

汤姆和海伦大声喧哗,一边相互埋怨,一边四处找我,但我在柜里一动不动,一声不吭。我不知道自己在食品柜待了多久,或许还没躲多久。帕特里克出乎意料地回到家并且发现了我。"你在躲着自己的孩子?"他说,表情十分惊诧,但是没有生气。几年之后,有一次他出差数月后回家,居然还记得我的"藏身之处",于是拉我到柜里亲吻。那时孩子们都在忙着看他带回家的礼物,无暇顾及我俩。但是我们动静太大了,发出笑声,还撞倒了一排罐子。所以孩子们找到了我们,发出取笑的声音,说我俩年纪这么大了,不能再亲嘴。

"外婆?"熟悉的声音从门和地板的缝隙处传来,"你还好吗?"我提好衣服,挣扎着走出来。这是个小女孩儿,看上去很像海伦,但年纪没那么大。她一头金色卷发,嘴唇上还刺着一个小孔。她笑了笑,这让我感到一头雾水。

"我们可以出发了吗?"她说,"你还能坚持住吗?汽车站就在马路对面。"

她给我披了件夹克,尽管这不是我的衣服,但我还是任她给我搭在肩上。我不想多做评论,只希望衣服的主人不要介意我穿上它。过了这扇门,我走到了一家咖啡厅,但我根本认不出这是哪里,还好有这位年轻的海伦为我带路。她走在前面,还始终往后伸出一只手,好让我能跟上她。我们走到了候车亭。

"你知道吗,"我在能喘口气说话的时候问道,"什么地方最适合种植西葫芦?"

她咧嘴笑了,耸了耸肩。"我不知道,你得问妈妈。但你最好不要,这会让她抓狂的。这跟你问'伊丽莎白在哪儿'那个问题相比,好不到哪里去。"说到这里,她脸上露出了一丝狡黠,然后便安顿我坐了一会儿。没过多久,公交车就驶了过来。海伦,或者天知道她是谁,从我包里轻而易举地找到了公交卡。

"你要把我带到哪里去?"我问。其实我已经说了好多遍,但就是听不明白她回答的是什么。我希望我们能去一个可以喝上茶水的地方,这次旅途已经伤了我的元气,我现在迫不及待地需要一杯茶。之后我们下了车,又走过几条街,我看到路中央尽是些垃圾,其中绝大多数都是报纸,我真怀疑清洁工今天早晨没有过来收拾。海伦径直把我带进了一座崭新的房子,看来刚建成没多久,但我打心眼里不喜欢。我向来讨厌新房子,因为你不知道新房子的地下都埋葬了些什么。印象中伊丽莎白也住在新房子里,我同样不喜欢。

"海伦,这不对劲,"我说道,"这不是我的房子。"

"我是凯蒂,外婆,"她说,"你现在跟我们住在一起,记起来了吗?你搬过来了。"

我回头看了看街道,垃圾堆积在灯柱周围。蓦地,我想起自己应该做什么了。

"哦,海伦,我得去城里一趟。"我说着转过身去,"我得去他们的办公室。"

"什么办公室,外婆?你不能去,我们已经到家了。"

"我得去《回声报》的办公室一趟,"我说。

"为什么?你要去那里做女报童吗?"

我顾不得笑,因为我有要事,绝不能再分心忘掉。"不,"我说,"我得让他们给我在报上登个东西,一个有关伊丽莎白的东西。"我怎么也想不出来"这个东西"的术语该怎么说。"我得告诉人们我在找她。"

"什么?"海伦问道,走到我身旁,"登一个广告?"

我不确定她说的是不是那个术语,但还是点了点头。

"我想这可不是个好点子,"她说,"而且我觉得妈妈也会反对的。"

"我不就是你的妈妈吗?"我说。

"不,你是我的外婆。我是凯蒂,你的外孙女凯蒂。"

我停了下来,凝视着她的面孔。没错,我知道她,我当然知道。但是除了嘴唇上的那个小孔,她像极了当年的海伦,她们都有一头金色卷发,只不过凯蒂看起来更俏皮。我不由得慨叹我的女儿是个伟大的母亲,至少比我要强。接着我们又走回了这幢新房子。人行道上散落着一些向日葵籽,向日葵的花头还被拧了下来搁在墙头上。这时凯蒂拿出了一把钥匙。

"这不对劲儿,"我冲她说道,用手指着这里,"这不是我的房子。"

凯蒂攥着我的手。"不管谁的房子都请进来吧,外婆,"她说,"妈妈说她去买咖啡蛋糕了。"

"我不喜欢咖啡蛋糕。"

"好吧,那香蕉三明治怎么样?你昨天还很喜欢吃呢。"

"嗯,没错。"我答道。在我还是个小女孩儿的时候,香蕉三明治无疑就是大餐,那时我常常吵着要吃,甚至连晚饭都提不起兴趣。印象中有一次,在我想吃香蕉三明治大餐的时候,偶然碰到了在车站旅馆工作的南茜,那是我第二次和她碰面了。

我在一家蔬菜水果店外排队,人们摩肩接踵,甚至连队伍外的婴儿车也排成了长龙。只听见那些"小面孔"们一刻不停地喊着妈妈。人们竞相争抢的就是店里的那批香蕉;香蕉堆成了一大垛,轮到我的时候应该还不会售罄。但我极力让自己保持平常心，生怕一会儿败兴而归。我倚在商店外的砖墙上，冲着婴儿车里的宝贝儿们做起了鬼脸。阳光中充盈了暖暖的水果气息，如同浴缸里的温水将我团团包围。

妈妈和爸爸这天跑到警察局去打探苏姬的下落，吩咐我拿上配给券出来买点儿东西。尼达姆警官建议他们沿着苏姬家到旅馆、旅馆到我们家，以及我们家到苏姬家之间扫街式搜一遍，嘱咐他们凡是能想到的地方一个也不要漏掉。当时我的第一感觉是尼达姆警官无非是想让他们有事可做，但我并没有对妈妈说破，因为相比前几个月的萎靡不振，妈妈这次显然又燃起了希望。我更不想告诉她我已经无数次沿着这些路段逐一搜寻了，唯恐打击到她。

相反，我打发自己去帮家里采购些做美食的原料，但那时我的购物经验还十分匮乏。记得有人告诉我水产店里来了一批黑线鳕鱼，于是我兴冲冲跑去那里排长队，到我时竟发现黑线鳕鱼已被一扫而空，只剩下普通鳕鱼了。所以那天我家的晚饭只能以亨氏番茄汤告终。如果这次我能给家人买些香蕉，也就不虚此行了。

我前面大概还排着六七个人，这时南茜拍了拍我的肩膀。

"你好，是你啊，"她说道，"刚才我看着像你，心情好些了吗？"

我说是。

"有你姐姐的下落了吗？"

"没有。"

她点点头。"真是不好意思。"她双手轮换提着购物袋，鼓起脸蛋说道，"你想买什么呢？我想要点儿香蕉，如果还能轮到我的话，因为我丈夫爱吃。"

"当时是你代苏姬签的入住登记吗？"我问。

"哦，你指的是旅馆那次对吧？没错，是我。"

"为什么？"

"弗兰克让我帮忙签一下的。"

"但是为什么苏姬自己不签？"

"她当时在外面的货车里。弗兰克想先付钱拿了钥匙，把一切办妥，然后直接把苏姬带到房间。他说你姐姐情绪不大好。其实他那天也没什么精神，我想大概是他太担心苏姬的缘故吧。那个凶残的疯女人又一次闯进了他们家。哎，我现在没资格评价别人家的事儿——我的丈夫也状况不断。"

"你见过她？我是说苏姬。我记得你当时告诉警察说你没看到。"

"呃……"

"你看到弗兰克把她带进客房了吗？"我盯着她嘟起的嘴唇，盼望着从里面蹦出哪怕一句重振自己信心的话语。我想到苏姬此刻没准儿还活着，还在这个城镇，这个世界，穿着她自己的衣服，在我家刚刚吃完饭……这几乎让我高兴得昏厥过去。

"没，我没看到。"这个女人说，她的回答让我喘不过气，"当时我正好替一个话务员接了个电话，所以没看到他们上楼。弗兰克大概是想偷偷把你姐姐送进房间，好躲过那个疯女人的视线吧？尽管听起来有点荒唐，但'一朝被蛇咬，十年怕井绳'，这话不无道理。"

"所以你没亲眼看到他俩进屋？"

"嗯，我只看到后来弗兰克独自下了楼——那时我恰巧又接了个电话。可怜的弗兰克，他看起来郁郁寡欢，我想应该是放心不下自己的妻子。我还问他为什么不留下来陪她，他回答说他不能，因为伦敦还有要事在身。我也不好多问。他是个可爱的人，连个苍蝇都不忍心伤害，但是每个人都有自己的怪癖。像是对有'剃须强迫症'的人来说，你兴许就能把剃须刀卖出个好价儿。你看，我丈夫就有剃须情结，一天不刮下巴上的胡茬都让他难以忍受。我想胡子拉碴大概让他回忆起集中营里。他曾经是个战俘，被关在新加坡附近。你能体会吧？总之，我还提过要上去看望下苏姬，但弗兰克说她已经睡了。床上的确像有人睡过的样子，因为被子是凌乱的。"

一瞬之光

  抽屉里污迹斑斑，充斥着一种橡胶泥子的味道，但里边的东西倒干净有序：几卷没拆封的薄荷糖、几盒纸巾、几板扑热息痛片。除此之外，几张家庭合影也放在里面，用夹子夹在一起，上面的人面露微笑，都是在德国的不同地方。我猜这些照片肯定是从杂志上剪下来的，尽管我搞不清楚为什么要保存它们。我还发现一包灯柱，特别小的灯柱中间有一根铅芯。我想不起来它究竟叫什么，于是便拿起来看，希望能回忆起来。我把它的一头按在抽屉的木头板上，尖头断掉了，这让我心生快慰，于是我又拿起一根，准备把它按断。

  这时候门铃响了起来。我放下铅笔，忙着去应门，却撞到了书架上。我发现两个脏杯子放在架子上，就拿了下来。到了门厅，我意识到其中一个杯子里还有点茶，虽然已经凉了，我还是一饮而尽。喝完后，我把两个杯子都放在了楼梯最底下一级的台阶上。我蹒跚着后退，发现楼梯的角度很别扭，它应该正对着门才是。我试探着走了两三个台阶，发现它们坚实得很。门铃再一次响了起来，两次，三次。铃音尖锐刺耳，看样子来者不善。我打开门，一个男人闯了进来。

"你真是太过分了。"他说。

他的手上拿着什么东西，冲我挥来挥去。可他挥得太快了，我根本看不清那是什么。我往后退了退，发现自己贴在了扶手上。我搞不明白楼梯怎么会在这儿，真是活见鬼。

"我是说你登的那则该死的广告，真他妈的挑战我的极限。"

"极限。"我重复着，注意力还放在楼梯上。它怎么会挪地儿了呢？真是琢磨不透。

"没错，极限。喂，你在听吗？"

"你知道楼梯为什么挪地方了吗？"我问。

这个男人正在深呼吸。他停了下来。"什么？"

他看起来很眼熟，但我不认识他，至少现在我对他毫无印象。"楼梯，"我说，"楼梯挪了地方，扶手不该冲着门的。这怎么可能发生？你怎么想的？难道我们这儿发生地震还是什么了吗？"

"你在胡说什么？"他个子很高，但却驼着背，就像道格拉斯一样。

"这些台阶，"我说道，"道格拉斯，一定是道格拉斯挪动了它们。"我不知道接下来该说什么了，我的大脑被打上了一个个死结，乱成一片。

"谁是道格拉斯？"

"我家的房客。"

这个男人似乎稍稍蹲下了一点。"他在楼上，对吗？"他把一只手搭在楼梯支柱上，探身往上看去，扶手在他的重压下微微地晃着。

"楼上？"我问，顺着他的视线望去，"谁在楼上？"我打量着这个男人，身体突然不由自主地战栗起来。我不知道谁在楼上，不仅楼上藏了人，就连楼梯都挪了位置。这足以把我吓得魂飞魄散。我盯着这个男人衬衣领子上方，他的喉咙那里被剃须刀刮破了皮。他是彼得，伊丽莎白的儿子。想到这里，我的怒气便不打一处来。

"是你对吧？"我说，"是你挪动了楼梯的位置吧？"这肯定是正确的解释。"你就爱干这种令人唾弃的勾当。"

"嗯？"他挠了下脖子后面，皱起了眉头。

之后沉寂了一秒钟，远处传来了乌鸦的叫声。我攥起了拳头。"八成跟钱脱不了干系。"

彼得又往上看了看楼梯平台。"我没动过你那该死的楼梯。"他嘘了一声。

"那你怎么解释？"

"我不知道，房子就是这么盖的。"

"呸，荒唐至极，真能狡辩啊。你那点儿谎话骗骗你母亲还行，甭想在我这里过关。"

"别再提我母亲！"他大吼出声，举起了双手。

这时他身后的门被推开了，海伦回来了。紫藤花浓浓的香甜气息扑面而来，外边传来汽车的隆隆声，她手中的橘色塑料袋也发出沙沙的声响。就是这些塑料袋让海伦闷闷不乐，深感内疚。她把它们团成蛋形藏在抽屉里。

"这是怎么回事？"她问。

"这个男人挪动了我的楼梯，海伦，"我说，"我想我知道他的动机，但搞不清楚他是怎么办到的。你让他从实招来。"

彼得转身看着海伦。"你母亲在报纸上登了则广告，让那些见过我妈妈的人联系她。"

他说完便朝海伦伸去一张折着的报纸，而海伦举了举自己的购物袋，示意她的两只手都占着。这时凯蒂从她身后的门里溜了出来，拿起台阶上的几个茶杯，转身走入厨房。我心想凯蒂会不会给我做点吐司拿来，但不多一会儿，她再次走过来，帮她妈妈从手指上解下购物袋。

"最好藏起来，嗯，妈妈？可不要让别人知道你在用塑料袋儿。"最后的几个字轻得像是耳语，我怀疑海伦都没听到。但她不动声色，只是看着彼得。

"一则广告？"她说。

"电话骚扰和贴在门上的纸条也就罢了。可是广告！"

海伦终于接过报纸，看完折着的版面，便冲我扔了过来。我想用手接住，但她都没看我，报纸落在了地上。

"真是抱歉，"她说，"我也不知道她是什么时候通过什么手段登的广告。"

彼得无奈地摇了摇头，我见状也跟着摇起头来。他走出屋子时还不忘摇着脑袋，海伦则在他后面紧紧跟着，我听见碎石路面发出了嘎吱嘎吱的声音。她的声音提高了，但我听不清她说了些什么，只听到汽车发动机的声音响起并渐渐远去。

"真好啊，真是别开生面的回家欢迎礼，"海伦说着走了进来，把手中的报纸打开，"听好了。'寻找伊丽莎白·马卡姆。如果您有关于她的线索，请拨打——'老天，你留的还是旧房子的号码。我都不知道你登了这个。"

"不，不是我。"我说。

"你怎么想到要这么做的？"她问，"还知道在报纸上登广告！"

我往上瞥了眼楼梯平台。"'女人们，请联系你们的丈夫。'"我答道。

海伦把报纸递给了我，然后便去烧水了。

"请联系你们的丈夫。"我保存着这篇报道。我收集了我能找到的所有同类文章，当然也包括广告。男人们登报请求他们的妻子回家或者写信，父母们希望听到失踪儿子的音讯。其实此类事件并不是特别多，只是报纸为了产生轰动效应而不惜夸大其词。但对我而言，每一则广告就代表一线希望，哪怕结果只是让我空欢喜一场。因为我很清楚，即便有一百个男人或女人都选择了不辞而别，苏姬也绝不会这么做。但是这总好过另一种可能性，就是她被那个连杀两名女性的杀人犯害了。这意味着还有希望，有一天能再次见到苏姬。我曾试图从妈妈口中打探到苏姬常去的水产店，但妈妈听后总是号啕大哭，而爸爸会火冒三丈。

我也想了解道格拉斯是怎么想的，他终日读着报纸，不落下任何一张。但我开始害怕他了，我无法忘记那次他生生把我的口红抹花在我的脸上和下巴上，无法忘记他当时狰狞可怕的表情。尽管后来连着好多天我都往脸上敷冷霜，但总觉得还留有口红残痕。我开始在房子里观察着他，思考着他的种种。为什么他没有表现出应有的丧母之痛？他原来是以怎样的目光看待苏姬？为什么那些邻居说他总待在苏姬的房子里？为什么尼达姆警官说他认出了道格拉斯？为什么家里的食物会不翼而飞？为什么他房间无端冒出的雨伞像极了疯女人的那把？为什么他每次看完电影回来总是对情节模棱两可？如果他发现我在打量他，便会一脸怒容，不由得让我想起电影中的反派。但有时候，他还是会像原来一样晃着脑袋，看起来那么无辜，让我觉得他依然是道格拉斯，我甚至还会因自己对他的恶意猜忌而懊悔不已。

因为没有人交谈，我只好寄希望于从剪报里边获得些许启发。我想到弗兰克把苏姬的衣服都给了我，其中会不会有什么蛛丝马迹呢？在警察找到的苏姬的手提箱中，会不会也暗含玄机？报道中有一个男人在抽屉里留下了一本托基[1]的宣传册，于是人们顺藤摸瓜找到了他。我记得道格拉斯曾里里外外地翻过苏姬的手提箱，我自己也这么干过，但从未发现丁点线索。

后来弗兰克又带我去了一次飞舞维斯酒吧，在那里，我把剪报一一展示给他看。我喝着姜汁汽水，对于又和他一起坐在酒吧里并不开心。不过酒吧安静多了，大概是因为啤酒短缺。空气中充盈着湿湿的气息，而不是烟草味。而且这次和弗兰克打招呼的人也少了很多。在我让他看剪报的时候，我隐隐觉得他会失声痛哭，但他没有。

"那么，"他说，"你觉得是她离开了我，对吗？"

"呃，与她发生不测相比，这要好多了，不是吗？你也知道格罗夫纳酒店发生的悲剧。"

"或许吧。"

---

1 英格兰南部城市，1968年与托贝合并。

他一动不动地看着啤酒杯,里面只剩下了少许液体。我看着他额头上那些在酒吧灯光照射下变得模糊的皱纹,看着他转动酒杯的姿态,我在等着他一饮而尽。

"难道你希望苏姬死掉?"我问道,但打心底确定弗兰克不想要这种结局,而且我讨厌说"死"这个字眼。

他的手没有停止转动,酒杯压在他的手指上,皮肤显得惨白无比。当他看向我的时候,眼神里尽是疲惫。

他叹了口气。"不,"他说,"我当然不希望苏姬发生那种悲剧。制造格罗夫纳惨案的凶手嗜杀成性,你把那篇报道读完了吗?意外惨死是一码事,但这个凶手是故意杀人,这完全是另外一回事。"弗兰克举起了双手,杯中的最后一点酒因此溅了出来。"我是说,意外事件是无法预测也不能避免的。但这个凶手的所作所为并不是意外事件。"

我同意那个人是杀人狂魔,他的所作所为也不是意外事件。我又问弗兰克,他是否觉得苏姬只是去了别的地方,但他拒绝就此和我再探讨下去,而是让我给他继续讲苏姬的故事,再讲一次他们第一次见面时的种种。

"之后苏姬说:'他就是我要嫁的那个男人。'"我机械地重复着,脑袋几近空白,眼睛盯着在他手中转来转去的玻璃杯,就像自己的手在不自觉地揉搓着报纸,"'当时我就知道,他就是我的真命天子。'"

那晚弗兰克走着送我回去,还拿出一包火腿让我交给妈妈,然后又站在街角目送我回家。我看到温纳斯太太在她家窗前踱着步。在我经过她家树篱的时候,我看清了她是在打电话。出乎意料地,她竟然跑出屋追上了我。

"那个疯女人又在这附近游荡呢。"她说,顺着街道望过去,"我已经联系上了警察,莫德,我得赶紧进屋去了。"

她注意到了弗兰克,但是隔着这么远,谁也看不清他的脸,最多只能瞥到街灯前面站着一个人,他的帽子垂在额头上。

"你恋爱了?"她问,"为什么不让他大大方方把你送回家呢?你爸爸不喜欢他?"她说完咯咯地笑起来,然后把我往家的方向推了推。"快回去吧。天知道那个女人在打什么算盘。"

我回头望去,弗兰克还站在街角,我能看见黑暗中他那燃着的烟头。当然道格拉斯也能看见。

"又和他在一起。"他说,吓了我一跳。原来他一直站在漆黑的前花园里望着街上。

"你在这儿干什么?"我怒声说道。

"你妈妈嘱咐我对你留点心。那个,呃——那个女人在这里现身了。"

"温纳斯太太说过了。我猜你是在等着施舍我家的粮食吧。"

他点了点头,似乎根本没听到我说的话。他继续站在前花园里,眼睛掠过街道望向远处的公园。"你看到那些新房子了吗?"他问道,但根本没向我转过来。我不禁怀疑他是不是在自说自话。"那里的土地被一铲一铲地挖了个底朝天,但现在又平坦如初。你永远不知道地底下有什么。"

我朝道格拉斯走了几步,期望闻到来自土地下面的甘草味,突然间我感到毛骨悚然,竟不敢独自穿过这座潮湿阴森的花园了。我死死地盯着道格拉斯望去的那一片漆黑,想弄清他到底在看什么。其实我知道他指的是公园对面那片新房子,但是从这个位置望过去根本看不到,即使是在白天。我试着回忆那片新房子的景象,但能想到的却只是道格拉斯家的房屋残骸,房间暴露在外、装饰一目了然,仿佛有人随时还会回去一样。

"即便人们在自己的房子里住上一个世纪,恐怕对自己脚下的土地也一无所知,"他说。此时树篱处传来了沙沙声,尽管这十有八九是刺猬发出的响动,但我们全都吓了一跳。"你最好回屋。"他说。

我绕到了厨房,看见爸妈正在收拾东西。

"你的晚饭在炉子上。"妈妈说,眼睛却没看我。我告诉过她今晚我要去见弗兰克,她说她会替我瞒着爸爸。她当时还问弗兰克有没有帮她搞到些香皂和火柴什么的,因为商店里都断货了。我趁着爸爸转身的功夫把那包火腿递给了妈妈,她面露喜色,脸上的皱纹似乎都舒展开了。

我喝着羊肉汤,心想道格拉斯随时会进来,但当我吃完上楼的时候,还不见他的踪影,他一定还在花园里。我在窗前等着,想看他到底什么时候会进来,听到了熟透的苹果偶尔掉下来的砰砰声音。那时已近半夜了,我看清楚了他的黑影显现在一片漆黑夜色中。在那时候,我已经向杀人犯肯尼斯·劳埃德·福尔摩斯写完了一封信。

"你身上味道怪怪的。"海伦弯腰给我放茶杯的时候我对她说。

"怪怪的,什么意思?"她看起来很是不悦,虽然我并没有羞辱她。

"是一种香甜的味道，"我说，"我马上就能想起来。"味道香甜倒是不假，只是让人反胃。一闻到便让我头痛难忍，甚至回想起那个疯女人；我不禁揉了揉自己的肩头，仿佛我刚刚挨了那疯女人雨伞的重重一击。

"是茶的原因吗？"海伦说，把她的茶杯端到我的鼻子下方，"这是茴香味的。"

"哎哟，没错，就是它。太可怕了，你没给我茴香茶喝吧？"

"没有，妈妈。"她拿着杯子抿了一小口，之后咧嘴笑了，"我可忘不了你对这种味道的厌恶之深。记得小时候，你从不让我们买甘草什锦糖。"她停了一会儿，像是对这段童年趣事意犹未尽。可是在我印象里，她小时候总是吵着闹着要吃这种糖，动不动就是好几个小时。"可是，你在写什么？"她问。

我低头看向双手底下的纸条，上边白纸黑字潦草一片，我根本认不出写了些什么。这时海伦谈论起了彼得。

"谈起他的过激反应，他以为你要干什么？"她拽出一把椅子，地面被磨得吱吱响，以致我没听清她最后那句话。

我看着一张字迹潦草的纸条，上边尽是些让人费解的"草书"。只是我隐约感到某些"文字"是想传递信息的，但却死活辨认不出来。我想问问海伦，但既尴尬又恐惧。我看到海伦咬着嘴唇，直直地盯着我，这让我不禁怀疑她是不是已经破译了这些乱码。

"不用着急，"我说，"我会去问问伊丽莎白。"这好像是我应该说的话。我冲海伦笑了一会儿，但又隐隐感到哪里不对劲儿。我绞尽脑汁地思考起来，但总感觉意识恍惚。"我可以去问她，对吗？"我开始翻我的纸条，但我没必要再去看了。我已经知道了。

伊丽莎白不见了。

我放下笔,把这张草书纸条叠起来放进口袋。海伦抓起我的手,她是在努力和气地对我。我也应该这样。我不知自己该说些什么。"你看起来很漂亮,亲爱的。"

她做了个鬼脸。

"我很高兴能有一个像你这样的女儿。"

她拍了拍我的手,然后站了起来。

"我们可以去帕特里克的墓地走走吗?"我问,"我想给他送束鲜花。"

这句话奏效了。她露出大大的笑容,又坐了下来。海伦,我的女儿。尽管已经五十岁了,但她的酒窝依然绽放在面颊上。我都已经忘记了,它们似乎一度藏了起来,现在又终于出现。

"我们现在就可以去。"她说道。

然后我们穿上外套,上了车。好像只是一眨眼的工夫,我们就到了某个地方,海伦下了车。我听见车门锁住了,海伦的侧脸在车窗外显现了片刻,然后向远处走去。这条街并不喧嚣,但来来往往的人却举止怪异。我不认识他们,我想我不认识他们。一个有着一头乌黑长发的女人拐过街角,径直向我走来。经过我身边时她停下脚步,往车内看了一眼,用手指轻敲着车玻璃,指了指我又指了指车门。她一直笑着,点着头,还说着什么。隔着窗玻璃,我几乎听不到她说的话。我拉了拉门把手,但门打不开,于是我摇了摇头。那女人见状耸了耸肩,冲我摆摆手,送来一枚飞吻,之后便走开了。我纳闷她是谁,她想做什么。

海伦突然上了车,她身上飘着热乎乎的汽油味儿。

"是卡拉吗？"她说，"刚才那个女人？"

"不是，"我说道，"我不……你说她是谁？"

"卡拉。"

我不记得自己听过这个名字。海伦递给我一束花，发动了车子。"这些花是给……刚才那个女人的吗？"我问，"她的名字叫什么来着？"

"不是，花是买给爸爸的。"

我们开到了街上，我往后靠，这些花把我沾湿了。我喜欢待在车里，因为里边很舒服，而且你不用做任何事，只要坐着就好。"他还在医院吗？"

"谁？"

"你的爸爸。"

海伦停下车等红灯，把头转向我。"妈妈，我们是要去爸爸的坟前看看。"

"对，没错。"我说完后笑了笑。海伦皱起了眉头。"对，没错。"我见状又重复了一遍。

这片墓园占地很大，但海伦没多久就找到了她爸爸的坟墓，她一定常常来这里，这多少有点出乎我的意料。我们站在墓碑前，海伦不让我把碑文出声读出来，所以我只好在心里默念。我们就这样站了很久，我开始有点累了。干等在这里的感觉着实无聊。我看到海伦垂着头，双手紧扣，像是在祈祷着什么一样。她可是连上帝都不信。离我们不远的地方是一个土丘：一定有人要被"放"在里面——应该用什么词来着？种，有人要被"种"在土丘里。我出神地看着土丘，过了良久，我问："海伦，你知道怎么种西葫芦吗？"

她没有动，只是喃喃地回应。"你总是问这些问题。"她说。

我想不起来自己是不是真的总问，不过我不知道她为什么要对我撒谎。我迈开步子，走到一棵茁壮的紫杉旁边，想在这里理清思绪。这棵树体型巨大，让人望而生畏，尤其是它那黑漆漆的树干，阻挡了阳光照在地面上。旁边的一块墓碑碑面平滑，上边的字迹因风吹日晒而变得模糊不堪，只有离世日期和三个大写字母：R.I.P. 还依稀可辨。"这是那个疯女人。"海伦追过来时我说，"她叫维尔莉特，但每个人都称呼她疯女人。"

"真可怜啊。"海伦说道，站在一旁垂下头去。

我不禁觉得她有点装腔作势，于是在草皮上蹭了蹭鞋底。"她原来追赶过我，"我说，"她追上我，偷走了我姐姐的梳子，把它从我头发上硬生生扯了下来。"说着，我仿佛感到自己的一缕头发像是被扯断了，头皮也因此疼痛不已，但这一切似乎又都不是真的。我觉得自己的回忆错了位。"她盯着我，"我说，"她对我的一切心知肚明。"

"谁？"

"她。"我双手插在口袋里，只好用胳膊肘指着墓碑。我想踢它，我想踩它下边的土。"她一直在那儿，总是像幽灵一样看着我。"

海伦抬起了头。"她已经死了，妈妈，"她说道，"一个死人怎么还能盯着你？"

我不知道，也不想去思考。我把双手从口袋里拿出来，去找一张纸条。有张纸折叠得整整齐齐，上边尽是黑色字迹。我把它揉成一团，想塞进土里，塞到那个疯女人嘴巴的位置。海伦急忙抓住我的手，拽了起来。纸团在我俩的撕扯中变得皱痕累累。在我俩大拇指间的缝隙处，我瞧见了一个名字：肯尼斯·劳埃德·福尔摩斯。

这是制造罗夫纳酒店惨案那个凶手的姓名，我曾给他写过一封信，问他到底有没有杀害我的姐姐。我仍然希望苏姬只是不辞而别，但是关于凶杀的报道铺天盖地——就连收音机也时有广播。我在信里提到我不会告诉任何人，只要他告诉我实话：有没有伤害苏姬。我把苏姬的相貌、发型、穿着打扮原原本本向他描述了一番，甚至还透露了我们居住的镇子名。我认为如果他不回我信的话，那就代表苏姬还有生还的可能。如果他回信告诉我他杀害了她，那么这至少可以让我了解真相。我不知道该在信的末尾署上谁的名字，我可不敢写自己的真实姓名，于是杜撰了一个"洛克伍德"小姐。之后我便把信拿到街道北头的杂货店那里，央求老板娘帮我查收一封寄给"洛克伍德"的信。当时是雷格的母亲经营着杂货店，到现在我还记得她对我挑起眉毛放声大笑的样子。

"等着'情郎'的回信，嗯？"她问，"洛克伍德小姐，虚空中的虚空啊。"她爽朗地笑着，嘴里还发出啧啧声。我羞红了脸，感到外套里面汗如雨下。我尴尬到了极点，心想她至少一定会告诉温纳斯太太。但不管怎么说，她答应了帮我查收并保管那封回信，这才是我关心的重点。我把新闻剪报放到抽屉里，等待着他的回信，但希望却落空了。后来我把自己给杀人犯写信的事儿告诉了弗兰克，是我们在游乐园里碰面的时候。

"你神经错乱了？"他气急败坏地吼道，甚至都顾不上把抽进肺里的烟呼出来，"给那么一个杀人狂魔写信？你怎么就确定他会跟苏姬扯上关系？"

我在长凳上呆呆坐着，弗兰克则在我面前气呼呼地踱来踱去，狠狠地抽着香烟，烟卷燃得很是迅猛。他这一次给妈妈带来了一包香皂，给我带来了一种市面上找不到的巧克力——吉百利牛奶巧克力。虽然我本想拿回家再慢慢品尝，但还是忍不住先咬了一小口。巧克力奶味十足，香甜可口，以至于我都忘记了自己正在和他争吵，我甚至还抬头冲他咧嘴笑了笑。

"如果他说自己没有杀害苏姬，那又能证明什么？"他问。我很庆幸他没有在意我的"咧嘴笑"。

我把剩余的巧克力包好放进口袋。"如果他没有那么做，就证明苏姬可能还活着。"

"不，莫德，这什么也证明不了。"

他把烟头弹到了河里，接着又从烟盒里晃出一根，同时一直低头盯着我。我只好让自己的手停止摆弄那个装着巧克力的口袋。

"你信里到底写了些什么？"他又点了一根烟，向我问道。

我努力回忆并一五一十地告诉他，但他却不停地打断我，不是重复我信里的句子，就是把烟雾从喉咙里咳出来。

"'她和你杀的其他女孩儿相比，容貌是不是很像？'真是活见鬼！"

听见他重复我信里写的原话，我抿了抿嘴。"这是真的，的确很像。"

"为什么？"他吼了起来，这时坐在另一条长凳上的一对老夫妇冲我们看了过来。"你为什么非这么做不可？真是愚蠢至极的呆瓜！那个杀人犯甚至在这里都没待多久，更别提见到过苏姬了。你这么做只会让你变成他的下一个目标。"

我耸了耸肩，把脸扭向别处。那个杀人犯已经被逮捕了，并且马上就会执行绞刑，所以他对我根本不是威胁。弗兰克轻声咒骂了几句，然后顺着小路走开了。我以为他是去找厕所，但没想到他转过身来，继而又转回去走到了那对老夫妇那里，我看见他抬起手把嘴里的烟拿掉。这一天闷得出奇，就像在室内一样。盘旋在我们周围的烟雾也几乎静止不动，尽管我还是能听见头顶上高高的松树丛中响起的丝丝风声。

"你原来常带苏姬去哪儿跳舞？"我问道。这时我有点后悔告诉他自己给杀人犯写信的事儿，现在我需要和他扯平，我得打探点儿什么。

"圣廷苑舞厅，怎么了？你不会连这个也要写给那个杀人犯看吧？"

他的语调让我头皮发麻，之后他长长地舒了一口气，用手把第二支香烟弹开，然后径直走到我面前停住。我低下头，再一次打开了巧克力包装，这时他弯下腰来抓着我的手，巧克力开始在我俩之间融化。

"我们经常去圣廷苑，"他说，"苏姬甚至还在中场休息前让我跳两下。我以前从来没这么干过，印象里你好像也没有过，对吧？"他轻轻晃着我的手，一边的嘴角上扬起来，形成一道微笑。

我像往常一样冲他笑了回去。"我想起来了，"我说，"或许我应该去那里看看。"

他放开了我,巧克力滑到了我的大腿上,还沾脏了一点儿我的裙子。

"你不管它不行吗?"他说。

我开始还以为他指的是巧克力,便回了一句:"是你给我带来的。"之后我才明白过来他说的是我找苏姬这件事儿。

但是我怎么可以坐视不管?周六晚上,我穿上苏姬那件绿色的扇形连衣裙来到了圣廷苑舞厅。我还有一线机会,我想,苏姬即便是真的有意躲避我们,要是她还在这个镇子里,她就有可能抗拒不了跳舞的诱惑。我愿意赌一把。我想我只需来这里看看都有谁会参加舞会。为了不让人认出我,我把头发盘成了一种新样式,还用一本妈妈的《不列颠和夏娃》[1]杂志遮住面孔。

踏入圣廷苑舞厅,首先映入眼帘的是一个宽敞的门厅,里边摆放着许多包着天鹅绒的红色长凳,一个个巨大的瓷花盆里栽着棕榈树。柱子周围点缀着一些柳条制成的椅子,但跟长凳比起来太过引人注目。不过总之,进门厅的时候,我发现空着的椅子都是背对大门的,无法看到门口的人来人往。所以我就只好坐到长凳上,将杂志举了起来。人们待会儿要在主舞厅跳舞,所以时不时地会来门厅小憩片刻,跟同伴闲聊或是预先舒展下筋骨。空气中弥漫着香水、鞋油以及樟脑丸的味道,这些衣服已经放在橱柜里整整一个礼拜了。离乐队开始表演还有一刻钟,我早早来这儿就是为了寻找苏姬。我一边看着威廉姆斯医生粉色药丸[2]的广告,一边盯着门口。我的心怦怦直跳,像是把血液都冲到了胳膊上,

---

[1] 二十世纪二三十年代的一份英国女性杂志。
[2] 十九世纪末至二十世纪初由威廉姆斯制药公司推出的一种补血药物。

以至于我连杂志都拿不稳了。

后来一个男人走了进来，停在门槛处，环视着四周。他个子高高大大，脸上长着金黄色的胡须，身上穿的衣服松松垮垮。我稍稍坐直，打量起这个男人。就在这时，一个衣着精致的女人从舞厅走出来叫这个男人，只见她身穿紫色连衣裙，头发既乌黑又柔顺，声音听起来很熟悉。我不敢抬眼看她，甚至不敢呼吸，气息全憋在胸口。男人原地没动，等女人走到面前时把一条胳膊搂到她肩上。之后女人便把他带过门厅向一张柳条椅走去。我看到男人脚跛得厉害，心想他的腿一定是在战争中致残的。待他们走近一点儿，我发现这个女人体态丰满，与苏姬相比，更像做了母亲的人。不过尽管她的步伐轻快，但姿态并不优雅。我不禁暗自神伤了片刻，之后感到胃部一阵绞痛，像是针扎一样。

我安慰自己这只是饥饿的症状罢了，于是伸手去口袋摸索那块儿弗兰克给我的巧克力，心想应该还剩一口。但我摸遍了口袋也没找到，我一定是忘在床边或是放在校服的口袋里了。现在将近六点钟，外边已是昏黄一片，我看到四周墙壁上固定了很多面大镜子，将傍晚的余晖反射到人们的衣服和头发上。镜子四角边缘还残留着一些棕色纸张的碎片，人们原来用纸张覆盖住镜子，以防轰炸来袭时镜子碎得到处都是。我坐在一面镜子的左下角感觉百无聊赖，于是转身去揭残留的纸张碎片。把它从镜子光滑的表面揭下来让人感觉心满意足，我揭了大概有一寸长的时候，一个人站在了我的身后。

"苏姬？"声音传来，我扭过头去。

是道格拉斯。当他发现是我的时候，便闭上了眼睛，嘴巴张开,下巴往外探出。

"莫德,"他说,"早就该知道是你。"

他挨着我坐在长凳上,伸展了一下双腿,坐在柳条椅上的跛脚男人冲他看了过来。我等着道格拉斯开口说些什么,但他只是盯着自己的双脚。

"你怎么会来?"我终于按捺不住张口问道,"难不成是疯女人告诉你过来的?"

"只要这里举办舞会,我一场都不会落下,"他说,"希望着——"

"没错,"我没等他说完便插嘴道,"你嘴上说去电影院,实际上来的是这儿。希望着——"

"这也是你来这儿的原因吧。"

我点点头。

"又穿着苏姬的衣服,你确定不是来见弗兰克?"

"哎,老天,道格,"我答道,"根本不是为了他,就算是又怎么样,你真是多管闲事!"

他瞥了我一眼,目光中流露出无奈。我不由得泛起怒火,重复着刚才不满的话语,想给他看脸色。"你以后还要来这儿来多久?"我问。

"只要还有希望。"

门厅突然喧闹起来,我们同时扭头看去。舞会马上就要开始,人们鱼贯而入。

"我想不出还有什么地方可以找,"他说,"也想不出还有什么可以找。"

我点点头，观察着他的侧脸。这时我觉得自己非常欣赏他，欣赏他的坚韧不拔，欣赏他的情深义重。在这一点上，弗兰克已然相形见绌了。

"道格，"我说，我得问清楚一件事儿，"你和苏姬？"

"她对我很好，仅此而已，"他答道，入神地看着入场的跳舞者，"她让我有处可去，有人可聊。"

我其实还想问他们俩平常都聊些什么，但却无从开口，因为我不想盘问他，平时我对他的冷嘲热讽已经够多了，虽然都是无心的，现在说什么也不能再雪上加霜。而且，尽管早已时过境迁，但我对他俩无视我忽略我的做法依然无法释怀。道格拉斯呆呆地望着人们穿着外套和礼服的背影，脸上时而期待时而失落。门口吹进的风轻拂起他的头发，我看着他笑了笑，但他却没意识到。

我本打算下一个周六再跟他一起来，但我开口提议的时候，他却表现得态度漠然，之后他趁我出去或没留神的时候就溜走了。再下一周，我先去了朋友奥德丽家一遭，当时爸妈又去伦敦打探苏姬手提箱的事情了。我和奥德丽本来约好喝茶，可她却拧开了一瓶杜松子酒，尽管我俩都不喜欢这味儿，但她还是执意邀我一起喝。等我赶去圣廷苑时，舞会早就散场了，道格拉斯更是消失得无影无踪。

我回去的时候，天色暗了下来。那片新房子前面的人行道在雨后格外湿滑，蜗牛从前花园里爬到了外边危险的路面上。空气中充盈着木榴油的味道，从新建的树篱上散发出来。很快我就看不清前边的路了，于是愣了一会儿，生怕自己踩在蜗牛壳上。我似乎已经感觉到了蜗牛壳在我脚下被咯吱一声踩了个粉身碎骨。

倘若在小时候遇到这种情形，我一定会小心翼翼地侧身徐行，把蜗牛一一捡起并带到安全的花园，或者至少放在对面的灌木丛里。但现在我已经改变了这个习惯，只是留心不要踩在蜗牛壳上。我就这样走了半程，但还是无法幸免地听到脚下响起蜗牛壳的破碎声。但我已来不及咒骂这种恶心感，这种既同情又不爽的复杂情绪，因为疯女人蓦地出现在了我的视野中。

她在汽车的另一侧，当时街上只停着这一辆车。只见她站在湿滑的路面上，眼睛透过车窗向里望去，手指还徒劳地在上面挠来挠去，像是要够里边的财物。这时一户人家的灯突然亮了，正好暴露了疯女人的踪迹，她的影子在灯光的投射下向我延伸而来。与此同时，一个男人在他家前花园里大吼大叫地冲了出来，周边很快聚集了不少人。男人站在花园围墙边上，用手在墙头上摸来摸去。我看到他家的围墙与众不同，顶上沾满了彩色的卵石。左邻右舍闻讯而来，他的声音更大了。但疯女人此时正敲着车窗玻璃，我没办法专心致志去听那男人的吼叫。

灯光下，疯女人的身体似乎在瑟瑟发抖，她的花白头发如同飞蛾一般飘散着。我们隔着玻璃对视彼此，我不禁好奇她在这里待了多久，难道她在沿路跟踪我，或者只是埋伏于此？我纳闷她有什么打算，或者她是否有什么打算。我感觉身体僵住了，脚在布满蜗牛尸体的人行道上动弹不得。我本以为那个男人是在吼她，可我错了。

有人一直想挖掉我的蔬菜西葫芦，男人说道。他们几乎就要得手了。说话的男人是西葫芦大赛的获奖者，他的作物因栽培有方长得个头喜人。他确信这是故意破坏，他甚至看到了偷挖者落荒而逃时的背影，他敢发誓那人就是他的主要竞争对手——老墨菲。

"他的白头发暴露了他，在月光底下闪闪发光。"他说，"闪闪发光"这四个字从他的嘴里说出来都像是一种犯罪。"他的头发搁到哪儿我都认得出来，狗娘养的。"

一些妇女嘟囔了几句，男人只好为自己的失礼道歉。一个男人建议大家去墨菲家里，让他展示一下头发。人群中传来了几声窃笑，接着便只剩下嗡嗡的说话声，看来人们对此已经失去了兴趣。这里一会儿便会风平浪静，但我还是不敢移动半步。因为疯女人的眼睛在死死盯着我，她手指的敲击声像极了某种疯狂的摩斯电码，但让我颤抖的是她那"闪闪发光"的白发。是她在挖那个男人的花园，他一定是把疯女人的头发误当成那个墨菲的了，我想象着她在一片漆黑中用满是泥垢的指甲将西葫芦按到了自己的牙齿上。

人群中传来了接二连三的"晚安"声，大部分妇女都回家忙碌去了，她们得照顾小孩儿、听收音机或是卷头发，男人们紧随其后。这时一个落在后面的人扯着尖利的嗓音吼道，凶手其实是一个有西葫芦瘾的人，人群中爆发出一阵哄笑。这让疯女人转过身去，虽然只是片刻，但我撒腿就跑。我沿着街道跑过那男人的卵石围墙，踩碎了更多的蜗牛，甚至都没有机会表述自己的遗憾之情。我知道，明天早晨我会发现自己的鞋底上沾着不少蜗牛壳碎片以及黏稠的肉。

伊丽莎白不见了

等我回到家的时候，屋里漆黑一片。爸爸妈妈还在外边寻找苏姬。我站在门廊里，把手袋和所有口袋都翻了两遍，一心只想找到钥匙，但始终摸索不到。我的胃里有东西在翻涌，一直堵到了胸口，心也怦怦跳个不停。我小心翼翼地深吸了一口气，把口袋全翻了出来，所有东西都掉在了地上。它们撞上水泥地面，发出啪啪的声响，同时响起的还有弹簧的叮叮声以及锁链的吱吱声。没错，一个人打开了门。但这个人并不是爸爸，也不是妈妈，而是个陌生男人。只见他年纪不大，身材小巧匀称，站在门廊一动不动，眼睛死死地盯着我。他神情讶异，仿佛没意识到我会回家。这人看起来不像小偷，但我依然充满戒备。我想我不认识他，但我又不敢相信自己。"道格拉斯吗？"我问。

"不，我是肖恩，"他说着便走回了房子——我的房子。"待在那儿别动。"他喊道。

但我可没打算在外面干等着，天知道他会在屋里搞什么名堂。于是我跟着他走进了黑漆漆的门厅。这里的陈设与原来大相径庭：

几乎所有的东西都变了样。暖气片上面的架子不见了,一辆自行车就着墙边摆着。我想不出自己身处何地。房间里飘着醋味儿。那个男人在打电话,还冲我微微一笑,如同温纳斯太太一样得意于自己的电话机。

"你要坐会儿吗?"他手捂着话筒向我说道。

"你捂着话筒,电话那头就听不到你的声音了。"我说。

他点点头,把手移开,对着话筒又说了几句,然后挂掉电话。"要来厨房看看吗?我们刚吃完炸鱼薯条。还剩了好多薯条呢。"

这时一个小孩儿溜上了台阶,紧靠着墙,在她父亲身后仔细打量着我。

"波比,"他说,"这位太太是这房子的上一任主人。"

"你们以后不住这儿了吗?"我问。

女孩儿放声大笑。

"呃,我们能进去了吗?"男人沿台阶走去,小女孩则扭过身子,在他前面跑着。

我感到无所适从,虽然看到厨房亮着灯,但却想不起来应该怎么过去。这里的一切都似曾相识,我的记忆时隐时现,但却一直朦朦胧胧。别人的生活横亘其上。我看向敞开的前门,和我家的很像——玻璃窗上是同样的玻璃——这让我感觉自己应该回家。但我困在这块儿地毯上,无法找到出路。我伸手去口袋里摸纸条,但里边除了一些线头外空无一物。我没有纸条了,这让我六神无主;我像断了线的风筝在风中盘旋。慌乱中我用手上下揉扯着外套,没想到竟在衣服的内衬里发现了一张蓝色的方形纸片,上边是我的笔迹:伊丽莎白在哪儿?

"伊丽莎白不见了！"我叫道，生怕自己转眼就忘，"伊丽莎白不见了！"我一遍又一遍地叫着。在我看向自己肩膀的时候，瞥到一个小女孩儿正紧紧抓着楼梯扶手，脸半藏在她脖子上缠的那些东西里。羊毛的丝绸的，又长又危险，它们搭在楼梯支柱上，就像机警的蛇。小女孩儿先是睁大眼睛望向我，而后又往楼上看去。我冲着她的方向吼叫起来。

接着，我感到自己的肩膀被一只手拍了一下，我把头扭向前门。

"妈妈？"有人说道。

是海伦。她冲过来用手抱住我，将我的脸按在她的胸口，她身上散发出湿湿的泥土气息。接着她站直身子，用一只手抓住我轻轻晃了晃，另一只手则拿着手机。

"你刚才在冲谁叫呢？"她问，眼睛在我的脸上打转，手紧紧捏住我的肩膀，"妈妈，你已经不在这儿住了。想起来了吗？"

"伊丽莎白不见了，"我低声说道，并仰起头打量这房子。这房子似曾相识，但我不知道它属于谁。我把一只手抵在喉咙上。

"不，妈妈，伊丽莎白好好的，你知道她在哪儿。你要么尊重现实，要么干脆绝口不提。不管怎样，你必须停止总对别人这么说。"她声音压得很低，边说边拉着我向街上走去。

"对别人说什么？"我问。

"伊丽莎白不见了。"

"你也这么认为吗？"

她闭眼苦笑了一下。"不，妈妈。算了。我们回家吧，好吗？"她打开车门，先扶我坐了进去，然后又回门廊把我散落一地的东西捡了起来。一个男人弯下腰帮她。

"太麻烦你了，"我听见她说，"我只离开了十分钟而已，我以为没事的。"

男人回应了些什么，但我一个字也没听清。

"我知道，我知道这不是第一次给你添麻烦了。我母亲还在适应过程中。"

我想搞懂这是什么意思，但不可能。我脑子里乱作一团。我的房子、陌生人、楼梯上的凯蒂、鱼和薯条、苏姬走了、伊丽莎白走了，还有海伦，她也走了？不，海伦还在。她正在上车，准备把我带去某个地方。我回头看着我们走过的路。"海伦，"我问，"我搬家了是吗？我搬去和你同住了。"

"是的，妈妈，"她答道，"没错。"她刚向我伸来一只手，但又急忙缩了回去好给汽车换挡。

"那么，"我说，"今天我至少说对了一件事。"我心满意足地看着前方曲曲折折的道路，并开始大声读着路标，海伦没有打断我。我专心致志地盯着路牌：它们坚固又整齐，而且反正我不开车，看不懂上面的指示也没什么大碍。

一个羸弱瘦小的男人在我们前方晃来晃去。开始我以为他是在表演单腿跳，但很快我就看清楚了他是坐在一种交通工具上：那种有两个轮子和一个把手的玩意儿，不是独轮车。在我们赶上并从他身边经过的一刹那，我的心提到了嗓子眼，我以为我们的车会把他撞到路中央，让他这个"旋转陀螺"摔倒在地。

"海伦！"我说，"你差点撞到他。"

"不，没有的事儿，妈妈。"

"真的。你差点就撞到他了。你最好注意，你这样会闹出人命的。"

"好的，谨遵教诲，但我的确还离他远着呢。"

"那个可怜的女人在我们家门口被活生生撞死了，那是什么时候来着？"

"不知道，我不知道你在说谁。"

"不，你知道。她站在我床前，然后跑掉了。之后你把她撞倒了，是你把她送进了鬼门关。"

"我从没撞过任何人。"

"好吧，那我也不清楚了，"我说。"因为我当时没在车里。"当时我正在道格拉斯房间欣赏着《香槟咏叹调》。

我听到一声急促的刹车声，大得盖过了埃西奥·品萨歌曲里的哈哈。接着我隐约听到妈妈在叫着什么。我一把推开道格拉斯房间的门，循着声音走到了街上。很快我就看到地上躺着一个人，血肉模糊。是那个疯女人。她的头淌着血，四肢的位置很是怪异。妈妈跪在旁边，一只手摸着她的脸颊。温纳斯太太一定也听到了声音，几乎与我们同时到达了现场。她跑回屋里打电话叫救护车，妈妈让我去找些毯子来盖上这个疯女人变了形的身体。

拿来毯子后，我无所适从地蹲在妈妈旁边，握着这个疯女人的手。她的眼睛不停地打转，嘴里还轻轻念叨着一些我听不懂的话。尽管她的微小身躯蜷曲在柏油路面上，但她的面色并没有那么惊恐。我没看到她那把从不离手的雨伞，只看到她的身旁散落了一地的植物，肯定是她摔倒时拿在手里的：剥了皮的山楂树嫩枝、红色的金莲花、婆婆纳、蒲公英叶、金银花，西洋菜以及香蜂草。她的身体被它们围绕着，就像是个老去的奥菲利亚[1]，只是错把公路当成了河流。

"这些都是能吃的东西，你看，"温纳斯太太说道，"她至少知道用蒲公英叶子和金莲花做个沙拉，并不是傻到无可救药。"

当我捡起这些花花草草时，听到疯女人喉咙深处发出一个尖锐的声音。妈妈急忙弯下腰去听，但疯女人却盯着我的脸一动不动，继而她抓过我的手，塞了什么东西进去。我接了过来，没有抗拒。我用手感觉着那个东西，小巧精致却又娇嫩易碎，但我没有低头去看。

"鸟？"妈妈说道，努力去听这个疯女人含糊不清的声音，"什么鸟？谁的脑袋？"

但妈妈似乎并未从疯女人的口里捕捉到什么信息，我们不断地安慰着疯女人，温纳斯太太焦躁不安地来回踱着步，嘴里大声说着救护车开到哪儿了，还问我们她是不是得再去打一次电话才行。

"你觉得这女人多大岁数了？"妈边问我边调整疯女人身上的毯子，想遮住她那变形的躯体。

我告诉妈妈我不知道。"这很重要吗？"

"我只是随便问问，只是觉得她比我想象的要年轻，没准儿和我是同龄人。"

---

[1] 莎士比亚剧作《哈姆雷特》中的女主角，因哈姆雷特误会其父而发病，后在水边采摘野花的时候溺水而死。经典形象是她的尸体漂在水中，鲜花、野草、树枝等浮在身边。

救护车赶来的时候,疯女人已经停止了低语,她的嘴巴张开,脸颊凹陷了下去。有那么一瞬,她似乎苏醒了过来;她的眼睛轮流与我们每一个人对视,下巴还在上下动着,像是要说最后一句话。但接着只见她的眼角溢出了鲜血,昏死了过去。

"她在我的怀里死掉了。"妈妈说,此时那些救护人员正把她的瘦小身躯挪开,上面依然裹着我从家里拿过来的毯子。

我们所有的人都低头盯着路面看了良久,直到我们确定任凭怎么看也无济于事的时候,温纳斯太太首先动了下身子,她搓了搓手掌,之后又抬头看看天空,判断一会儿是否会下雨。最后,她把我们领到她家里去喝杯茶。

"她的意外是迟早的事儿,"她说,把我们安置在她家前屋,"总是待在路上,还在公交车前面跳来跳去。"

"不是公交车撞了她,"妈妈说道,"是一辆莫里斯[1]。"

温纳斯太太说什么车都是一回事儿。她把她家的电暖炉拧开,给妈妈在肩上披了条围巾,之后又给我们倒了杯茶。此刻我意识到妈妈的身体在瑟瑟发抖,我问她怎么回事,只看到温纳斯太太扮了个鬼脸,向我摇了摇脑袋。我知道自己还是闭嘴为好。

"你拿着什么?"她问道,冲着我紧握的拳头点了点头。

我把茶杯放下,终于摊开手掌去看那疯女人的馈赠。那是一朵西葫芦花,已经枯萎褪色,七零八落,就像旧式的唱机喇叭。

"那疯女人给你的,对吧?看样子是朵西葫芦花。我不觉得这有什么价值,她给你这个目的何在呢?"

"西葫芦花可以食用,对吧?就像金莲花一样。但我想这朵

---

[1] 1919年设立的一个英国汽车品牌,后在1989年停止使用。

西葫芦花一定是在她偷挖那个男人家西葫芦时留下来的。"我说,"那个男人几乎当场抓到她,当时我正好路过,所以她知道我看见了。"我想起那个男人在黑夜里冲着自己的左邻右舍大叫,还用双手在卵石围墙上摸来摸去。

"难道她招认了?哎呀,她总是古里古怪的。哎,我知道自己不该冒犯一个死者,但我想她或许是在用自己的方式来坦白。我个人还是很喜欢西葫芦的。"

"是弗兰克帮他们种的。"我对妈妈说,心想如果这条线索有什么意义,她也许会有所反应,但她只是点了点头,握着温暖的茶杯,却没有喝。

"她说那些小鸟在她的脑袋周围飞,"妈妈说道,"就像动画片中的场景一样。之后她还提到了自己的女儿,说我们都失去了爱女。我想她指的大概是苏姬。我本以为她不认识我;你本来都不指望她的头脑是清醒的。但她的话题从没离开过这俩女孩儿。"

"我想她只是胡言乱语罢了。"温纳斯太太说。

"不,"妈妈答道,"她认识我。"

"就在这儿过个周末而已,妈妈,我很抱歉,不过周一上午我就来接你回家好吗,妈妈?"

我一言不发。我们身处的这个房间很小,简单的百叶窗,花瓶里插着假花,不知什么地方传来浓浓的廉价肉汤味儿,还有清洗剂的味道。我在床边坐着,海伦则在我身旁蹲着;她说她会回来接我,但我知道她在说谎。我知道她要把我永远留在这儿。我已经在这儿一周又一周地待了很久。

"就两个晚上而已。这里的人还会让你做点儿园艺工作。"

"我不喜欢园艺。"我说,说完便为自己的沉不住气而懊悔,我本不该理她。

"不,你肯定喜欢。你总是问关于种植物的事,在家的时候,你还喜欢把植物连根带叶地刨出来。"

这次我记住了不理她。她又在说谎,我压根不喜欢园艺。我可不像她,无论刮风下雨总在外面教导别人,说什么地方适合挖土,什么土壤适合种蔬菜之类的。但她对我却惜字如金,甚至从来不问我是不是对种植西葫芦有兴趣,知不知道土该挖多深,明不明白根须长到了土里什么位置。我早已不愿和她多费口舌了。现在,空荡荡的屋子里只剩我一个人,海伦出于某种原因已经离开了,只留我自己坐在这里。我看到墙上有一则告示,**欢迎来到吉波尔之家**。这是个养老院,我不明白自己为什么会在这里。我看了看便条,发现养老院的名字写在一张粉红色的纸上。还有地址吉波尔路。我有一个朋友就在这儿住过,不过她已经过世了。我想不起她的名字,总之不是伊丽莎白,是另外一个朋友。

"五分钟后茶就会送过来。"

一个高大敦实的女人把我带到走廊,这里两边都是卧房,让我不禁想到车站旅馆的布局。不同的是,这儿的卧房门全都敞开着,所以在我经过卧房门口的时候,电视机的嗡嗡声以及人们窃窃私语的交谈声都被我听得清清楚楚。我往屋内瞥了一眼,看到了伸出床边的腿以及人们脚上穿着的医用棉袜和拖鞋。在我们走到休息厅的时候,肉汁味儿渐渐闻不到了。我一屁股坐在椅子上,屋内还有很多这种椅子,渐渐地被老年人坐满了。他们穿的衣服皱皱巴巴，脸上也沟壑纵横，像是刚刚起床的样子。屋子一角放着一台电视机，里边传出的声响与屋内的说话声乱作一团。

"我等了好几个钟头了。"我对这个健硕的女人说道。

"你在等什么呢？"她问道。

"年复一年，我一直都在等。等了两个小时了。"

"在等什么？"

但我也不知道自己在等什么，这个女人叹了口气，将她的刘海从前额拨开。她递给我一杯茶，此刻我看到屋子对面有一个老太太，她的背驼得厉害，头发上包着一块儿亮色头巾。她正在喝茶，但她的鼻尖总是不由自主地垂进茶杯里。等她抬起头的时候，水珠就会顺着她的脸颊滴下，沾湿了她的套衫。老太太喝完后用双手支住了脑袋，像是为了分担头部给驼背带来的重压。这时一个气质优雅面露微笑的男人走过来收走了她的陶瓷茶杯。大概是个西班牙人，皮肤是那种浅棕色。我看着他把杯子摞成闪闪发光的一根柱子。阳光透过窗户射了进来，他像斗牛士挥舞手中的披风一般，将百叶窗一把拉了下来。

天色不早了，我在这儿已经逗留了太久；所有的跳舞者都向家中赶去，唯独我还杵在这儿。我必须回去看看苏姬到家没有。我坐的椅子上放着一小卷胶带，我把它捡了起来。"'那些舞者什么时候会让她独处？'"我自言自语道，此刻诗句比电视机中的台词要清晰。"'她疲于舞蹈和表演。'"

"什么？"一个满头银发的女人一边走进来一边厉声喝道，她倚在助行架上，"有人坐了我的座位吗？我的座位在哪儿，真是见鬼。"

我内心一阵恐慌,生怕是我占了她的位置,但那个西班牙人冲她指了指我旁边的椅子。

"在那儿。"他说道。他舞到左边,冲椅子挥着手。

她低下头,仿佛在验收这个座位,之后扭了下身体,优雅地坐了下去。"你做得可不好。"她说道,指了指我拿着胶带的手指。

我想不到诗的下一句,无言以对,只好用微笑代之,并尽力把诗的开头部分唱出来,这样她至少知道我还能记住曲调。

"她觉得这样很好玩,"那女人对着她邻座的男人说道,"我可不这么认为。"她又看向我,"如果你回家告诉父母你做了这么滑稽的事儿,他们大概会丢脸死了。"

"她不能回家找爸妈了,对吧?"那男人边说边用手掸掉他套衫上的面包屑。

"能,但现在还不能,"我答道,"在那个身披斗篷的斗牛士来之前,我必须在这儿耗着。那人抓走了我的姐姐,把她藏在了他的披风底下。只有我和他跳支舞,他才会放了我姐姐。"我注意到此刻没有一个人在认真听我讲话,因为斗牛士的形象太抽象了,他们根本接不上话茬。这时一个坐在花瓶旁边皮肤黝黑的女人冲我招手。

"这些花是假的,你知道吧?"她说,"但依然很精致。"

我看着那束花,点了点头。

"假的。"那个皮肤黝黑的女人又说了一遍,还用指尖揉着花瓣。继而她从花瓶中抽出一枝花递给了我。"虽是假花,但很漂亮。"

我接过这枝花,用手紧紧攥着。此时那个女人把一整束花都从花瓶里扯出来扔给了我。离开了花瓶的支撑，花个个儿耷拉着脑袋。由于触摸过多，这些花显得破败不堪，而且一些枝上根本看不到花朵的踪影。这让我回想起道格拉斯那次在我家的厨房里。他弯腰驼背的样子就像他手中那束无精打采的花。

屋内的灯光闪烁着，道格拉斯回来的时候，那些阴魂不散的昆虫扑到了厨房的玻璃窗外面。炉灶已经快冷了，我们眼看就要喝完最后一口茶。因为妈妈近来总是彻夜难眠，所以我时不时便会陪陪她，像是猜猜《回声报》上的字谜，或者单纯地听着楼上爸爸的酣睡声发呆。

"你的晚饭放在顶层上的炉子里，"妈妈看到道格拉斯开门进来便冲他说道，"饭可能有点凉了，我要是知道你晚回家，会提前给你温一下的，可惜我不知道。"

"唉，对不起，"他说。他没有坐下，但看上去像是要瘫倒了一样。"对不起，我没想到，我……"他手中握着那束花，凌乱不堪，在厨房的热气下显得愈发萎靡不振，随着他身体的抽动，花瓣竟一片片落了下来。"我不知道该怎么办了。"他说，把花冲我们举起来，身子晃来晃去。妈妈见状向我挥挥手，示意我做点儿什么。

"发生了什么事儿？"我问道，并起身给他推过去一把椅子，安置他坐了下来。

"我的母亲，"他说，"今天下午她去世了。"

我打了个冷战。妈妈看上去很担心，就像见了鬼一样。我们都认为道格拉斯今天一定吃错了药，才会如此胡说八道。

"你母亲不是早就过世了吗，亲爱的，"妈妈说，"死于炮弹轰炸，你想起来了吗？"说罢她挥了挥手，这次指的是茶壶，于是我把茶壶灌满水，放在炉灶上，还加了点儿煤。

"不，"道格拉斯答道，"不是，在那次轰炸中，她死里逃生了。我当时也不知情，但是她的确幸存了下来。之后，对了，莫德，你见过我母亲的，她在路上追过你。"

"什么，你是指那个疯——"我及时收了口，把茶壶晃得叮当直响，好掩盖住最后几个即将脱口而出的字眼。"但她怎么可能会是……"

他晃了晃脑袋，把花放下。我猜这些花是他专门为他母亲摘的，不知自己该不该拿个花瓶过来，但这些花实在寒酸得可以，一看就是路边的野花，拿个花瓶过来实属多余。

"我以为你们早就知道那是我母亲，"道格拉斯说，"苏姬知道，我告诉过她。她很善良，总想着帮我，还给我母亲带些食物。那时候我开始以为一切都会好起来。我不知道自己为什么会那么傻，但我真的以为会好起来。"

"但是道格拉斯，你的母亲，"妈妈说，"我还是不太明白。"

"我母亲一直很柔弱，"他闭上了眼睛，像是在抵御屋里刺眼的亮光，"自从我姐姐朵拉死了之后，她是被一辆公交车撞死的，是战前的事儿了。"

我们点了点头，催他接着讲下去。因为那起车祸人尽皆知。

"后来我父亲又在1940年去了法国，一走便再无音讯。我母亲的情况就更差了，一天到晚在外游荡，不吃不睡，精神恍惚，天天和左邻右舍吵吵嚷嚷——那时我们住在镇子的另一头。连警察都被叫来了。为了找她,单是警察局我都跑了好几次。"

"怪不得尼达姆警官说认识你。"

"他说过?没错,这就是原因。接下来我们只好搬走了,毫不夸张,那次搬家可以说是'连夜脱逃',我用我的送奶车运走了所有东西。我这可不是炫耀,但至少这意味着没人注意到我们,我想是老天保佑吧。搬到新家后,我们尽量避开左邻右舍。我小心保管着配给券,所以商店老板压根不知道还有我母亲这个人的存在,更不会把她和我联系起来。对于外人来说,他们甚至觉得我是一个人独居。我母亲作息独特,从不走大路,而是从后花园溜进溜出。可是好景不长,我们搬来没多久就遭遇了空袭。当时我以为母亲已经走了,惭愧的是,我竟然有种轻松感,但之后却发现她住在房子的废墟里。那时她完全神志不清了,让人束手无策。我觉得她只想守在那片废墟里。因为房子虽然被炸掉了一半儿,但朵拉的洋娃娃、她的伍尔沃斯[1]手袋以及鲁珀特年度合辑[2]还埋在某个角落里。"

"真是可怜的女人。"妈妈说,眼睛刻意环视着四周。

茶壶开始沸腾,我把热水倒进牛肉茶里,将杯子推到道格拉斯手边。顿时,空气中布满了茶香,让我垂涎欲滴。

"我们陪了她最后一程,"妈妈说,"在路上。他们跟你说了吗?"

道格拉斯呷了口茶,点点头。我把他的餐盘从炉子上拿下来,

---

1 美国著名零售企业,1909年进入英国市场。

2 1920年11月8日,英国《每日邮报》开始刊登以小熊鲁珀特为主角的连载漫画,先后历经数位作者,一直持续至今。自1936年起出版方将漫画汇编成书,每年出版一本合辑。

摆在他面前。道格拉斯坐得直挺挺的，在闪烁的灯光下，他身上有种不真实的生机。

妈妈把刀叉朝他的方向转过去，推到了桌子对面。"她看起来很平静，像睡着了一样。"

他点点头，开始快速地吃着东西。之后他连头都没抬便开口说道："他们清理我家房子废墟的时候，她就住到了海滩附近那间用木板搭盖的小屋子里。后来，我一度失去了她的音讯，直到发现她躲在苏姬家的老马厩里。我觉得她是有意想接近苏姬。看得出来，苏姬与我姐姐有几分相像。"他又抿了一口茶，"你长得也像朵拉，莫德。"

我似乎明白了为什么那个疯女人会对我穷追不舍。"你拿了她的雨伞，"我说，"我在你的房间看到过。"

他凝视着一个洋葱卷一动不动，像是在纳闷我去他房间干什么。这时我突然意识到自己没把《香槟咏叹调》从唱机里拿出来，忍不住想他过会儿会不会察觉。

"我从她那儿拿走了那把雨伞，"他说，"她……她在你卧病期间闯进过你房间一次，我担心她会做出出格的事儿。"

"我想我看见了她，"我说，"但那时候我意识恍惚，感觉看到了无数人。"

"她来过，也偷过食物，"他说，"我本该告诉你的，但又羞于启齿。毕竟她没动过什么值钱的东西。"

"但是那些唱片，"我说，"在花园里碎了一地，肯定是你妈妈干的。"

"不，那是我干的。我本来把它们放了起来留给苏姬，但有天晚上我母亲不知何故闯进了弗兰克家,当时弗兰克正好不在,苏姬吓坏了,于是跑到这儿来了。当时已是夜里十点钟,我正好刚看完电影回来,瞧见她跑在街上。我们吵了一架,她生气是因为吓得失去理智。我生气则是因为她说了我母亲的不是。那些话虽有口无心,但我依然很难接受。苏姬吵完便跑回去找弗兰克了,我上楼进了自己房间,把那些唱片摔了个稀烂,不知道怎么办好,就扔到了花园边儿上。我还没来得及收拾走,你就发现了。"

"'让我们重新做朋友吧。'"我不假思索地引用了苏姬信中的话。

"什么?"

我摇了摇头。"她告诉弗兰克关于你母亲的事了吗?"

"她本想告诉他,但我请她不要,"他说,"我可不想让那个野蛮人知道。他会从中作梗的。"

道格拉斯仔细地吃完最后一口,我把他的餐盘拿到水池,看着一只飞蛾的身体下侧紧贴在玻璃窗外面,让人一览无遗,它的躯体熠熠发光。

"苏姬说了什么,"妈妈问道,"惹你那么生气?"

"她说我该考虑把我母亲送到收容所之类的地方。但是我于心不忍。我们迫不得已从老房子里搬出来,新居又不幸遭到轰炸,我姐姐的东西都埋在瓦砾底下,这已经够糟糕了。我也不能把母亲锁起来。她无非就是想回家,想触碰我姐姐曾经触碰过的那些东西。"

尘封旧案

"我想回家。"我说。但周遭空无一人。声音飘到空荡荡的空气中,消失在高大粗壮的灌木丛、深不可测的草皮和精心修剪的树木里。我手上拿着一把小铲子,真想拿它去敲什么坚硬的物体,好制造些动静出来。我不知道自己身在何处,也不知道自己是怎么来的。空气中散发出修剪草坪的味道,但却看不见花。"求你了,"我又说道,"我想回家。"

树篱的另一边有人在走,身影上上下下忽隐忽现。我用小铲子敲树干,但它却只发出一声闷响,所以无论是谁也没办法听到我闹出的响动。我想自己是否该挖个地道,或许给我这把小铲子就是这个目的,但我该从何下手呢?我从没过多留意那些在老电影中经常出现的"挖地道"桥段,更没想象过自己有一天也得从"集中营"里逃生。我踏过草坪朝街道方向走去,停在了树篱前,并顺手扯去树篱的叶子,把它们在手里撕成碎片,最后全抛在了草坪上。我心里知道,无论别人怎么怂恿,我也不会尝试去吃掉它们。这时一个女人穿过街道,还向我挥了挥手,我急忙弯身躲在树篱下，却不慎撞疼了膝盖。

"好啊，妈妈，"她边说边探过来，篱笆上绿油油的叶子因此而前后摆动，"你在那儿做什么？"

这个女人留着一头短短的金色卷发，皱纹中还藏着不少雀斑。我用手撑着树篱从草坪上缓缓起身，发现裤子上沾了很多树叶碎屑，双手也染了点点绿痕。

"我来接你回家，"她说，"好吗？"

我故意听而不闻，只是朝对面的那片新房子望去。这片房子和我居住的那一带相比显得甚是整洁。路边站着不少建筑工人，他们身上的夹克闪闪发亮。旁边还有一大堆那种东西，那种锋利的、沙子似的东西。这不禁让我联想到海滩、苏姬以及淌着血的指甲。那时战争还没开始，我不过才七八岁，苏姬把我埋在了沙子里，我使尽浑身解数想要挣脱出来，却被沙子刺进了指甲缝，我的手腕酸痛，吓得惊慌失措，身子反而往沙子深部滑了下去，沙子盖住了我的嘴，我几乎都要窒息了。

"我知道你还在生我的气，"那个女人说道，"但我会补偿你的。"

"生气至极，"我说，"回家后我就把唱片摔了个粉碎，埋到了花园里。"我感到怒火中烧，甚至能看见那些唱片，但不知怎的，又隐隐感到哪里不对劲。

"我想我们可以去看望一下伊丽莎白。"

"伊丽莎白，"我说，"她不见了。"这么说没错，听起来很熟悉，但我不知道它是什么意思。

"不，她没有，不是吗？"

树篱又晃了一下，叶子上泛着的亮光让我恐惧不已。我不会相信这个女人说的话，她胸部以下的部位被树篱挡得严严实实。我端详着她的面孔，但又无从判断，我想不出人们撒谎时脸上会流露出怎样的神色。"你在接济那个女人。"我说，随手从树篱上扯下了一片树叶。

"不，我没有。她中风了，一直在医院治疗，妈妈，想起来了吗？我们谈过足有成百上千次，成千上万次。"她一字一顿地说着最后几个字，"你扭伤拇指的时候，我们还去探望过她。总之，她现在吞咽困难，所以还在康复科，但如果你愿意的话，我们现在又可以去看她了。你想去吗？"

我完全不知她在说什么，也看不到她的胳膊和腿，我不禁怀疑她有没有胳膊和腿。"你怎么称呼这个东西？"我边说边举起了小铲子。

"这是把泥铲。"

"哈！我猜你就知道，"我说，"我在外边儿抓到了你，是不是？"

"妈妈？你听明白了吗？彼得说你可以去看伊丽莎白了。但你不要表现得像上次似的——虽说这的确难以面对。但伊丽莎白已经不是你记忆中的样子了，对吧？不过她还是那个人，她也想见见你。"

女人用手撩了一下头发，这下我看见了她的一只手臂。我在脑子里不断默念着"泥铲"，我感觉它待会儿一定能派上大用场。

"如果你想去，我们今天就可以去。我给彼得打个电话，你看怎么样？把你一个人留在这里真的很抱歉，妈妈。"她说道，沿着树篱走去。"我想弥补你。"

等她走到花园门口的时候,我终于看到了她的全身。大门是用窄铁条做成的,所以她再也藏不住了。只见她脚蹬海军蓝的雨靴,腿上则穿了条破烂不堪的牛仔裤。我不明白她为什么会在这儿,我也想不起她的名字。她看来就像是那种你会错认成别人的人。你想让她是谁就是谁。如今我总是希望她是我的女儿,但却总也不是。过去我常希望她是苏姬,所以在任何地方都能看到她:在一个心急火燎的家庭主妇等在杂货店门前时迈出的舞步中。在一个售货小姐涂脂抹粉的动作里,当我结婚安定下来甚至做了妈妈之后,我还一直在其他人身上看到她。坐在车里望出去时看到的每一张模糊脸庞上都有她。

现在我就坐在一辆正在行驶的车里,一只鸟从路面上飞起,有个人在商店门前的长凳上坐着,一条狗被拴在门柱上。"海伦……"我欲言又止,把安全带从身上拽开,让它自动弹了回去。有件东西事关重大,是"泥铲"吗?应该不是。公园里的演奏台、黄绿相间的丑陋房屋,一幅幅影像在我眼前交错,还有言语。

"噢,妈妈,打起精神来,我要带你去见伊丽莎白。"她快速瞟了我一眼又转回头看着挡风玻璃,"我以为你会很高兴。"

灯光闪烁的车辆让我头晕目眩。突然,我们来到了一条长长的白色走廊上,一个男人从我身边咯吱吱走了过去。他的鞋仿佛奏出了一首古老的曲调,一首关于丁香花的歌。之后,两个手捧鲜花的人也掠过我们向前走去,他们的长相就像是一个模子里刻出来的。"花是送我的吗?"我问。他们大笑起来,仿佛我在开玩笑一样。我们沿着一条条走廊不知走了多久,像是一直在绕圈。

"我们迷路了吗?"我问。但似乎不是。我们到了。那是一间床上躺满了人的屋子。"这些人都该被叫起来,"我说,"总赖在床上对健康可不好。"

"别犯傻了,"海伦答道,"小点声儿,他们够可怜了。"

房间里非常明亮,还有白色的床单,大大的灯泡,无处不在的扶手,像极了一家室内公园。我的思想一直在游离。

"妈妈?"海伦说。

我只能想起一个词,但明显不对,我知道它不对。"演奏台,"我说,"演奏台。"

海伦朝一张床走去。床上有个身躯瘦小,一脸褶皱的女人,那是伊丽莎白。她眼睛闭着,身体缩成一团,看上去憔悴不堪。她一直这个形象吗?我站在床边,一动不动地盯着她,就这样过了好几分钟。然后我向她身边挪去,把帘子拉下去,于是我们就被罩在了帘子里,藏了起来。床边站着一个男人,他的喉咙处伤痕累累。

"她昨晚没睡好,"他说,"但她一会儿就会醒的,咱们动作轻点儿。"

我蹑手蹑脚地坐了下去,不敢发出丝毫动静。我不想打扰她。伊丽莎白在这儿。我冲她笑了笑,但她却毫无反应。她的身体陷在一张大床上,被棉被包裹得严严实实。"也好,好好休息吧。"我小声说道。过会儿我们再一块儿喝茶。我的手袋里或许还有些巧克力,或许我可以给你做一些干酪吐司。你肯定需要吃点什么,伊丽莎白。你的儿子只会让你肚子空空,饥肠辘辘。

"肚子空空?"男人说道,"饥肠辘辘?"

然后你可以告诉我怎么判别那些鸟，我知道你单是看它们的影子就能知道。我还可以把那些碎掉的唱片从花园里挖出来，然后咱们又能听《香槟咏叹调》了。

"正是在花园里挖来刨去才导致了她今天的状况，"男人说道，"你听见了吗？"

他探身过来，破了皮的喉咙紧绷着。伊丽莎白半坐在那儿睡着，她的头倒向一侧，嘴也歪到一边，这让我感觉好像置身船上一般左摇右晃。我不得不抓紧床边站稳身子。

"你在花园里挖来挖去，你还记得吗？"

我想象着自己的一只眼睛长在脑袋侧面，把头尽力转过去不看他。"我不知道，"我说，"在哪儿？"

"在我母亲的花园里。"

"不，我不知道是在哪儿。"

"在伊丽莎白的花园，"海伦说道，"彼得，我们可以到外面说句话吗？"

"不，"我说，"我没在那儿挖过。你永远不知道那片新房子的地底下埋着什么。道格拉斯说什么都有可能。"

"这又是在指控吗？"

"不，"海伦说道，"不是这样。"

她又问了彼得一次，能否出去谈谈，他一把将帘子撩开，之后又狠狠拉上。帘子发出了类似锯子一样的声音。我效仿起他的举动，也想营造出同样的效果，但不一会儿帘子就被我拽得快掉下来了。屋子霎时间变小了，里边仿佛只有我一个人，墙面看起来像是在迎着风起伏，这让我感觉自己正置身于船上。一张纸巾像船帆一样从盒子里向外探出，我把它抽了出来，然后缓缓撕成了碎片，同时还听着外面的动静。偶尔是女人的声音，但大多数都是一个男人在说话。

"这是跌倒引起的中风，"他说，"我一直问自己她究竟想找什么鬼东西。我还知道她一定找到了什么，但一直瞒着我母亲。如果她挖出来什么值钱的东西，必须得归还我们，因为我们有所有权。"

一盒果汁摆放在纸巾旁边，还有一把白色的塑料梳子。我把纸巾碎片扔到了地板上，然后拿起梳子开始为伊丽莎白打理头发。轻轻地，轻轻地。她的头发已经完全白了，半缕灰发都没剩下。相形之下，梳子显得肮脏不堪。这不由得拱起我的怒火：这把梳子根本配不上伊丽莎白，她值得拥有更好的。我翻着自己的手袋，找到了一把玳瑁壳梳子，但是它形状卷曲，表面还刻着花纹，显然是用作饰品而不是用来梳头发的。

帘子外面传来了一声尖笑，让人心生反感。又是那个男人。"但是别忘了那可是我家的花园，对吧？"他说，"我想践踏别人的花园对你们来说是个大笑话吧。还有，别以为我不会说出去，我可是知道你们以前偷偷溜进来找过我母亲。"

我思索他们在争执什么，但片刻之后，伊丽莎白就睁开了眼睛。她发出一种低沉沙哑的声音，我知道她是在说话，但却听不懂。因为她声音含混混，非常微弱。她把双手对着揣在袖子里，但我依旧可以看到她的手腕。柔软、松弛，非常不自然，像是没有骨架支撑一样。皮肤倒是很光滑，像是她被灌满了空气。她的嘴唇裂了，但她还是挤出一抹微笑，只见她半边嘴角上扬，又尝试着说些什么。她的话语磕磕绊绊跌落到地板上,然后便不复存在,这让我觉得自己像是遗失了什么宝藏。

疯女人死的那晚,我们全都没睡;相反,我们进行了守夜仪式。妈妈、道格拉斯、我,以及攀爬在窗上的昆虫。我们在看什么等什么,其实我也不明白。也许只是单纯地希望从中有所感受。

黎明破晓的时候,我想去花园呼吸一下清晨的空气。但在出门时,我感到四肢沉重,眼睛干涩。我往小路走,却一头撞到了荆棘树篱上。树篱发出嘶嘶声并前后摇晃了几下,把我吓得跳了起来,但我马上便意识到,疯女人再也不会藏在任何树篱里面了,再也不会冲着公交车大吼大叫指指点点甚至往上提裙子了,再也不会拿着雨伞追得我满街乱跑了。想到这些不禁让我如释重负,但同时也伴随着一丝内疚。

爸爸出门工作时我还在花园,只见他停下脚步,从贴在墙上的一簇黑莓中摘下了几个。他偷偷摸摸的,像是不想让人知道他也会对黑莓留意,并垂涎欲滴。我目送他离开后,也模仿他的样子把黑莓塞进嘴里。这才是该干的事儿。总之,黑莓冲淡了早晨舌头上那种味道。我又吃了几颗,偶尔会尝到两个酸溜溜的,这让我愈发想要找到更熟更甜的黑莓。我郑重其事地摘着,往从草丛里找到的一个旧水桶里装。

黑莓树自在地展示着累累硕果,我把胳膊向枝干深处伸去,想要摘下熟透的果实。道格拉斯找到我后一声没吭,但他也开始吃黑莓,摘黑莓,还把枝干拨开去找更多的果实。我盯着他看了一会儿,当你知道之后,会发现他和疯女人有明显的相似之处,但我又想也许是因为场景的关系：他的手臂也藏在叶丛里。没过多会儿，我的母亲拿着篮子和碗走了出来，也开始收获果实。

我们贪婪而快速地把枝干撸了个精光，黑莓在我们的手指间裂开，我们边采边吃，一言不发，紧张而心无旁骛。我就这样一直忙碌着，直到手臂发酸举不起来，手指也被黑莓刺扎得伤痕累累。正在这时弗兰克出现了。我们听到他的脚步声从小路传来，于是转身向他看去。

"天啊！"他说，"你们都变成食人族了？"

我看了眼妈妈和道格拉斯，发现他们的脸上手上全被黑莓汁沾染得"血迹斑斑"，像是刚刚生吞活剥了许多动物。我可以感觉到自己的嘴上也沾着黑莓汁。我们全都没笑，只是面面相觑，像是刚从睡梦中醒来：我们的衣服污渍点点，脸色苍白，泪眼汪汪。

弗兰克这次带来了白糖，妈妈用围裙把手和脸擦了一遍，睁大眼睛看着，还用手摸着袋子，像是收到了圣诞礼物一样。"我可以用它来做果酱，"她说，"我们的果实都是现成的。"

"我看出来了，"弗兰克说道，他笑出了声，但眼角的余光却一直扫着我们。他像是心神不定，用双手颤抖着点了根烟。他的一只袖口拍打着手腕，像一只贪心的海鸥。

妈妈拿着"丰收的果实"进了屋，道格拉斯继续吃着黑莓，但我已经提不起胃口了。黑莓汁干在我皮肤上，让我隐隐发痒。我多么希望弗兰克不在这里；我多么希望我们可以摘上一整天，不说话，只动手，做些不用思考的事。

我已经连续多日躲着弗兰克了。当我看见他在街道尽头等我时，便会绕远路回家，当我接近飞舞维斯或者别的他可能光顾的酒吧时，总会穿过马路离开。我不知道该和他说什么，更不能告诉他道格拉斯每晚都守候在圣廷苑舞厅，期待苏姬的出现。

"真像是口红花了，"弗兰克说道，"像是亲过谁一样。"他双手停止了颤抖，伸出大拇指擦拭我的嘴角。

"我不涂口红。"我说，尽量不让自己因他的擦拭而躲闪，因此声音显得很是僵硬。身后传来了一声闷响，像是道格拉斯对着墙踹了一脚。弗兰克没有看他，只是用拇指轻轻地抚摸着我上唇最后一点湿淋淋的黑莓汁，然后又把它抹在自己的嘴唇上。

"你觉得怎么样？"他说，"或者我该抹点儿口红。"

他的不当举动以及荒唐言辞让我无所适从。"现在倒是你看起来像亲过谁似的。"我说。这时候妈妈招呼我们进去。

"我得告诉弗兰克，"她在我们跨进门口的时候说道，"关于昨晚的事故。"

我看到弗兰克被这两个字吓了一跳。"什么'事故'？"

"道格拉斯的母亲被一辆汽车撞死了。"

妈妈洗着黑莓，然后将其倒入平底锅以便放在火炉上煮软。屋子里沉寂了一会儿，之后弗兰克开了口。他的声音里透着一丝哽咽。

"真是太不幸了。"他说。然后，出乎意料地，弗兰克的眼眶盈满了泪水。"什么时候的事儿？你们在场吗？天啊，太不幸了。"他抽泣了一声，声音像是盘子摔碎了一样，吓得我们跳了起来。

"等你知道她是谁的时候，也许就不会觉得那么不幸了。"道格拉斯声音很是愤怒，但他那满是黑莓渍的脸上却平静如常。

"别想那么多。"妈妈边说边擦拭着道格拉斯下巴上的黑莓渍,想要安抚他的情绪。

"我还记得第一次看见她的时候。"弗兰克说道,但又停了下来,不由得让我们全都纳闷他接下来会说什么。

但是他的话没有了下文。弗兰克晃了晃身子,走过去站在妈妈身边,帮着她用纱布袋挤那些热气腾腾并且变得软绵绵的黑莓。黑色的果浆沾在他的手指上,淌到了手腕处。我把那些黑市上搞来的白糖放进去一起煮。等它冷却后,妈妈把它倒进罐子里,用蜡封好口。玫红色的果酱澄净可口。整个过程中,弗兰克始终处在流泪的边缘,因为道格拉斯的母亲在事故中丧生了。

"去他的,这个天杀的男人,"海伦边说边用手砸方向盘,"说你的各种不是,说我的各种不是!好像我活着就为了管他这摊子烂事儿一样。好吧,我真替伊丽莎白感到悲哀,生出这种不肖子孙。"

"伊丽莎白不见了。"

"妈妈,我们刚刚才去看了她。"

"她不见了,全是我的错。"

"不,不要听那个白痴胡说八道。伊丽莎白腿脚不好,他不该留她一个人在花园的。这不是你的错。"

"这是我的错,因为我一直找错了地方,我从其他各个角落收集那些垃圾,那些真正有价值的东西却一直在那里等着我。"

"你在说什么?"

"她埋在花园里。"

309

"谁？"

我想不出名字。"就是你刚才谈论的那个人。"

"伊丽莎白在医院里，妈妈，我们刚刚才去看过她。"

"不，她在花园里，她已经埋在土里好些年头了。"

海伦在座位上动了下身子，把车速降低。"谁的花园？我们家的？"

"是那片新房子的花园。她失踪后，那里就建起了那片新房子。弗兰克运来一吨吨的土铺在花园里，还在那里栽培植物。有一次，有人闯入了花园，西葫芦几乎惨遭灭顶之灾。有人挖它们。"

"那片新房子，你是说伊丽莎白家那一带？"

"伊丽莎白不见了。"

"不，妈妈，我们刚刚才去看过她。"

"她被埋在——"

"你说过了，但是你指的不是伊丽莎白，对吗？"

"伊丽莎白不见了。"这个名字的确不对，我知道它不对，但我想不起那个正确的名字。

海伦把车停了下来。"你觉得是谁被埋在了伊丽莎白家的花园里？是苏姬吗？"

苏姬。就是这个名字。苏姬。苏姬。我胸膛处紧绷的肌肉放松了一些。

"妈妈？"海伦拉起手刹，车猛地打了一下滑。

"是我的错，我当时就在那儿。我知道是那儿，因为花园的卵石围墙与众不同。要是我当时就去挖，一定能把谜底挖出来，妈妈也不至于死不瞑目。我当时以为那无关紧要，以为只是那个疯女人搞点事吓唬我。但是苏姬的东西的确在花园里，标记着那个地点，等待着我去发现。她的化妆盒就在那儿，只是我发现得太晚了，太晚太晚。现在我再也找不到苏姬了，不是吗？她会一直不见，我也会一直找她。我受不了这个。"

"我也受不了，"海伦轻声说道，"好了，就这样定了。我们下车。等等！让我扶你。"

她出去为我打开车门，我发现我们在公园的另一侧，那栋黄绿相间的房子、旅馆以及金合欢树尽收眼底。当我用手轻抚这堵贴着黑白卵石的围墙时，海伦正从后备厢里取什么东西。花园侧门是关着的，但海伦用铁锹一通猛劈，木框碎裂开来。

"来花园里面，妈妈，"她说，站在苔藓与云兰织成的挂毯前为我扶着门，"来吧，如果真有什么，我今天非得把这儿挖个底朝天。"

草坪呈棕褐色，坑坑洼洼，好多土裸露了出来，那里本该种满花草的。海伦拿着工具前前后后地走，弯下腰抚着草皮，像是在摸地毯下边的东西。之后她在不同的地点跺起脚来，左耳冲着地面。最后她把铁锹扔在一旁，高高举起了耙子，猛地凿到土里。耙子齿一声不响地深深陷进土里。她把它拔出来，泥土和草叶跟着飞了起来。

"我受够了天天这个不见了、那个生病了、谁谁谁死了。我也受够了那些不见的人的儿子们。"她边说边戳着地，"如果非得挖开这些见鬼的草皮才能消停，那我可以挖到澳大利亚去。"

我不明白她在干什么。"挖坑是为了种红花菜豆吗？"我指着被她挖得体无完肤的草地问道。在这里种红花菜豆岂不是很奇怪？她没有回答我，只是自言自语地咒骂着。我向花房看去，那里空荡荡的，显得毫无生机。但这一切看起来并不陌生，于是我走进去站了一会儿，努力辨别出那股霉味、烂掉的塑料的花盆味儿以及木材着色剂的味道。这时我看见一只知更鸟落在土堆上，旁边的海伦还在挖着沟。

"真见鬼！"她晃着铁锹吼了起来。

那只知更鸟飞到了苹果树的枝干上。"海伦？"我问，"你知道什么地方最适合种植西葫芦吗？"

"真他妈的见鬼！"她晃着脑袋，就像她的语言能够击打到我。"这又跟……"但她接下来的话被金属和石头的擦碰声盖过了，她又换了个地方继续挖。"这里阳光充足，"她说，"这堵墙又可以挡风……"

她把这里搞得狼藉一片，我不禁好奇她的用意何在。或许这是规划园林的方式，但似乎又不大可能。现在，草地上尽是些丑陋不堪的大土坑，莫非她是要挖个池塘？我已经看糊涂了。一把白色的塑料椅子放在一堆沙土上，在我坐下去的时候，一条椅子腿陷了进去。我发现自己探着身，正仔细观察这一小片土地上的众生。我透过野菠菜叶子上的洞朝里偷看，还用手扇着从上边坠落的羽毛。

我的手指在蒲公英的花蕾上拂来拂去，那些纤薄的花瓣压在一起，像极了一块儿天鹅绒。我忍不住把花瓣一一扯掉，陶醉于它们脱落那一瞬的阻力，一毫秒就能扯掉一片。一只蜗牛在树下的灌木丛里缓缓移动着。"我要把你做成果酱，"我告诉它，"我要把你捏上来，用纱布袋挤挤，再放上白糖煮煮。"它把触角收起来一会儿，但并没有停下来。

之后一声尖叫传了过来。"一块儿金属碎片差点就溅到了我的眼睛里，妈的！"海伦边说边从她挖的土坑里爬了出来。她今天格外恶声恶色。"一块儿鞋扣，"她说，"等一下。"她跪了下去，把身体探向洞口。"这里真有东西，妈妈！"

我从座位上站起来向她走去，椅子被我弄得咯吱直响。海伦递给我一块儿木头碎片，上面没被泥土覆盖的部位显得黯淡无光，边缘处则因受潮而脱落了。接着她又从土里挖出了更多的碎片。木头片被取出来后，坑里形成了空洞，泥土纷纷落了下去。我看见下面埋着一个发黄的东西，看起来很光滑，外形圆滚滚的，甚是吓人，两排牙齿咬着黄土，仿佛要为自己咬出一条通往地表的通道。但是这东西叫什么呢，它没血没肉，也没有头发和眼睛。我问海伦，她缄口不答。随着更多的土被挖走，我看到这个东西上缺了一块儿，是一个裂口，像是暴力所致，在整体的灰白色泽衬托下显得又空又黑。

"妈妈，"海伦说，"往屋子那儿走，好吗？"在我往后退的时候，她又跳进了土坑，等她起身时，我看见她挖出了更多的木头片和一个圆形的小浅罐。即便隔着一些距离，我还是知道它是银蓝相间的。我还知道它本是用来装桃色粉末的，而不是黑土。海伦边走边把这些东西扔了一地。

"我们上车，"她用低沉的声音说道，双手扶着我的胳膊，"在车里坐好。"

副驾驶的门打开了，我从一旁被塞进了座位上。海伦则在我脚下的人行道上跪着，对着她的手说来说去。什么东西蜷缩在她的手掌里，说话的时候，她还把它紧紧贴在脸上。海伦的眼睛每隔几秒就会瞥下侧门，像是觉得什么东西会逃出去。侧门，我想了想。侧门现在是打开的，这一点肯定很重要，但我又想不出所以然。海伦缓缓地把那些木头片以及半个化妆盒摆在了人行道的石头上。我从自己的手袋里找出另外一半化妆盒，弯腰将这两个银蓝相间的圆形扣在一起。我眼睛紧闭，想象着苏姬在厨房桌旁朝自己的脸上扑着粉。在我弯腰的时候，感觉腰部被裤子的松紧带勒得生疼，血液似乎都涌上了脑袋。

那一块块儿脱皮的木头片就像积木一样，又像是唱片的碎片。我努力把它们拼凑起来，但它们又潮又烂，像是炖得太久的肉一样。不过这都无关紧要：因为我已经知道这些碎片来自一个茶叶箱，那种弗兰克经常就地乱放的箱子，那种在苏姬失踪后用来装她衣服的箱子。

"弗兰克。"我说，感到胃里翻来滚去，就像我又在和奥德丽一起喝了她父亲的杜松子酒一样。

海伦停止了自言自语，之后将一个扁平的长方体从脸上拿开，又往人行道上摆了更多的东西：一捧边缘磨得像卵石般光滑的碎玻璃、一个生了锈的鞋扣和两只鸟类的骨架。骨架上缠绕着金属丝，玻璃制成的眼睛依然粘在头骨上，鸟喙处还露出一些彩釉的痕迹。我知道自己最后一次和这些喙面对面是在弗兰克家。它们在她的脑袋周围飞，那个疯女人说。玻璃鸟笼裂开了，鸟在她的脑袋周围飞。

一辆亮闪闪的网格车停在房子旁，从车上下来一男一女。他们身穿白色衬衣，外边还套了一件笨重的黑色马甲。他们身上贴着标签，和我的水壶插头和茶罐一样，只不过他们的标签写的是"警察"。海伦抖了一下，像是想跳起来和他们打招呼。但是她的腿一抖，把化妆盒又踢成了两半儿。我把它们扣在一起，连接处刚好衔接到了一块儿。之后我用手将更多的土擦掉，银色的条纹闪闪发光。大概是弯腰弯得太久的关系，我的双手变得又紫又红，我可以感受到脉搏的律动。我的血液冲入头部，在我耳边不断沸腾，像是轻声说着"苏姬，苏姬，苏姬"。

两个警察从侧门进去了，之后又折了出来。"没错，"她说，"我可以确定你们挖到的是人类尸骨。"

"是的。"海伦答道。

"这些东西也是你们从尸骨处挖出来的吗？"女警察问道。

"是的。"海伦答道。

女警察告诉海伦要离这儿远一些，不要碰任何东西。她列举了所有禁止我们碰的东西，那些东西正在我脚下排成一排：玻璃碎片、化妆盒、木头片和鸟骨头。我挺直身体，离那些东西远了一点儿。但我必须得碰它们，我非碰不可。

"这不是你家的花园吧？"女警察接着问道。

"不是，"海伦答道，"这是我母亲朋友家的花园。"

男警察盯着我，他的眉毛上挑，然后退了几步。"是你！"他说，"真难以置信，真的是你，对吗？"

"没错，是我。"我说。

"你没认出我吗？"他弯下腰好让我看清他的面孔。只见他嘴角露出淘气的笑容，让我想起了某个人。"我就是被你常常通报'伊丽莎白不见了'的那个人。"

我一时没反应过来，他嘴角划过一丝沮丧。"哦，对，"我答道，"你好。"

"一直是我，"他说，把头转向那个女警察，"我真应该查一下她提供的线索：现在她发现了一起百年谋杀案。"

"没有那么久好不好，再说我们还不确定这是一宗谋杀案。"女警察说道。她拽了一下黑色马甲，然后面向海伦："你们为什么会在这个花园里面挖？"

"我在找尸体。"海伦答道。

"你知道尸体在这里？"

"不，不知道。"

男警察被派去车里取东西，之后他俩开始往树上绑一条蓝白相间的丝带，像旗子一样迎风起舞。但是丝带上没有旗子，只写着一行字：禁止越线。趁他忙碌之时，我挪动了一下身体，鞋帮正好蹭到那具鸟骨头。这样一碰，这只鸟仿佛又可以呼吸了。充血从我沉重的脑袋回流，似乎还在说着话。难道这就是所谓的血液在血管里唱歌？那么有没有办法让它停下呢？

"你自己带的工具？"女警察问道，她没注意我的脚。

"我是个园艺工作者，"海伦告诉她，"我每天都和花草土地打交道，因此总会在后备厢里装着铁锹、叉子、泥铲什么的。"

女警察接着告诉她，他们必须把这些工具带走调查，海伦表示理解。海伦从人行道上抬起手，我看到她手掌上有很多红色的划痕。于是我伸出手，想把这些划痕擦去，但她却没留意到我。相反，她只是又一次试着站起来，那个男警察走上前去帮她。我脑袋里的血液之歌停了，声音一去不回，但我又想继续聆听。我倚在车上，再一次感受那种跳动，倾听血液对我私语，我把手按在了脱皮的木头片上。

"不要破坏这些证物，"女警察边说边卷起了剩余的丝带。她打量着海伦，"既然你怀疑这里埋着尸骨，为什么不通知警方？"

在男警察的搀扶下，海伦的胳膊无力地垂着。"我并不是真的这么怀疑。"

"恐怕你们得跟我们到警察局走一趟了。"男警察说道。

男警察领着海伦走开了。我猛地向下伸手，刹那间，一块儿微小的玻璃被我抓入手中。我使劲儿攥着它，它的边缘已经被土磨圆了。我仿佛看到了映着炉火一闪一闪的玻璃鸟笼和发光的鸟眼睛，看到了苏姬坐在长沙发椅上做针线活，她的头发蜷曲在椅背上。这幅景象亦近亦远，我真希望手里的玻璃能锋利一些，好让我更真实地感受这一切。

"你确定不用别人过来陪你坐会儿？"说话的男人一头红发，满脸的雀斑让人极易忽略他的眉目，甚至辨别不出他脸上的微笑，"你怎么样？如果你不想喝茶，那来点水怎么样？你舒服吗？"

不，坐在这把椅子上一点都不舒服，我的腰像是在被裤腰捶打着一样。我向下看去，想解开腰上的扣子，却发现那里只是一条松紧带。"我真想脱下它，"我说，"我还想拥有一口锅，专门用来煮人。"

他说他听不明白我的意思，而我也读不懂他的表情，这全因为雀斑作祟。他的神色没有任何变化，就像屋里的墙壁一样，我根本不需要多看一眼。倘若我的目光掠过对面的他，我的思维就有了延展的空间,足以让我想起苏姬房间的每个细节。

"我姐姐在哪儿?"我问。

"你是说'女儿'吧?另一个警官正陪着她在别的房间录口供呢。正如我刚才解释的,你的女儿也是目击证人,所以我们必须对你们分别进行讯问。虽然我们并不怀疑你,但我们必须采集证词。你明白吧?"

尽管脸上雀斑累累,但他看起来很干练,坐姿端正,微笑地看向我。我掌心里攥着一块儿像卵石一样的玻璃。"我不是目击者,"我答道。现在我只想把衣服脱下,滑到水池里去。"淋浴。"

"什么?"

"我正在找合适的词。"

"好,不错。关于在伊丽莎白·马卡姆的花园里发现的那具尸体,你了解多少呢?"

"伊丽莎白不见了。"我答道,声音轻如尘埃。

"没错,我的一个同事提到你多次来警察局报案,说她不见了。你找的就是马卡姆太太吗?"

我看着光秃秃的墙壁,透过它,仿佛回到了苏姬的客厅。"屋里全是东西。"我说。长沙发椅旁边有个刮鞋器,窗下放着一个裂了口的瓷花瓶。雕刻着图案的手杖和镶着花边的雨伞比比皆是。一把礼服佩刀总会随风摆动。一个小小的文具箱安放在琴凳上面,两只大理石狮子蹲坐在盥洗台脚下。屋子里几乎没地方走动,我必须特别小心。

"霍舍姆太太?你明白花园里发现的那些东西意味着什么吗?"

我试着回想花园的景象,但这太难了,我没有精力一心二用。

我研究着灰白墙壁上的一个个凸起，竭力想回那间屋子去找苏姬。如果我能回到那里和苏姬在一起就好了。这时一股咖啡味扰乱了我的思绪，苏姬从不喝咖啡，我对桌上的白色塑料杯怒目而视。

"对尸体在那儿埋了多久这个问题，你有自己的见解吗？其实我们多少掌握了一些信息，据你女儿的陈述，这件事应该追溯到1946年。你还有什么要补充吗？"

"1946年，我姐姐就是在那年失踪的。"

"苏珊·杰拉德，结婚之前叫苏珊·帕尔默，没错吧？"

"苏姬。"我答道，想到了血液之歌，但这一切与血液有什么瓜葛？

"苏姬？你一直这么称呼她？她在1946年的秋天不见了，对吗？"

"没错，那是多少年以前？"

"将近七十个年头了。"

我想了一会儿那惨白的尸骨以及埋藏尸骨的冰凉土地，这让我不寒而栗。如果早知如此，我宁愿蜷缩到那个木箱里边，七十年如一日地陪伴着苏姬，绝不会让她孤苦伶仃。我一定会想方设法守护在她身边，就像她尸骨旁边的玻璃一样不离不弃。我用手指按着玻璃，感觉它竟然温热起来，像是被我注入了活力。

"你已经见过尸体了，"男人说道，"或者说'尸骨'更恰当些。尸骨的头颅部分受到了明显的外力损伤。你能就此说明些什么吗？"

"玻璃碎裂开来，鸟在她脑袋周围飞。"

"鸟？尸骨旁看上去似乎真的有玻璃和鸟的残骸，你指的是这些吗？"

"这是那个疯女人说的。"

"疯女人？你指的是谁？"

"苏姬讨厌那些鸟，它们的翅膀染着颜色，眼睛则是玻璃球。苏姬认为它们某一天会飞出来啄她。而我更担心的是那拥挤不堪的房子，那么多东西，随时可能绊倒。我觉得她一定是跌倒摔破了脑袋，那是个死亡陷阱。"

"你说的是哪个房子？"

"弗兰克的房子。"

"弗兰克？是弗兰克·杰拉德吗？我们已经把他列为嫌疑犯。你能多告诉我们一些他的情况吗？"

"他的嫉妒心很强。"

"是吗？"

"我不知道，有人这么说他。"

"谁说的？"

"我想不起来了。"

"好吧，我们待会儿再回过头讨论它。"他呷了一口咖啡，之后又抿了一小口水，"你知道弗兰克·杰拉德的下落吗？"

"不知道。"

"他有没有过前科？例如破坏治安、收受赃物、故意伤害什么的？"

"我不知道。"这块儿小小的玻璃放大了我手掌的纹路。我想起苏姬做针线活的样子，我不想破坏她那整齐的线条。我想起火炉把我烤得浑身暖洋洋的。如果我能回房间，一切都会恢复正常。

我不会看壁炉架上的假鸟，我会用苏姬的披巾把它们盖住。我还会帮她做好百叶窗挡在厨房的玻璃上，等弗兰克回家时……"

"等弗兰克回家时？什么？会发生什么？"

"什么都不会。"我答道。

"好吧，那我待会儿再来问你这个。我们还要搞明白的是，尸体是怎么被埋在马卡姆太太的花园里的。你姐姐和这个花园有什么联系吗？"

"没有。"

"但是你坚信这具尸体是你姐姐的？是什么让你认为她在那儿？难道是弗兰克·杰拉德与那个花园有什么联系？"

"他帮助别人种植西葫芦。"

"所以他能够自由出入花园？"

"我不知道。"

"我知道从1938年到1946年，他经营着一家搬运公司。他有没有可能会往那里运送家具？"

"我不知道。"

映着满脸的雀斑，他露出了洁白的牙齿。"你喜欢弗兰克，对吧？"

"他爱苏姬。"

这个男人又呷了一口咖啡。我凝视着墙壁，想起了苏姬和那个满脸肥肉的搬运工开的玩笑，想起了疯女人在小巷旁吃着山楂，继而我又想到了弗兰克。过不了多久，他便会走进房间。

"之后呢？"这个男人问道，"接下来发生了什么？"

接下来苏姬将被疯女人吓得尖叫着跑出家门。弗兰克将告诉她去车站旅馆避一避,但苏姬最后并没有去,因为弗兰克干了什么事。推她撞上了壁炉架?打了她害她跌倒?用装着假鸟的玻璃鸟笼打她的头?所以她的头受到重创,那些鸟类标本飞绕在她的头周围?我小心地默想着,嘴上一言不发。虽然那个满脸雀斑的男人一直在冲我发问,但我还是缄口为妙。我一旦打开话匣子,便会刹不住闸。我会说疯女人目睹了一切,我会说弗兰克把苏姬放进茶叶箱,然后埋在了尚未入住的新房花园里。我会说弗兰克自告奋勇要帮那户人家种植西葫芦,因此他想在哪儿挖就在哪儿挖,想挖多深就挖多深。我一旦开口,便会滔滔不绝。但是这些不是真的,也不可能是真的。

"接下来事情会如何进展呢?你知道吗?"海伦问道,手中拿着钥匙要打开车门。

"有人会核查案情的,"男警察说道,"确定这些残缺不全的证物到底埋了多久,尽力寻找其他目击证人,还包括追查嫌疑犯。"

"他们会想办法去找弗兰克吗?"

"如果调查结果指向他,他便插翅难飞了。"他的话听起来言之凿凿,但他露齿一笑,让效果大打折扣。

我一只手抚在车上,手指蜷起贴着车窗,想象着一个年轻的女孩儿,她一路曲折前进,好避开那些蜗牛。但是回忆自己未免让我感到吃力,我想到的更多是弗兰克告诉我的那些话:他说那片新房子如何好,他是如何帮住户搬进来的,以及他如何帮他们种植花园。我看着车窗玻璃,期待上面的影子能动起来,就像一块电影屏幕。但是天空的倒影却模糊了任何可能上演的戏码。周遭悄无声息，直到这个男警察打开车门扶我上了车。他把一只手挡在我头上，以免我碰到脑袋。之后他又探身过来给我系好安全带。等他退回去后，他眨了眨眼睛。

"我想你已经找到了你想要的东西，"他说，"但我还是希望你能时不时过来做个客，嗯？可不要见外。"

他关上车门，我思忖着他在说些什么。虽然天色将晚，太阳也收起了嚣张气焰，但车里依旧很闷。我没办法把车窗摇下来。好在苏姬打开了车门，一股清风随之而至。

"对了，那个——嗯——尸体，我是说，如果是苏姬的话，"她冲男警察问道，"什么时候能公布结果呢？"

"要确定尸体是不是你说的这个人，他们必须进行大量的检验工作，以便推断出具体的死亡日期、伤口情况，以及致死原因。这恐怕得六个月才行，甚至更久一些。总之他们会让真相大白的。"

她谢过了警察，之后坐进车里挨着我，把空调开到了最大挡。我们开了几步路，那警察一直在车后挥手告别，像极了一位老相识。但我们拐过弯后，他的手便垂了下去。海伦气喘吁吁，仿佛她是在推着车走一样，而不是开着。

"你没抽烟，对吧？"在他们还是孩子的时候，我对这个问题总是提心吊胆。

"妈妈，我已经五十六岁了，当然，我从来没抽过烟。你对此心知肚明，不是吗？"

我轻轻地拍了她的手一下。我拍得非常小心，但却感到自己体内一阵下跌，像是某个重要的器官松动了，我得在它落到地上之前接住才行。"在车站旅馆弗兰克救了我一命，否则我非得从楼梯上摔下来不可，"我说道，"我原来和你提过吗？"我记得自己曾经想过，如果那天我不能幸免于难，弗兰克就一定会被视为罪魁祸首，虽然他从来都没想过伤害我。

"是的，妈妈，你跟我说过。但我总感觉他才是你险些跌落的主要原因。"

她再一次启动了汽车，沿着路边缓缓行驶。我又读出了路牌上的"前方破路"和"无人行道"，但她却没有理会。换挡的时候，她的手一直在颤抖。当我问她我们要去哪里时，她也没了平日的烦躁。

"道格拉斯后来怎么了？"她问。

"他去了美国，"我答道，眼睛望着窗外滚滚而过的幽暗的金雀花和更加幽暗的大海，"美国是他一直向往的地方，难怪他平时总操练着美国俚语，哼唧着美国腔。我以为他也许会写信给我，但却一次也没有，大概他想重新来过吧。道格拉斯卖掉所有的财产，换来一张去美国的机票，唯独保留了那张《香槟咏叹调》。"

"哈——哈——哈——"海伦说道，将车停在了海滩边上。

她扶着我走过沙滩来到海边。我们的指甲里都是泥土，便在海浪花里洗了一下。一小片玻璃依偎在我手掌的缝隙间，看上去像是一块儿卵石。我将它抛向海浪，就让它长眠在沙子包围的真卵石之间吧。太阳沉到了码头后面，我们静静看了一会儿。我纳闷现在是什么时辰了，我们这一整天都忙碌了些什么。我好奇为什么我们手上沾满了泥土，为什么海伦会抖个不停？她亲了我的头一下，而我听到自己的肚子咕咕直叫。我在毛衣口袋和手袋里找巧克力,却一无所获。我的肚子开始了新一轮的咕咕叫。

"弗兰克呢?"海伦凝视着大海。

今天风浪很大,浪花里投射着乌七八糟的颜色,我不想下海游泳。

"他又怎么样了?"她扭动着双脚,让其陷进了潮湿的沙丘里。

"他让我嫁给她。"

"什么?"她猛地转过身,一只脚在沙子里陷得更深了。

"噢,那是很久之后的事情了,在我二十二岁时。他一度毫无音讯,爸爸说他坐牢了,但妈妈和我却不相信。总之,他有一天出现在我面前,并请求我嫁给他。我当然拒绝了,因为那时我和帕特里克已经有了婚约。"

"他有什么反应?"

我想了一会儿,尽管这段记忆很是不快。"我觉得他释怀了。"但是在我拒绝他时,他脸上流露出一种灰暗的沮丧神色。我禁不住想,如果没有婚约束缚,那么我会不会答应他?我会不会懊恼帕特里克的存在?如果我点头应允,那么我会不会介意时时刻刻活在姐姐的阴影里?

"当然,可能真的是他杀了她,"海伦斩钉截铁地说道,"虽然是有隐情。"她盯着海天交接的朦胧地带。"你觉得他会不会是故意的?"

我回头看向海滩。"我把苏姬埋在那儿了。"我说道。

"不,妈妈,不是——"

"之后,她也把我埋了起来,我当时都翻脸了。"这让我事后懊悔不已,我不该跟她动怒,也不该表现得那么孩子气。要知道她当时是全心全意在逗我开心呀！但是，堆在身上的沙子压迫着我的身体，让我不堪重负，恐惧不已，甚至不免想到它们会压到我头上。后来，每次都是苏姬当被埋的那个，我会在她身上堆起一层层沙土，并拍得密密实实，让她动弹不得。然后我还会给她做个造型，譬如堆出章鱼的触手，或是美人鱼的尾巴。有一次我还用指甲给她做了一条裙子。没错，那些指甲是我从海滩上一片片搜集的，上百片粉红色指甲插在沙子里环绕着她。

尾声

"我想彼得一定希望里边某样东西会价值连城，只可惜他没这个好运气。"低沉的话音刚落，便传来了人们强忍的笑声。说话人的方向被身着黑衣的人挡住了。"我总是忍不住想伊丽莎白搜集那些宝贝就是想让彼得出洋相。她应该早就知道彼得没法抗拒诱惑，会把那些瓷器送去评估。"

"马略尔卡陶器，嗯？伊丽莎白姑姑的最后一个玩笑。可怜的彼得。"

厚厚的尘土盘旋在热气中，继而飘落到人们的肩膀、臀部以及大腿上；空气中充满了廉价新衣特有的味道。我被困住了，这里没有出口，也没有可供休憩的地方，简直让人窒息。我把肩膀倚在一面看起来很结实的，用布料覆盖着的隔板上，不料一个胖女人发出一声尖叫，然后便走开了，还不忘转身冲我直皱眉头。我向前跌去，脸蹭到了别人西服的翻领上，就在这时，我看到人群中有道缝隙。那里有一堵奶油色的墙和一片灯光。一个长着几条腿的木板放在那里，上面尽是些吃的东西。我向奶油墙挤过去。

身着压抑黑衣的人们嘴角向下笑着,还一边大口喝着东西。天知道他们挤在一起干什么,就像罐头里的桃片一样。

当我走到奶油墙的时候,发现这里也飘着尘土,在光下飞舞升腾着。不过这里凉爽一些。我刚拉来一个能坐的东西准备坐下,却又不得不折了回去。我还有件很重要的事情要做,但一时却想不起来是什么事;或者我应该问问别人,他们会告诉我。桌子上放着被切成一块块儿的夹心面包,抹着黄油的夹心面包,我的肚子饿得直叫,但我看着这些面包竟束手无策。我看见旁边一个男人拿起一块儿咬了一口,他的手指捏在面包上,嘴唇沾满黄油。尽管我感到恶心,但依然效仿着他,把这东西狼吞虎咽地塞进了自己嘴里。它顺着我的舌头滑了下去,又凉又硬又臭。这时有人走了过来,笑了笑。我匆忙跑到了厨房里,这里的炉子穿着滚烫的黑衣高高兴兴地嗡嗡评论着。

"把那把刀递给我可以吗,亲爱的?"一个脸蛋红扑扑,看起来像是家庭主妇模样的人说道。

我环视了一下房间,但搞不明白她要的是什么,于是我穿过一扇玻璃门走到了庭院里。这里的大部分空间都被一种像船一样的东西所占据,里边装满了花,大朵的粉红花朵在微风中起舞。庭院一侧放着一把长椅,我便坐了上去。这时一个高个子女人给我送来了一片水果蛋糕。她递给我的时候告诉我这是水果蛋糕,我看见一些无籽葡萄干簇拥在松脆的表皮下方。

"你感觉怎么样?"她问道,坐了下来。

难道我生病了?

"你至少要跟大家告个别。"她说道。

"啊，他们已经走了？我还没接捧花呢。"

"妈妈，这是葬礼，是不会丢捧花的。"

她说完笑了出来，然后用一只手捂住嘴巴，回头往房子里看了看。我越过她看向那些迎风起舞的花朵。这个花园真是漂亮，只可惜它不属于我。

"我在哪儿？"我问道。

"彼得家里。"

我点了点头，仿佛我知道这个名字。我把葡萄干从蛋糕上摘下来，揉成了一团。这时一个满头金色卷发的小女孩儿迈到了庭院里面，我便把葡萄干扔到了她的脚下。她停下脚步，眨了眨眼睛，但并没有飞走，也没有去啄食。或许这是她没有长喙的缘故。我想我认识她。"这是我的女儿吗？"我一边指着这个小女孩儿，一边问旁边的女人。

"外孙女。"女人答道。

女孩笑了起来。"你做我妈妈年纪太老了点儿，外婆。"

"我老了吗？"

"你已经八十二岁了。"

我怀疑她在撒谎。她觉得这样好玩吗？"这个孩子疯了，"我说，"接下来她没准儿还会说我已经百岁了。"

这时一个男人走了出来，一个俯冲似的弯下腰去捡那些葡萄干，之后把它们撒在了草坪里。两只乌鸦飞了下来，用喙啄食着。这景象触痛了我。"伊丽莎白不见了。"我说，感到什么东西在体内纠结着。"我告诉过你吗？"在这女人走开之前，我抓住了她的

329

衣袖。"我一直去她家找她,可是没人应门。"

"真不好意思,"那女人把手放在男人的肩膀上说道,"我已经告诉过她了。"

"可怜的伊丽莎白。"我说。自从那次她来我家厨房收集蛋糕上的葡萄干后,就再没露过面。她一定发生了什么不测。她需要拿葡萄干救济那个疯女人,那个疯女人其实是一只鸟,飞在我姐姐的脑袋周围。我姐姐吓坏了,于是跟道格拉斯一起挖了一条通往美国的地道。我也想跟着去,但我可挖不了那么长。或许他们把伊丽莎白也带去了?

那女人觉得我说得不对,那男人也开始对我解释什么。但我却集中不了精力。我看得出来他们对我的话置若罔闻,谁也没把我当成一回事儿。所以我必须做点什么,我必须得做,因为伊丽莎白不见了。

ELIZABETH IS MISSING by EMMA HEALEY
Copyright © EMMA HEALEY, 2014
This edition arranged with CURTIS BROWN - U.K.
through Big Apple Agency, Inc., Labuan, Malaysia.
Simplified Chinese translation copyright © 2015
by Beijing Alpha Books Co., Inc.
All rights reserved.

版贸核渝字（2015）第125号

图书在版编目（CIP）数据

伊丽莎白不见了／（英）希莉著；杨立超译. -- 重庆：重庆出版社，2015.10
书名原文：Elizabeth is missing
ISBN 978-7-229-09704-2

Ⅰ.①伊… Ⅱ.①希…②杨… Ⅲ.①长篇小说—英国—现代 Ⅳ.①I561.45

中国版本图书馆CIP数据核字（2015）第076555号

伊丽莎白不见了
YILISHABAIBUJIANLE
［英］艾玛·希莉　著
杨立超　译

出　版　人：罗小卫
出版监制：陈建军
策划编辑：于　然
责任编辑：张慧哲
责任印制：杨　宁
营销编辑：刘　菲
装帧设计：观止堂_未氓

重庆出版集团
重庆出版社　出版
（重庆市南岸区南滨路162号1幢）
投稿邮箱：bjhztr@vip.163.com
三河九洲财鑫印刷有限公司　印刷
重庆出版集团图书发行有限公司　发行
邮购电话：010-85869375/76/77转810
重庆出版社天猫旗舰店
cqcbs.tmall.com
全国新华书店经销

开本：880mm×1230mm　1/32　印张：10.625　字数：222千
2015年10月第1版　2015年10月第1次印刷
定价：39.80元

如有印装质量问题，请致电023-61520678

版权所有，侵权必究